믿지는 않지만
신기한 이야기

①

믿지는 않지만 신기한 이야기

①

사슴작가 지음

좋은땅

목차

1. 신일이의 탄생 - 6

2. 대구점집과 교회를 찾아가다 - 11

3. 수혁이를 찾아가다 - 20

4. 오싹한 느낌과 돼지빗자루 - 33

5. 나의 모토 - 48

6. 돌아이 장군이 - 55

7. 새로운 모토와 인생설계 - 63

8. 8년의 계획 - 70

9. 자취방으로 온 박상 - 86

10. 조폭을 만나다 - 97

11. 뿌연 수혁이를 만나다 - 102

12. 오른팔과 왼팔 등장 - 108

13. 성용이의 방황 - 112

14. 혜수의 현모양처 계획 - 120

15. 생각하면 연락 오는 천민이 - 127

16. 천민이의 모임을 가다 - 131

17. 예지몽을 꾸다 - 135

18. 이천에서 만난 여자 - 144

19. 내 안의 목소리 - 154

20. 은따 1 - 162

21. 은따 2 - 170

22. 은따 3 - 179

23. 은따 마지막 - 194

24. 택시기사 - 207

25. 멀쩡한 박상 엄마 1 - 213

26. 멀쩡한 박상 엄마 2 - 222

27. 박상 할아버지가 부자인 이유 - 228

28. 대교에서 귀신 보다 - 236

29. 옮겨 간 골프장의 동기 여자아이 - 244

30. 어둠 부부를 만나다 - 249

31. 이상한 색의 빛을 보다 - 255

32. 이상한 색의 퇴사 - 263

33. 나쁜 돈과 썩은 냄새 - 269

34. 호호 할아버지의 빛과 좋은 돈 - 275

35. 빛이 가득한 동료가 있다 - 282

36. 선녀님은 즐거워 - 289

37. 추가 에피소드 - 허리통증 - 296

1. 신일이의 탄생

어느 날 귀에서 사람 목소리가 들렸다.

환청도 아니고 내 생각이 음성으로 들리는 것도 아니었다.

"신일아…."

뒤를 돌아봤지만 벽만 있을 뿐. 이비인후과에 가야 할 문제가 아닌 것 같았다. 마치 무언가에 홀린 사람처럼 정신없이 여러 곳의 정신과를 찾아다녔다. 나를 진료했던 한 담당 의사의 권유를 듣고 이비인후과를 다시 한번 찾아갔지만 당연하게도 아무것도 나오지 않았다.

드디어 내가 미친 것인가….

무서웠다.

문제는 이게 형체 없이 목소리만 들리는데 나와 대화가 된다는 것이었다. 내가 이렇게 된 데는 이유가 있다. 나는 원래 부유한 집에서 태어났다. 내가 어릴 때 아버지는 S전자 연구원이셨다. 핸드폰이 막 보급되던 시절 갑자기 직장을 그만두시고 충전기 공장을 만드셨다. 핸드폰이 점점 보급되면서 공장이 잘되기 시작했고 중3 때부터 집안 형편이 많이 좋아졌다. 난 그 공장을 경영하기 위해 대학도 경영학과로 들어갔고 공부도 열심히 했다.

공장에는 작은아버지와 외삼촌이 부사장과 이사로 있었다. 아버지는 직접 신경을 쓰지 않아도 된다며 회사 경영을 동생과 처남에게 맡기고 세계여행을 다니시거나 다양한 공부를 하며 세월을 보내셨다. 이렇게 4년 정도 회사를 신경 쓰지 않으셨으니 회사가 망해 가는지도 모르셨다. 내가 대학교 4학년 1학기 때 결국 부도가 났고 아버지는 투자자 또는 채무자들과의 재판 끝에 경제사범이 되어 1년 6개월 형을 받고 교도소에 가게 되셨다.

이때 내 나이 스물다섯.

그 당시에 어머니는 다른 남자를 만나고 계셨다. 어머니는 내가 아는지 모르셨겠지만 몰래 하는 전화 통화하는 소리를 몇 번 들었었다. 결국 아버지가 집에 없으니 그분이 집까지 찾아오는 일이 생겼다.

신사적인 느낌에 말끔하고 점잖게 생기신 분이 말했다.

"니가 신일이구나? 엄마 집에 있지?"

나는 안 계신다고 했지만 그분께서 무작정 집 안까지 들어왔다. 집 안을 둘러보고 방문을 열어보며 확인했지만 나는 그저 바라만 볼 뿐.

"엄마 오면 아저씨 왔다고 전화 좀 하라고 해."

"아버지도 안 계신데 웬만하면 밖에서 보시죠? 집까지 오는 건 좀 아니지 않나요?"

"야! 너 엄마가 걱정 많이 해, 임마!"

"알겠으니까 다음에 오시면 저랑 이렇게 대화로 안 끝납니다. 오늘 일은 잊을 테니 다시 오지 마세요."

조용히 그냥 보내드리고 양손으로 내 따귀를 팍팍 때리며 잊자고 다짐을 했다. 그냥 아예 없던 일이라 생각하기로 마음먹었다. '아버지도 어머니도 각자 다 힘드실 거야. 괜히 분란 만들지 말자. 어차피 시간이 다 해결해 주겠지.' 모르는 척 잊으려 노력했다. '벌어진 일은 이미 벌어진 일이니 다시 내가 잘하면 될 거야. 시간이 지나면 다 좋아질 거야.' 좋게 생각하기로 했다.

그러던 어느 날 그 아저씨가 집에 또 찾아왔다. 어머니의 이름을 부르고 초인 종을 누르며 문을 쾅쾅 두드리길래 난 그냥 집에 아무도 없는 척 했다. 멈추지 않고 문을 두드려서 화가 나 결국 문을 열었다. 집이 망해 도망치듯 이사 다니는 중이라 소란이 일어나면 안 될 것 같아 열 수밖에 없었던 이유도 있었다. 왜 집에 있는데 없는 척하냐며 엄마랑 여행 가기로 했는데 연락이 갑자기 안 된다고. 안에 있는 것 다 안다며 집으로 들어오길래 멱살을 조용히 꽈악 움켜잡고 끌어냈다. 그 사람 몸을 난간으로 들어올렸다.

"다시 찾아오면 그때는 아래로 던져 드릴 거예요. 더 이상 서로 보는 일 없게 합시다."

그 아저씨는 얼굴이 하얗게 질려 아무 말도 못 하고 있었지만 나는 무심하게 문을 닫고 집으로 들어왔다. 밤늦게 어머니가 들어오셨다. 그리곤 내 앞에서 우셨다. 아들이 돈을 주지 않아 친구들과 여행을 갈 수가 없다고 했다. 지갑에 30만 원 정도 있었던 것을 다 드리고 잘 다녀오시라 했다. 그때 속으로 여기까지인가 보다 생각했다.

망한 지 몇 년 지난 시점인데 계속 좋게 생각하려 했지만 삶이 의미가 없다는 생각이 들었다. 남은 마지막 실 같은 게 딱 끊어지는 소리가 들렸다. 다음 날 신이 나서 나가시는 어머니를 보고도 아무런 생각이 없었다. 몇 시간을 멍하게 있다가 나가서 소주를 2병 사 왔다. 2병을 다 꿀꺽꿀꺽 마시고 밖으로 나갔는데 이렇게 끝내자니 왠지 너무 허무하다는 생각에 눈물이 났다.

그렇게 양팔로 난간을 짚는데 뒤에서 소리가 들렸다.

[신일아~!]

술을 마셔서 그런가?

뒤를 봤는데 벽이었다. 그리고 태어나서 처음 듣는 목소리였다. 중저음의 남자 목소리.

너무 놀랐다. 그 목소리는 나를 다독여 줬다.

[힘들지?]

위로해 주는 목소리가 자꾸 들렸다. 뛰어내리려다 말고 놀란 것도 잠깐. 그 위로의 말에 주저앉아 엉엉 울었다. 그때부터 나는 알 수 없는 목소리가 들리기 시작했다. 게다가 그 후로 절대 알 수 없는 것들이 알아졌다. 목소리가 들리는 것이 처음에는 스트레스성 어쩌고인 줄 알았다.

왜 그런 것 있지 않나? 정신적으로 감당하기 힘든 큰 충격이 오면 순간적으로 뇌가 어떻게 돼서 가상의 대상이 만들어진 거고 그게 뇌의 착각으로 음성으로 들리는 게 아닐까?

'결국 나는 스스로 나와 대화하는 거구나.'

이렇게 이해하고 충격이 어느 정도 가시면 이 증상은 사라질 거라 생각했다. 정신과 의사선생님 한 분이 이야기하는 것도 이런 내용이었다. 약 잘 먹고 살짝 땀 흘리게 운동을 하고 꼭 밤 10시에는 자야 하는데 되도록 충분히 수면을 취하라 했다.

그런데 본가에 있자니 너무 스트레스를 받았다. 정신적으로 힘드니 좀 쉬다가 다시 일하자고 마음을 먹고 회사에 사직서를 냈다. 집에 장문의 편지를 써 놓고 나왔다. 편지에는 내가 이렇게 이상하다고 회복이 언제 될지 모르겠지만 지금은 집에 있는 것이 너무 괴로워 잠시 나갔다 오겠다고 쓰고 핸드폰도 다른 번호로 바꿔 버렸다.

나는 어머니가 만나는 남자 분에 대한 것은 2번 집에 찾아온 것, 몰래 통화하려는 것밖에는 모른다. 그런데 둘이 어디를 여행 갔었고 그 사람 차가 검은색 그랜저라는 것. 나보다 어린 2명의 딸이 있다는 것. 그리고 그들은 아빠가 외도하는 사실을 모르고 좋은 아빠라 자주 연락을 한다는 것.

이런 말도 안 되는 것들이 머릿속에 떠올랐다. 심지어 동영상을 보다가 중간에 멈춘 것처럼 이미지로 보였다. 나는 그분 차를 본 적도 없고 아무것도 모르는데 마치 과거에 본 것처럼 기억에 있었다. 이건 한참 나중에 안 사실이지만 내가 본 것들은 다 사실이었다 한다. 그래서 어머니는 내가 어떻게 알았는지 모르지만 다 알고도 모르는 척했다고 아직도 생각한다.

저절로 들리는 목소리와 대화하며 아무 이유 없이 경기도 이천으로 갔다. 거기서 고시텔을 한 달 계약하고 들어가 쉬기로 했다. 땀이 살짝 나게 운동도 하고 매일 10시간 이상씩 수면도 하고 꾸준히 정신과 상담과 약도 먹었지만 두 달이 지나도 이 증상이 나아지질 않았다. 그렇게 내 안의 목소리와 대화를 하며 3달여를 보내니 아무리 생각해도 흔히 말하는 신내림이나 귀신이 들린 것 같은 느낌이 들었다.

'내가 무당을 해야 하는 건가? 신기도 없이 사기 치는 무당도 많다던데 누구에게 물어야 하지?'

고민하다가 중학교 때 친구인 대승이네 집을 부자로 만들어 준 무당이 생각났다. 그곳은 그럴 듯하다고 생각했다.

2. 대구점집과 교회를 찾아가다

대승이가 태어날 때 아버지는 9급 공무원이셨고 어머니는 주부였다. 말단 공무원이라 돈이 너무 없었다고 했다. 어머니는 부유한 집 딸로 살다 결혼했는데 남편이 너무 박봉에 미래가 없다는 생각이 들었다. 그러다 우연히 용한 점집을 듣게 되어 멀리 대구까지 찾아가 보게 되었다.

이혼에 대해 물어봤더니 남편은 신경 쓰지 말고 그냥 놔두면 알아서 잘될 거라 했다. 실제로 투표로 뽑지 않는 갈 수 있는 최고 높은 자리까지 생각보다 일찍 진급해서 올라가셨다. 난 중학교 1학년 때 대승이를 처음 알았다. 대승이 아버지는 높은 공무원이셔서 원래부터 부잣집인 줄 알았었다.

어머니는 그 후 매년 연례행사로 대구에 점을 보러 가신다 했다. 대승이 말에 따르면 그 점집이 대구에 있는데 구정 즈음에는 추운데 새벽부터 줄을 서는 집이라고 했다. 대승이가 아기 때 어머니가 점을 보러 갔는데 그 무당이 뚱딴지같이 말했다

'평택 미군부대 앞에서 햄버거 장사를 해 봐!'

집 근처도 아니고 당장 돈도 별로 없는데 어머니도 참 대단하신 것 같다. 힘들게 힘들게 알아봐서 아주 조그만 가게 하나를 임대하셨다. 집이 수원이었는데 거리도 멀어 버스를 3번씩 갈아타고 몇 시간씩 왕복하시며 할 줄도 모르는 햄버거 장사를 하시게 됐다 한다.

그러고는 3년 만에 어머니가 햄버거 가게 하던 작은 상가건물을 사셨다. 대박이 터진 것이다. 대승이는 어려서 기억은 안 나지만 장사하는 동안은 집도 평택이었다 한다. 당연히 대승이의 엄마는 그 후에도 매년 대구를 찾아가셨다.

'그 햄버거 집은 이제 남에게 많이 비싼 값에 팔아넘겨. 그리고 상가건물에 돈까스집을 해 봐!'

'이미 잘되고 있는데 왜?'

의아했지만 이미 한번 말을 듣고 건물이랑 집까지 사게 되어서 '뭐 어때' 하는 마음으로 햄버거 가게는 팔고 그 건물 2층을 몇 개월에 걸쳐 공사해서 경양식집을 오픈했다. 그런데 또 문전성시를 이루었다.

지금 생각해 보면 80년대 후반, 90년대 초에 스프 나오고 소스 뿌려진 돈까스 나오는 경양식집이 유행이었던 것 같다. 운 좋게 시기가 참 잘 맞아떨어진 것 같았다. 대승이가 초등학교 갈 나이가 되자 그 무당은 장사를 접고 건물도 다 팔라고 했다.

'아이들 영어를 가르쳐 봐.'

미군부대 앞에서 장사를 해서 아예 영어를 안 써 보신 건 아니지만 또 뜬금없기는 마찬가지인데 어머니는 가게와 집을 싹 팔고 수원으로 돌아와 아이들 영어를 가르치기 시작하셨다.

이미 이때 돈 걱정은 크게 없어져서 그냥 새로 지은 아파트 사서 그 아파트 내에서 동네 어린아이들 영어를 가르치셨다. 나중에 대승이 동생이 명문 대학을 들어간 이유가 이것 같다.

대승이는 '책만 펼치면 잠이 온다' 했다. 수업 시간에 잠만 자는데도 신기하게 영어는 듣고 말하는 데 지장이 없다. 다른 공부는 다 못하는데 영어만 잘한다. 어머니가 아이들 가르치는 걸 집에서 같이 봐 와서 익숙해져 버린 것 같았다. 유학을 다녀오거나 해외에서 살다 온 게 아닌데 외국 영화를 자막 없이 소리로만 들어도 어느 정도 이해가 된다는 말이 어린 나이 때는 신기하게 들렸다.

난 고등학교 때 제2외국어가 중국어였고 대학 졸업 후엔 중국으로 파견을 가 1년 6개월 동안 중국에서 살며 중국어를 하루 2시간씩 공부했다. 그 시기 대승은 대학도 계속 휴학하고 엄청 오래 다녔는데 마지막 한 학기 남겨두고 중국으로 놀러와서 6개월 만에 나보다 중국어를 더 잘했다.

나는 보고 듣고 쓰면서 한국말로 이해하고 기억했다가 까먹고를 반복하는 '공부'하는 느낌이었는데 대승이는 소리를 외우는 느낌이었다. 사람들 말을 듣고 무슨 뜻인지 알면 잘 안 잊고 그대로 성대모사하듯 말을 했다. 오기 전에 말 한마디도 못했던 대승이는 금방 나보다 말을 더 잘했다.

이런 대승이가 대학 생활을 엄청 오래 한 이유가 있는데 제대하고 생긴 여자친구 때문이었다. 그 스토리도 신기하다.

대승이가 제대 후 3살 연상의 여자친구를 만났다.

나는 대승이를 만날 때 이 누나와도 몇 번 같이 만났다.

하루는 누나 안색이 너무 안 좋아 보여서 어디 아픈지 물어봤더니 지금 누나 부모님이 두 분 다 아프셔서 돈을 못 버는 상태라고 했다. 누나가 먹여 살려야 하는데 마땅하게 할 줄 아는 일이 없어 야간에 편의점 아르바이트를 한다고 했다.

대승이는 용한 점집이 떠올라서 누나에게 밑져야 본전이니까 한번 가 보자고 했다.

'많이 아프네. 많이 아파. 궁한 게 드러나… 쯧쯧….
생선 있지? 생선! 그걸 사다가 팔아 봐! 박스로!'

"지금 그게 문제가 아니라 부모님이 나이도 많지 않으신데 두 분 다 몸이 아프세요. 병원에서는 크게 이상 없다는데 거동도 불편하시고 일을 못 하시는 것 때문에 왔어요."

'생선을 박스로 사서 팔아 봐.
엄마가 먼저 건강해지고 그 뒤에 아빠도 일어나서 일하게 될 거야.'

무당의 말대로 하기로 하고 대승이는 대학 학기 중인데도 일을 도와주기 위해
누나네 동네 가서 사업자 내는 것과 생선을 사서 도매로 파는 것을 돕기 시작했다.

그리고 거짓말같이 박스째 산 생선을 팔 곳이 생기고 한 달도 안 되어 이 일이
돈이 되는 일이라는 걸 알았다고 한다. 얼마 안 돼서 학교 급식에 납품을 하게 되
고 사업이 점점 확장되었다.

아프시던 어머니와 아버지는 어느새 건강해지셨다. 일을 돕다 보니 건강해지
신 건지, 건강해지셔서 일을 도우셨는지는 알수 없었다. 누나 없이 대승이랑 둘
이 만나는 날이 있었는데 검은색 신용카드를 들고 와서 먹는 것부터 시작해 모든
것을 대승이가 계산을 했다.

"야, 니 카드 그거 마음대로 써도 돼?"

대승이는 그제서야 사실을 말했다. 집에서는 학교 다니는 걸로 알고 있지만 실
제로는 평일에 장사를 돕는다는 것이다. 그 장사가 생각보다 잘되어서 따로 돈도
받고 누나 어머니가 마음껏 쓰라고 카드를 준 거라면서 이 생활을 거의 1년 반 가
까이 했다 한다.

대승이는 누나네 부모님과 같이 살면서 정말 고마운 사위로 대접받으며 누나와
결혼 날짜를 잡기 위해 상견례 준비를 했다. 당연히 대승이네 집은 난리가 났고
대승이 어머니가 대구 점집을 가셨다. 이 결혼을 시켜도 되는 것인가 물어보러.

'그 집에 남동생이 있어. 그 아이가 장애가 있는데 결혼하면 태어나는 손주가

장애를 가지게 될 거야. 그리고 일찍 죽어.'

이 말을 들은 어머니는 상견례 자체를 반대하셨다. 대승이는 나한테도 말 못한 것이 있는데 그 누나 집에 진짜 정신지체 남동생이 있었다. 태어날 때부터 그랬다고 한다. 문제는 겉으로 티가 나면 모르겠는데 겉보기에 크게 티가 안 난다는 것.

하루는 대승이가 일을 하는데 집에 불이 났다고 해서 가 보니 동생이 라면을 끓여 먹겠다고 시도하다가 불을 냈다고 한다. 문제는 다른 날에도 계속 시도를 하는데 냄비에 물을 받고 면을 넣고 분말스프를 봉지째로 넣는다는 것이다. 집에 사람이 없으면 자꾸 라면에 꽂혀서 이런 일이 잦다는 이야기를 그제서야 했다.

대승이는 부모님께 '여자 쪽 집에서 도매업을 하는데 점점 커지고 있다. 일손이 부족해서 결혼하고 그 일을 돕고 살고 싶다.' 정도로 말씀드리고 상견례 후 결혼하려 했지만 어머니가 대구를 다녀오신 후 절대 안 된다고 반대하셨다.

그 후로도 둘은 얼마간 만났지만 일은 점점 잘되어서 바빠지는데 대승이가 게으름을 피웠는지 다툼이 잦아지다 결국 헤어졌다. 그리고 더 깊은 이야기들을 듣고 신기한 것이 한두 가지가 아니었다. 나는 내가 모르는 세상이 존재한다고 확신하게 되었고, 나에게 이해할 수 없는 일이 발생했다. 도움을 받을 수 있을 것 같았다.

나는 바로 대승이에게 전화를 걸었다. 내 현재까지의 사정을 대승이에게 자세히 이야기한 후 대구 갔던 곳의 위치와 이름을 물어 점집에 찾아가게 되었다.

'그래 죽이 되든 밥이 되든 한번 가 보자.'

도착해서 보니 별로 크지 않은 한옥에 절 같은 표시가 되어 있었다. 신년에 가면 새벽부터 서 있다는 줄 같은 건 없었다. 들어가니 한복 차림의 여자가 나왔다.

"신녀님(용어가 정확히 기억이 안 난다.) 만나시게요?"

매우 부드러운 인상이었지만 이런 곳을 처음 와 봐서 낯설고 쎄한 느낌이 났다. 속으로 '괜히 왔나?' 싶은 생각을 했지만 여기 오는 데 4시간 정도 걸려서 '에라 모르겠다.' 하고 그렇다고 대답했다. 잠시 기다리시라 하더니 바로 들어오라고 했다. 또 곱게 한복을 차려입은 아줌마가 앉아 계셨는데 아이라인을 엄청 강하게 그려서 흠칫했다. 그런데 그분이 웃으시며 말했다.

"아기동자가 오셨네요."

"네?"

무서웠던 아이라인이 온화한 웃음으로 바뀌며 부드러운 음성으로 말씀하셨다.

"여기 주스 좀 한 잔 갖다드려~"

'아 그렇게 무섭지는 않은 곳인가 보다' 생각하고 잠시 기다리니 주스를 갖다주셨다.

무당은 눈웃음을 보이며 말했다.

"그거 한 잔 천천히 드시고 가세요! 그리고 이런 곳 오시면 안 돼요."

"네? 저는 친구가 가 보라고 해서 오는데, 제가 이상한 소리가 들려서요. 일부러 멀리서 와 본 건데….."

"네. 아기동자님이 오셨어요. 앞으로 이런 곳 오시면 안 돼요. 걱정하지 마시고 천천히 드시고 가세요."

아주 부드럽고 온화한 음성으로 웃으며 말씀하셨다. 이유가 궁금해 되물었다.

"왜… 요…?"

그분은 고개를 뒤로 스윽 돌리시면서 눈을 피하시고는 아무 말씀을 안 하셨다.

"저 그럼 돈은…?"

"그냥 가셔도 돼요."

무당은 끝까지 부드러운 음성으로 말했다. 나는 기껏 대구까지 갔는데 오렌지 주스 한 잔 마시고 나왔다. 대승이에게 바로 전화를 걸었다.

"대승아! 나 대구 왔는데 주스 한 잔 마시고 가래!"

"뭔 소리야? 뭐라는데?"

"아기동자가 왔다고 주스 한 잔 마시고 가래! 그게 다야. 쫓겨난 것처럼 나왔어. 이게 뭐야?"

"잘 찾아간 거 맞아?"

사진 찍어서 보여 주겠다고 하고 그 앞에 사진을 찍어서 보여 주니 맞다 했다. 그렇게 그냥 다시 올라왔다. 내가 아는 가장 용한 무당을 찾아가봤지만 아기동자가 왔다는 사실 외에 아무 소득이 없었다. 오히려 가기 전보다 더 심각해졌다.

'진짜 아기동자가 온 건가? 그럼 아기동자를 쫓아내야 하는 거잖아?'

교회에 가면 기도를 받고 퇴마의식을 한다고 들었다. 이제 교회로 가 봐야 할 것 같았다. 그런데 어느 교회를 가야 하는지 몰랐다.

나는 초등학교 1학년 때부터 친한 수혁이라는 친구가 있다.
수혁이 어머니는 내가 아는 사람 중 교회를 가장 열심히 다니시는 분이다. 나는 수혁이에게 전화를 해서 내게 갑자기 이상한 목소리가 들린다고 어떻게 하면 좋을지 어머니에게 한번 여쭤봐 달라 했다.

며칠 후 어머니가 말씀해 주신 교회를 찾아 갔다. 별거 없는 예배가 끝나고 나가는데 목사님이 가는 사람들하고 악수를 하고 웃으며 인사하고 계셨다.

"잘 오셨습니다. 네, 또 오세요. 축복합니다."

뭐 이런 상투적인 인사였다. 그때 내 안의 목소리가 말했다.

[너도 가서 악수해 봐.]

용기를 내서 스윽 갔다. 근데 그 목사님이 말씀하셨다.

"아기 예수가 오셨네요."

!!!!!!!

아기'동자' … 아기'예수'!

2글자만 빼고 똑같았다. 갑자기 목 주위에 소름이 돋았다. 나도 모르게 놀라서 물었다.

"뭐라고요?"

"네?"

목사님이 웃으시며 쳐다보셨다.

"방금 뭐가 왔다고요?"

"제가 방금 뭐라고 했나요?"

"방금 말씀하신 걸 잘 못 들어서요."

확인차 다시 물어보려는데 빙긋 웃으시더니 온화한 목소리로 다시 되물으셨다.

"제가 방금 뭐라고 했나요?"

근데 순간 무언가 느껴졌다.

'저 사람 방금 자기가 한 말 아무 생각 없이 저절로 나온 말이구나!'

교회를 나와 대승이랑 수혁이에게 각각 전화해서 있었던 일을 이야기했다. 그냥 친구들은 신기해하며 말했다.

"뭐가 오긴 왔나 보다."

3. 수혁이를 찾아가다

그날 저녁에 수혁이한테 만나자고 전화가 왔다.

수혁이는 초등학교 때부터 교회 행사가 있을 때마다 매년 나를 초대해 줬다. 중학교 1학년 때는 수혁이 어머니가 나도 교회 좀 다니라고 권유하셔서 방학 때 탐방차 한 번 가 봤다. 수혁이의 가족들도 다 같이 다니는 별로 크지 않은 작은 교회였다.

예배가 끝나고 방에 모여서 하는 공과공부 시간. 일진 같은 2명이 내 뒤에 앉아서 히히덕거리며 발로 툭툭 치고 장난을 걸었다. 둘 다 키는 나보다 작았는데 한 명은 뚱뚱하고 다른 한 명은 눈이 쫙 찢어져서 장난기가 많게 생겼었다. 이놈들이 전도사님이 나가시니 날 노려보면서 욕을 했다. 당시 어렸던 나는 교회 가면 다 착한 애들만 있다고 생각했었다.

'아, 애들이 나랑 친해지자고 장난치는 건가?'

웃으면서 내가 물었다.

"응? 뭐라고?"

한 놈이 어디서 쪼개냐면서 내 얼굴에 침을 뱉었다. 어이가 없고 화가 났다. 그걸 본 수혁이가 나를 끌고 나왔다.

"야! 나를 말리면 어떡해? 쟤네가 침을 뱉었고 나는 가만히 웃고만 있었는데?"

나는 화 안 난 척 웃었다.

"야, 니가 좀 참아."

그 당시 수혁이는 나보다 더 크고 힘이 셌다. (할아버지가 이승만 대통령 경호원이셨고, 아버지는 씨름대회에 나갔다가 소를 끌고 집에 돌아오신 적이 있다 했다.) 우리 아버지는 40살까지 복근이 있었는데 수혁이가 중1 때 팔씨름을 해서 이겼다. 당시 나도 크고 덩치도 있었지만 수혁이랑은 절대 싸우지 않기로 마음먹었었다. (말.잘.들.음.)

'무슨 이런 경우가 다 있지?'

나는 교회 다니는 사람이 나쁜 짓 하면 그냥 다이렉트 지옥행이라고 생각해서 의아했다.

"쟤네 원래 안 그런 애들인데 오늘 좀 이상하다. 니가 참어."

수혁이가 나를 달래며 집으로 가자고 했다.

'쟤네가 뭐라 했든 수혁이가 그러자는데 뭐! 수혁이 부탁이 우선이지!'

나는 쿨한 척했다.

"근데 나 얼굴 세수 좀 하고 가자!"

얼굴에 침이 묻어 있어서 찝찝했다. 수혁이는 가기 전에 엄마한테 인사 좀 하고 온다며 사라졌다. 얼굴을 씻고 소변기에서 일보고 있는데 아까 그놈 둘이 화장실 문을 잠그고 들어왔다. 뒤에서 발로 내 무릎 뒤쪽을 툭 찼다. 소변이 바지에 묻었다.

"낄낄낄낄낄…."

'하아. 문을 잠갔다 이거지?'

오히려 기회 같았다. 조용히 바지를 추키고 웃고 있는 아이의 머리채를 잡아 물고문하듯 대변기에 집어넣었다. 다른 한 아이는 깜짝 놀라 아무것도 못했다. 당시 기억이 잘 안 나는데 나가려는 아이를 막고 몇 대 때렸던 것 같다. 그리고 조용히 마무리를 해야 했기 때문에

"나 다음 주부터 교회 안 올 거니까, 너넨 나 땜에 교회 안 나왔다 그러면 나중에 니네 학교로 찾아간다."

겁을 주고 아무 일 없던 것처럼 집으로 돌아왔다. 사람 많은 교회도 아닌데 걔네가 나 때문에 안 나오면 안 될 것 같아서 그렇게 말했던 것 같다. 몇 년 후 수혁이가 교회 행사에 초대해서 놀러 갔는데 그 둘이 있길래 그때 그 일을 사과했다. 나의 기억에 교회는 그런 곳이었다.

통화 후 만난 수혁이는 심각하고 진지해 보였다. 수혁이는 초등학교 1학년 때부터 오래 봐 왔기 때문에 나를 믿는다고 말했다. 근데 내가 목소리가 들리는 것은 믿지 않는다고 했다.

'나를 믿는데' 내가 '목소리가 들린다'고 하는 말은 믿지 않는 '앞뒤가 안 맞는 이상한 말'을 하고 있었다. '내가 소리가 들린다는데 왜 니가 믿고 말고를 하냐?' 이야기를 했다. 그리고 내 증상에 대해 차에서 둘이 토론을 시작했다.

"들리는 게 지금도 들리냐?"

목소리도 들리고 저절로 알아지는 것도 있다고 현재 상태를 사실대로 말했다. 수혁이는 나보고 헛소리하지 말라 했다. 그럼 그 목소리는 지금 뭐라 하냐며 목소리의 정체에 대해 궁금해했다. 난 지금 3명이 대화하는 거나 마찬가지라고 말해 줬다. 수혁이가 내가 절대 알 수 없는 것들을 물었고 나는 들리는 목소리를 전

달했다. 질문은 정말 유치한 것부터 시작했다.

"지금 내 동생 어디 있는 줄 아냐고 물어봐 봐.
걔 요즘 뭐 하는지 아냐고 물어봐 봐.
우리 엄마는 집에 있는지 없는지 물어봐 봐."

이런 어이없는 것부터 대답을 하다가

"그냥 니가 물어봐! 들리는 목소리 따라서 전달만 할게."

하고 들리는 목소리로

1. 동생 얼마 전에 여자친구랑 헤어진 것.

2. 어머니가 니가 교회 안 나와서 힘들어하시고 매일 기도하신다는 것.

3. 요즘 니가 이런 일로 마음이 힘들구나.

맞아? 하면서 내 들리는 목소리를 처음으로 테스트했다.
2시간쯤 지나 이 덩치 산만한 놈이 갑자기 엉엉 울기 시작했다.

"야, 신일아! 너 이제 어떡하냐? 그럼 앞으로 너 점 보는 거야? 뭐 신받고 이런 거 해야 돼?"

"나도 모르지."

"근데 남에게 피해 주는 건 없잖아? 그냥 지금 정신적 충격에 의해서 일시적으로 그런 걸 수도 있으니까 좀 지켜보자."

아기동자 아니면 아기 예수님이 왔다고는 하는데 미친놈 취급받을 수 있으니 다른 사람에게는 비밀로 하자고 했다. 물론 테스트는 계속해 보기로 했다.

"너 내일 출근해야 되니까 그만 가자."

"야 신일아. 나 다리가 떨려서 못 일어나겠다! 차 문 좀 열어 줘."

"웃기시네? 그런 거 안 믿는다는 녀석이!"

"나 태어나서 이런 적 처음이야!"

차 문 열어 주고 집에 못 가겠다는 걸 문 앞까지 데려다줬다.

"신일아. 박상하고도 얼른 만나서 이야기해 보자."

알았다 하고 둘 다 답을 가지지 못한 상태로 헤어졌다.

[미신에 집착하는 박상]

박상은 초등학교 3학년 때 만났는데 박상, 수혁이, 나, 이렇게 셋이서 오래된 친구다.

그 녀석은 자기는 이순신을 못 봐서 이순신은 없을 수도 있다고 하는 정신 나간 놈이다. 자기는 죽어도 본 것만 믿는다는 놈이었다. 그래서 '난 네 아빠를 못 봤으니까 너는 아빠가 아예 처음부터 없을 수도 있네?' 하고 그 주장이 말도 안 된다고 비아냥거렸다. 박상 아버지는 박상 3살 때 돌아가셨다.

나는 다음 날 바로 박상을 찾아갔다. 박상은 내용을 들어서 다 알고 있었다. 그리고 비웃음 가득한 표정이었다. 어이가 없었다.

"야, 넌 친구가 맛이 갔다는데 좋냐?"

"왜 왜! 그래서 뭐? 안 그래도 어떻게 그 정신병을 고쳐 줄까 고민하고 있었다!"

박상은 뭐가 좋은지 실실 웃으며 이야기했다. 내가 맛이 갔다는 것은 확정이고 고칠 생각을 하고 있었다.

"니가 들리는 건 뭐, 어쩔 수 없다 치는데. 뭐가 알아진다며? 그건 내가 깨줄 수 있을 것 같아."

"어떻게?"

"내가 10가지 문제를 내면 맞혀 봐. 절대 니가 알 수 없는 것들이다."

박상이 문제를 냈다. 뭐 하나, 두 개, 세 개 하더니

"아, 이건 예측이 가능해서 때려 맞힐 수도 있겠다."

8개, 9개 되니까 애가 부들부들거렸다. 궁시렁궁시렁 욕을 하면서 이게 아닌데. 이게 아닌데 하며 혼자 부들부들거렸다.

"아니. 대체 이걸 어떻게 알지?"

그러나 역시 박상은 이과 출신이었다. 마지막에 사진 한 장을 보여 줬다.

"내 친구인데 이 친구 지금 뭐 할까?"

그래서 들리는 대로 전달해 주었다.

"그럼 그렇지! 하하"

박상이 갑자기 혼자 신났다. 박상은 막 웃다가

"야, 그거 시간 지나면 그냥 나아. 정신적 충격이 심했나 봐. 걔 얼마 전에 갔어. 하늘나라로."

다 맞추면 믿을 뻔했다는 것에 대한 안도감과 역시 자기가 맞았다는 자아도취에 취해서 승리를 만끽하고 있었다. '들리는 게 뇌 문제가 맞나 본데? 다 알아지는 건 속임수고 사람 뇌라는 것이 아직 밝혀지지 않아서 정말 아기동자니 아기예수니 하는 것은 없는 거구나.' 안도감이 들었다. 그런데 질문 시간이 끝났는데 박상은 쉬지 않고 계속 질문했다.

"아까 질문한 건 어떻게 알았어?"

"그냥 목소리가 들린 걸 전달한 거고, 이게 다 안 맞는 건 니가 증명했어."

신기하다고. 내 뇌가 상상하는 게 생각보다 뛰어난 것 같다고. 번개 맞고 예지 능력 생기는 사람들처럼 심한 스트레스를 받으면 느껴지는 게 생기는 것 같다는 이야기들을 했다.

"근데 생각해 보면 말도 안되는 게 니가 절대 알 수 없는 나만 아는 걸 질문했는데 9개는 어떻게 맞춘 거지?"

박상은 혼자 고민하기 시작했다. 또 몇 시간 동안 이런저런 질문도 하고 내 상태에 대한 대화를 계속했다.

'이상한 건 맞는 것 같은데 확실히 신기한 것도 맞다.
미래의 일도 질문해서 맞나 보자.
로또 번호를 맞혀 봐라.
자기 언제 여자를 만나냐.
어디로 이사해야 좋을 것 같냐.'

하면서 점점 대화가 변질되었다. 목소리를 듣다가 선을 넘어 변질된 후 로또를 둘이 사러 갔다. 목소리 들리고 한 일이 이거라니. 나도 내가 참 미친 것 같았다. 결과적으로 그 로또는 맞지 않았다.

미래에 대한 예측 중에 맞은 것도 있고 틀린 것도 있는데 대화 중 알아낸 것은 목소리가 대답하지 않는 것도 있다는 것을 알아냈다. 박상은 이런 증상들이 계속 생기면 자기가 다 깨주겠다고 언제든 말만 하라고 뭐 이런 대화를 하면서 집을 나왔다. 그런데 이 친구가 그 후로 질문 제일 많이 한다. 어머니 아프시다는데. 하면서 전화 오고 동생 결혼할 남자친구 생겼다는데. 코인 그거 얼마 가냐 등등 질문을 제일 많이 한다.

박상이 나의 정신병을 고치겠다고 시작한 대화도 결국 아무 소용없었다. 나를 이성적이고 객관적으로 분석하고 비웃던 박상은 점을 보고 복권을 사는 사람이 되었다. 그런데 박상과 이야기하며 기억난 것이 있었다. 이런 이상한 일이 시작된 것이 최근 일이 아니라는 것이다. 박상과 수혁이와 같이 놀던 중학교 때도 이상한 나쁜 예감이 들었던 적이 있었다.

[사쿠라펜 도둑질]

　수혁, 박상이 중3 때 태정이라는 친구를 데려왔다. 재미있고 대단한 친구라고 소개했다. 태정이는 나를 꺼려 하는 눈치였다. 수혁이와 박상이 어느 날부터 사쿠라펜이라는 비싼 일본 볼펜을 나에게 하나씩 주기 시작했다. 느낌이 이상했다. 이건 100% 불법적인 일임이 분명했다. 태정이가 거슬렸다. 대놓고 물었다.

　"요즘 수혁이랑 박상 너네 도둑질하고 다니냐?"

　둘은 서로 마주 보며 깜짝 놀라는 눈치였다가 살며시 웃으며 말했다. 전문가가 따로 있다고. 난 말하지 않아도 그 전문가가 누구인지 알 것 같았다. 태정이를 불러오라 했다. 웃기게도 태정이는 귀하신 몸이고 바쁘다며 안 된단다.

　"이 도둑놈들아. 너네들이 거지인 것은 알지만 미친 짓도 적당히 해라!"

　그러자 도둑들은 항변했다.

　"가난해서가 아니라 재미로 하는 건데?"

　제정신이 아니었다. 수혁이와 박상은 언젠가부터 쉬는 시간이나 점심시간에 우리 반으로 오지 않았다. 내가 그 반으로 가 봐도 아무도 없었다.

　처음엔 훔쳐 온 물건이 사소한 것이었는데 점점 심해졌다. 박스째 무언가를 훔쳐 와 내 자리에 갖다 놓고 갔다. 점점 물건이 대담해졌다. 값어치도 높아졌다. 그 반에 가서 이런 짓 그만하라고 물건을 돌려주라 하면 비웃고 뜯어 반에 뿌렸다. 화가 났지만 말이 통하지 않았다. 그러던 어느 날 몸살처럼 몸이 많이 아픈 날이었다. 수혁이, 박상, 태정이, 셋이 점심시간에 우리 반으로 왔다.

　"엄! 큰 건이 있어. 물건 들어오는 날이 오늘인데 아줌마랑 아저씨가 좀 모자라

단 말이야. 그래서 트럭에 있는 거 박스째로 이동시킬 수 있는데. 엄, 너는 안전
해. 그냥 멀리서 망 좀 봐주라."

"헛소리하지 마. 고만해라 이제 좀. 그리고 나한테 이제 공범까지 하자 그러냐?
언제 정신 차릴래?"

태정이가 웃으며 한마디 했다.

"아이, 왜 그래? 이거 다 돈인데?"

나는 몸살이 나 정신이 몽롱해서 그랬는지 태정이의 몸 주변이 어두워 보였다.
색이 두꺼비같이 짙은 녹색의 어두움으로 보이고 악취가 나는 것 같았다. 나도
모르게 욕을 했다.

"야, 이 새끼들아 어디서 이런 걸 친구라고 데리고 왔냐? 이 새끼 빨리 제자리
에 안 갖다 놔? 완전 맛이 갔잖아?"

"가기 싫음 가지 말지 왜 멀쩡한 태정이 보고 괜히 난리야? 이따 쌔빈 거 갖다
주면 고마워할 거면서! 야! 빨리 가자!"

박상은 자기 할 말만 쏙 하고 가 버렸다. 몸살 기운 때문에 힘들었지만 불안한
마음이 너무 컸다. 가만히 있을 수가 없었다. 따라 내려갔다. 나는 한 번도 그들
이 도둑질을 하는 것을 본 적이 없었다. 수혁이가 망을 보고 박상이 가게 안에 가
서 아줌마의 시선을 끌고 태정이가 트럭 뒤에서 무언가를 하고 있었다. 타이밍이
맞았는지 그들은 짠 것처럼 움직였다.

잠시 후.

난 태어나서 사람이 외치는 가장 큰 비명을 들었다.

고통이 소리로 느껴졌다. 내 눈앞에 보이는 현실이 믿기지 않았다. 태정이의 팔이 기괴하게 뒤틀려 있었다. 물건을 박스째 훔치려고 손을 넣는데 트럭이 출발한 것이다. 손이 끼인 채로 꺾여 팔이 비틀려 기괴하게 뒤틀렸다. 부러지거나 그런 것이 아니다. 관절이 뒤틀려 꺾여 버렸다. 팔이 꺾일 수 없는 각도로 꺾여 있었다.

몇 초 만에 일어난 일이다. 아무도 움직이지 않았다. 비명을 듣고 트럭이 섰다. 난 도둑질을 말리려고 따라가서 그 장면을 하필 바로 눈앞에서 봤다. 너무 비현실적인 장면을 봤기 때문에 몸이 움직이지 않았다. 그때 운전석에서 내린 아저씨에게 태정이 좀 살려 달라고 했다. 나는 빨리 가서 미친 듯이 소리를 지르는 태정이 뒷덜미를 잡고 조수석 문을 열었다.

"아저씨! 얘 지금 아저씨 트럭에 팔이 꼈는데 꺾이면서 이상한 소리가 났어요. 아주대 응급실로 좀 가 주세요. 네?"

난 어디서 이런 용기가 났는지 모르겠지만 아저씨에게 말했다. 태정이는 가는 내내 극한의 고통스러운 소리를 내고 눈물을 흘렸다. 응급실에 간 후 기억이 별로 없다. 충격이 컸다.

다음 날 태정이를 포함 약 20명 정도가 학교에 안 나왔다. 이상한 건 실제 목격자는 10명 정도일 텐데 20명이나 못 나왔다고 해서 좀 의아했다. 학교에는 긴급 공지사항이 떴다. 어제 생긴 일을 발설할 시 최대 퇴학처분을 내리겠다는 것이다. 무슨 일이 있었는지 궁금해하지도 말라고 했다.

그 후 내 친구들은 사소한 도둑질도 하지 않는다. 그리고 태정이와도 친하게 지내지 않았다. 그냥 우리끼리만 놀았다. 다시 학교로 온 태정이는 생각보다 멀쩡했다. 난 이 일이 있던 날 무슨 일이 일어날 것임을 직감했다. 그리고 내 몸이 아파서 잘못 봤다고 생각했지만 실제 태정이가 잠깐 어둡고 이상하게 보였고 사고가 일어났다.

상담을 했던 박상과 헤어진 후로도 목소리가 들리는 증상은 계속됐다. 나는 목소리와 계속 대화를 했고 시간이 지나면서 새로 알아낸 것들도 2가지 생겼다.

4. 오싹한 느낌과 돼지빗자루

어느 날 친구들과 모여서 운동을 하고 걸어가는데 갑자기 냉동실 문 연 것처럼 확 오싹해졌다.

"뭐야, 갑자기 여름인데 왜 추워?"

친구들은 웬 헛소리냐고 했다. 주위를 둘러봤는데 웬 오래된 집 철대문에 불교 마크 같은 게 보였다.

'어라? 저기 때문에 오싹한 거 같은데?'

한겨울에 창문 열어둔 것처럼 점점 오싹해지면서 추워졌다. 그 자리에는 내 증상을 말 못 한 친구들도 같이 있었다.

"먼저 가고 있어 봐. 나 잠깐만."

그 집 근처로 가니까 더욱 추워졌다가 조금씩 멀어지니 싸늘한 느낌이 사라졌다. 그 주변을 한 5번 왔다 갔다 했다. 그리고 확실히 깨달았다.

'저 집에 뭐가 있다.'

그 집에 가까워지면 오싹하면서 엄청 찬바람에 닭살 돋는 느낌이 들고 멀어지면 점점 원상태가 되었다.

그날 밤, 이 이야기를 대구에 점집 알려 준 대승이한테 했다. 그랬더니 단박에 같이 가 보자고 해서 다음 날 그 집에 찾아갔다. 이번에는 혼자가 아니라 대승이와 둘이 같이 갔다.

그 집 앞에 가니 역시나 오싹한 느낌이 들었다. 지난번 간 대구 점집이나 교회에서는 이런 한기를 못 느꼈는데 이 집만 유독 이런 온도 차이가 느껴지니 왜 그럴까 궁금했다. 대문을 열고 들어가니까 안에 문이 열리더니 웬 인상 사나운 아줌마가 서 계셨다.

"저… 여기 점 보는 곳이에요?"

"에헤이~"

그런데 이 아줌마가 그냥 문을 닫아 버렸다.
대승이랑 나는 어이가 없었다.

"저기요?"

"뭐가 알고 싶어서 왔어? 다 알면서!!!"

갑자기 사나운 말투로 소리를 질러서 우리는 아무 말도 못하고 서 있었다.

"이런 곳에 다시 오지 마세요. 다 아시면서! 참!! 얼른 나가요!"

둘 다 놀랐다.

'뭐라는 거야. 저 아줌마가?'

대승이도 입이 벌어졌다.

"뭐야 이거?"

그건 나도 마찬가지였다.

"야, 무슨 이런 일이 다 있냐?"

나와서 이야기를 하며 한참 걸어가다 뒤를 보니 아까 그 아줌마가 대문 밖에 굵은 소금 같은 걸 촥촥 뿌리고 있었다.

"야, 대구에서도 그러더니 너는 저런 데 가면 안 되나 보다."

"그러게. 근데 뭘 안다는 거야, 내가."

우리는 냉대를 받고 그곳을 나왔다. 그리고 몇 년 후 이런 경험을 한 번 더 했다.

여자친구와 여행 가서 강원도 해변을 따라 운전을 하고 있었다. 언덕길에서 신호가 걸려 서 있는데 찬바람이 휙 불면서 닭살이 돋았다. 옆에 자리에 앉은 여자친구에게 '여기 뭐 있나 보다.' 하고 내가 예전에 말한 그 오싹한 기분이 든다고 하면서 주위를 둘러보았다. 아니나 다를까 왼쪽 맞은편 길 안쪽 파란 대문에 그 절 표시가 되어 있었다.

여자친구는 차 돌려서 진짜인지 들어가 보자고 한 번만 가 보면 안 되냐고 한 5번 부탁하는데 몸이 거부했다. 그래서 내 안의 목소리에게 물어봤다

[가지 않는 것이 좋다.]

그 사실을 말하기는 곤란했다. 그래서 나는 말했다.

"가면 갈 텐데 느낌이 찝찝하다. 그냥 가자."

여자친구는 빈정 상했는지 10분 동안 말을 안 했다. 한 이틀 여행하고 다시 바닷가 길로 부산으로 가기 위해 내려가고 있었다. 그때 또 오싹하는 느낌이 들었다.

"이 동네는 오싹하는 곳이 많네? 나 또 오싹한다?"

여자친구는 두리번두리번거리면서 '뭐가 있나?' 하고 주변을 둘러보았다. 우측에 이틀 전 언덕을 지나가면서 본 그 파란 대문 집이 보였다. 올라갈 때는 언덕이 있었는데 반대쪽에서는 언덕이 아니어서 이틀 전 그곳인지 몰랐던 것이다. 당시는 몰랐지만 목소리가 이런 곳에 가지 말라고 한 이유는 몇 년이 지난 후 깨달았다.

나는 정신병에 걸린 건지 신내림을 받은 건지 알 수 없었지만 성격상 '아! 정신병, 아! 신내림. 그렇구나.' 하고 순응하고 내버려 둘 수가 없었다. 나는 내가 부러져서 죽을지언정 뭔가에 굽히는 성격이 아니다. 싸워서 이겨야 한다. 정신병도 신내림도 극복해 낼 거라 생각했다. 내 성격이 지금 이렇게 된 이유는 가정환경에도 있었다.

[돼지빗자루]

내가 태어났을 때부터 우리 집은 맞벌이였다. 어머니는 회사에서 스트레스를 많이 받은 날은 내가 무언가 잘못하면 돼지빗자루를 들고 때렸다. 대왕 칫솔 모양으로 생긴 옛날 방빗자루였다.

"엄마는 이렇게 나가서 힘들게 일하는데, 니는 그거 하나 못하나? 니는 엄마 없으면 우얄라꼬 그라노 으이?"

보통 이 매질은 어머니가 스트레스 받은 일이 뇌에서 좀 사그라 들면 끝났다. 6학년 땐 시험에서 전 과목 총 2개 틀려 전교 1등 했는데 아는 문제를 실수로 틀렸다며 1시간 동안 맞기도 했다.

초등학교 3학년 때.
두부를 사 오라는 심부름을 하는데 300원이 남았다.

'응? 나는 300원이나 있는데? 옆에 오락실이 있네? 후후훗. 아 100원 썼다고 설마 뭐라 하겠어? 얼른 한 판만 하자!'

그런데 하다 보니 100원으로 끝판을 깼다.
30분쯤 걸렸나 보다. 동네 코흘리개 애들이

"우와 이거 끝판 깬 사람 처음 봐!!!"
"형, 이거 제 이니셜 새기면 안 돼요?"

이러는데 나는 맨날 끝판을 깨는 양 대답도 안 하고 그냥 일어나서 두부 들고 집으로 기분 좋게 튀어왔다. 그게 6시 30분이다. 그날 6시 30분부터 맞았다. 금방 끝날 줄 알았던 매질이 멈추질 않았다. 돼지빗자루는 정말 돼지를 죽일 수도 있다. 엄청 아프다! 이미 죽을 정도로 맞은 상태를 한참 넘어갔는데도 안 멈췄다.

무릎 꿇은 채로 맞다가 팔은 더 맞으면 안 될 것 같아서 얼굴로 맞았다. 그게 8시 30분쯤 끝났다. 2시간을 맞았다. 매를 맞기 시작했을 때는

'나 오락실 가서 100원 썼다고 이렇게 맞는 게 말이 되나? 오늘 안 좋은 일이 있으셨나 보다. 일단 맞자!' 했는데 1시간 넘어가고부터 살려 달라고 빌었다. 정말 죽을 것 같았다.

죽을 것 같아서 죽을 것 같은 게 아니라 진짜 의학적, 과학적으로 사망에 이를 것 같았다. 그리고 밥을 먹자네? 이렇게 사람을 죽이려고 후두려 패 놓고?

'아, 이제 끝났다!'

안도하며 밥을 먹으려는데 너무 많이 맞아서 띵띵 부어가지고 팔이 안 들렸다. 엄마는 내가 낑낑거리는 걸 보더니 자기도 팔 아프다며 말씀하셨다.

"알아서 안 먹을래?"

눈물 한 방울이 뚝 떨어질 정도로 아프지만 손이 움직여졌다. 역시 사람은 정신력이다! 다 먹고 잘 먹었습니다! 인사하고 어기적 어기적 방으로 들어갔는데 엄마가 따라 들어왔다. 나는 '약 발라 주려나…' 생각했는데 돼지빗자루를 들고 있었다. 그리고 마치 기억상실에 걸린 사람처럼 말씀하셨다.

"니 뭐 잘못했노?"

너무 놀라 말이 안 나왔다. '끝난 거 아니었어? 이게 현실이 맞아? 이거 6시 30분으로 시간이 돌아갔나? 아닌데? 이렇게 부었는데 또 때린다고? 잘 먹었습니다 인사를 너무 작게 했나?' 머릿속에 온갖 생각이 드는데 말이 안 나왔다. 반항할 몸 상태도 아니었다. 그렇게 또 맞기 시작하니 다시 눈물과 함께 입이 열렸다! 잘못 했다고 살려 달라고 빌었다.

아무도 날 살려 주지 않았다. 신께 빌었다. 내가 잘 몰라서 죄송하다고 신이 계시면 저 좀 딱 한 번만 살려만 주시라고 진짜 이러다 죽는다고. 그런데 끝나지 않았다. 계속 맞고 계속 빌면서 정신이 피폐해졌다. 신? 그런 건 없었다. 아니, '없었다'라고 말한 건 실수다.

'신은 없다.'

난 발바닥 빼고 얼굴부터 발등까지 보라돌이가 되어 있었다. 발바닥을 제외한 온몸이 다 아파 막을 곳도 피할 곳도 없었다. 하도 맞다 보니 정신이 나갔는지 사람 목소리가 들려왔다. 우는 목소리였다.

[그냥 말하자. 말하면 된다.]

너무 맞아서 귀에 이상이 생겼다. 죽기 전에는 인생이 주마등처럼 지나간다고 했는데 그런 것은 보이진 않았다. 밤 11시 30분. 집 문 열리는 소리가 났다. 구세주가 왔다. 신이 사람의 몸을 하고 나타난 것이다. 근데 너무 늦어서 이미 내 마음은 꺾였다. 이게 타이밍인 것 같다. 시점은 정말 중요한 것 같다.

아버지는 그날 7시에 들어와야 했다. 그 타이밍이 맞지 않아 어린 나에게 신은 없게 된 거다. 아버지는 큰소리, 폭력 그런 거랑 전혀 거리가 먼 분이다. 외골수 기질은 있지만 인격자이시다. 방문을 열고 나를 본 아버지는 처음이자 마지막으로 어머니 따귀를 딱 1대 때리셨다. 난 살았다는 안도감이 들었다. 사실 살았다라기보단 '죽지 않았다'였다.

'왜 이제 와…'

하는 생각도 했지만 그런 나쁜 생각, 나쁜 말을 하면 안 될 것 같았다. 아버지가 오셨음에 그저 감사의 눈물을 흘렸다. 너무 아파서 잠이 오지 않을 것 같다는 생각을 하면서 잠들었다. 부은 눈에 눈물과 서 계신 아버지 그 뒤에 형광등이 하나가 되어 아버지가 빛으로 보였다.

난 그 후로 맞는 게 진심 하나도 두렵지 않았다. 어머니 포함 모든 사람이 두렵지 않게 되었다. 원래 더 두려워지고 벌벌 떨고 보기만 해도 오줌 지리고 할 것 같은데 아니다. 다시 태어난 기분이었다. '이제 진짜 잘 살아야겠다!' 하고 오히려 두려움이 사라졌다. 그리고 신도 사라졌다. 정확히는 사라진 건 아니다.

'아버지가 신이 되었다!'

다음 날 몸이 안 움직이는데 어머니가 옷을 입혀 주셨다. 너무 아파서 그러는데 학교 하루만 안 가면 안 되냐고 물었던 것 같은데 학교는 가야 된다 했다. 내 몸에 안티푸라민 바르는 그 손길이 벌레가 기어다니는 것같이 혐오스러웠다. 이게 어떤 누군가에게는 엄마의 손길일 수 있다는 것을 처음 알았다.

보라색이 되고 퉁퉁 부은 팔이 들리지 않아 옷도 어머니가 입혀 주는데 자꾸 나쁜 생각, 나쁜 말이 떠올랐다. 그런데 그런 생각이 들면 안 됐다.

"팔 들어라!"

팔을 들고 싶었지만 안 올라갔다. 옷을 넣는데 눈물을 뚝뚝 흘리며 옷에 입혀졌다. 피부가 뜯겨 나가는 줄 알았다. 그런데 어떻게 또 참아졌다. 지금이야 이런 일 있으면 가정폭력이나 아동학대 이런 걸로 바로 철컹철컹에 사형인데 그때는 그런 거 없었다.

그렇게 맞으면 몸이 감기몸살마냥 열이 난다. 아픈 것도 아픈 거지만 밥 먹으라는 엄마 말을 들을 수가 없었다. 팔이 들려야 먹지.

"안 묵나?"

"팔이 안 들리는데 어떻게 먹어."

내가 우니까 엄마가 말했다.

"가그라!"

그래서 나는 집을 나올 수 있었다. 집에서 나와서 신발의 반씩 10cm씩 걸어가는데 학교까지 얼마나 오래 걸렸는지 기억이 잘 안 난다. 분명 갈 때는 '킥킥킥, 깔깔깔, 누구야~' 하는 소리도 들리고 애들이 보였는데 정문에 도착하니 사람이 아무도 없었다. 늦어서 벌받는 애도 없고 아무도 없었다.

교실 가서 문을 여는 순간부터 내 책상까지 걸어가는 데 꽤 오랜 시간이 걸렸다. 선생님이 움직이실 때까지 아무도 나한테 말조차 걸지 못했고 움직이는 사람도 없이 쳐다보기만 했다.

'흐읍!'

하고 여자애가 터져 나오는 비명을 손으로 막는 소리만 들렸다. 내 모습을 보는 것만으로도 모두가 너무나 충격이었다. 사실 세상에서 가장 충격을 받은 건 나였다. 자리에 앉아 소리도 못 내고 눈물만 뚝뚝 흘렸다.

선생님이 정신을 차리고

"신일이 양호실로 가게 좀 도와주자!"

하셨다. 부축하려고 짝꿍이 팔을 잡자 오히려 더 아팠다.

"아! 만지면 더 아파요. 그냥 혼자 갈게요."

선생님이 약간 떨어져 넘어지면 잡아 주려는 모션을 취하셨다. 손대려고 하는 것조차 아프게 느껴졌다.

"선생님… 죄송한데 손 좀 내려 주세요."

안 닿았는데 손이 근처에 있는 것만으로도 반쯤 닿은 것같이 느껴졌나 보다. 선생님이 아주 부드러운 목소리로 물으셨다.

"어떻게 된 거야, 누가 이랬어?"

나는 울면서 말했다.

"엄마한테 맞았어요."

선생님은 부드럽게 계속 물으셨다.

"신일아, 거짓말하지 말고 똑바로 말해야 해. 이건 똑바로 말 안 하면 안 돼."

나는 어머니 직장 전화번호 불러드리고 통화해 보시라 했다.

"병원 가자, 병원! 엄마 오시라 했어."

"안 돼요! 엄마 부르면 안 돼요! 이거 알려지면 나 엄마한테 또 맞을지 몰라요. 그냥 가만히 있을 테니까. 양호실에서 쉬게 해 주세요."

내 얘기를 들은 선생님은 급하게 뛰어가서서 어머니 못 오시게 전화를 걸어 주었다. 그날 난 양호실에서 하루 종일 울었다. 양호선생님께 부탁해서 아무도 안 봤으면 좋겠다고 조용히 있다 집에 갈 테니 부탁드린다고 하고 잤다. 그 일 뒤로 난 동네 형? 동네 깡패? 친구들과의 싸움? 웃겼다. 혼을 내 주는 거지 난 누구와

42
믿지는 않지만 신기한 이야기 1

싸워 본 적이 없다. 딱 한 번 고등학교 1학년 때, 고3 양아치 2명한테 맞은 것 빼고는 싸워서 지지 않았다.

얼마 후 같은 반 한 아이가 아버지가 만들어 주신 내 고무동력기를 몰래 가지고 나가 날려 보다가 나무에 걸리는 바람에 걸레를 만들어 돌아왔다. 그냥 사과만 했어도 아무 문제 없었을 텐데, 만든 사람이 잘못 만들어 나무에 걸렸다는 말을 듣고 화가 나서 싸웠다. 싸운 게 아니고 그냥 일방적으로 때리다 끝났다. 집에 왔는데 어머니가 퇴근하면서 내 얼굴을 보더니 갑자기

"니 얼굴에 스크라치 이게 뭐꼬?"

하는 것이다.

'잉? 이거 뭐지? 언제 생긴 거지?'

"니 누구한테 뚜들기 맞았나? 몽디 어디 갔노 몽디!!! 엄마는 이렇게 힘들게 일하는데? 니는 맞고 들어와?"

돼지빗자루를 찾으며 막 급발진을 하는데 그 타이밍에 집에 전화가 걸려왔다.

"니 딱 기다리라잉!"

엄마는 전화받았다.

"뭐라꼬예?"

통화를 하다 엄마는 나를 한 번 쳐다봤다. 엎친 데 덮쳐 버렸다. 내가 때린 애 엄만가 보다.

'아 난 또 뒤졌다.'

재빠르게 살 방법을 궁리했다. 그리고 바로 답이 나왔다!

'방법은 신 님밖에 없다. 일단 때릴라 하면 튀어나가서 신 님께 전화를 걸어야 한다! 그게 유일한 길이다!'

필요한 준비는 적절한 회피 능력과 빠른 다리! 신발도 있으면 좋으니까 신발 위치 파악해 두고! 공중전화를 이용해야 하니까 100원까지!!!

'오케이! 준비 완료!'

"아이고 그래예? 아이고 우리 아이가… 그런 아가 아인데…아이고 죄송합니 더…. 아임니더. 네, 주소 좀 불러주이소. 지금 가께예…."

하고 엄마는 그대로 다시 나갔다. 바로 집전화로 아빠 공장으로 전화 걸고 어린 나는 이루어져야만 하는 기도를 했다!

"아빠! 엄마가 나 또 때릴라 하니까 빨리 지금 와야 돼! 일단 왔다가 다시 가더라도 빨리 와야 돼, 빨리!!!"

내 얘기를 들은 신 님께서는 세상 아무것도 모르는 소리를 하고 있었다.

"엄마 바꿔 봐!"

"지금 이럴 때가 아니야 아빠! 이 시간도 아까우니까 빨리 와! 뚝!!"

이렇게 기도는 끝났다. 그리고 과연 신이 먼저 도착하느냐 엄마가 먼저 도착하느냐 생각하는데 그 사이 또 머리를 썼다! 어차피 신은 날 버리지 않을 것이기 때문에 분명 올 것이다. 이제는 누가 먼저 도착하느냐의 문제 아닌가? 난 열쇠로 문 안 열리게 잠금장치를 걸고 소리가 나길 기다렸다.

난 이제 안 맞는다!!!

엄마가 먼저 오면 신이 올 때까지 문을 안 열고 신을 기다리면 그만. 그리고 신 이 먼저 오면 게임 끝! 띵똥띵똥 철컥철컥!!! 열쇠 넣는 소리가 났다.

'와 씨. 왔다!'

"신일아! 문 열어! 엄신일!"

'와, 이게 바로 그 신의 목소리구나? 아빠다!!! 난 살았다!'

물론 이때는 맷집이 좋아져서 한 30분은 아들 된 도리로 예의상 맞아 드릴 수 있긴 했다.
그리고 엄마 도착. 후훗.

'왔냐? 뭐 어쩔라고? 때릴라믄 때려 보든가'

하는 표정으로 실실 쪼개면서 티비 보는 척하려는데 엄마가 웬 치킨이랑 손을 잡고 나만큼 밝은 표정으로 왔다.

?????

"우와, 치킨이다!!! 근데 웬 치킨???"

아버지와 나는 저 치킨의 의미가 무언지 지금 상황이 어떻게 되는 건지 이해가 안 돼 멍을 때렸다.

'지금 매타작하는 비상상황 아니었나?'

"아이고 우리 아아가 사움(싸움의 경상도 방언)을 했는데 남의 아아를 때리 가꼬 전화가 걸려왔지 않습니꺼. 그래서 치킨 한 마리 사서 가가 미안하다 카고 오는 길에 우리도 무울라꼬 안 사왔심니꺼."

엄마는 그 말을 하면서 웃고 있었다. 뭐라 하는지는 이해할 수 없지만 일단 비상상황 해제에 치킨이다! 그렇게 이 상황은 끝났다. 나중에 이 일을 해석해 보려는데 이해가 안 되는 것이다. 몇 날 며칠을 고민했다.

'아… 싸우는 게 문제가 아니라 티 나는 상처가 나면 집에 전화만 걸려 오면 되는 거였나?'

이렇게 결론을 내린 나는 싸우면 끝나기 직전 구경하던 애들한테 물어봤다.

"야, 나 얼굴에 상처 났냐?"

"응? 얼굴? 조금?"

"티 나?"

"응 조금."

때린 친구에게 말했다.

"야, 너 엄마한테 말해서 우리 집에 전화하라 그래라."

"아니야. 안 그렇게. 절대 그런 일 없을 거야!"

"전화가 안 걸려 와서 내가 집에 가서 맞으면 넌 내일 딱 3배로 돌려줄게."

그럼 전화가 걸려 왔다.

"아, 아줌마 죄송한데 지금 엄마가 아직 퇴근 안 하셨는데 6시 30분쯤 오실 거예요!"

이러고 있었다. 근데 나중엔 더 쉬운 방법을 알았다. 전화가 안 와도 됐다! 상처가 생긴 날은

"그 집에서 전화 걸려 올 거야!"

하면 끝!

"아이고, 야야 친구를 가따가 그래 때리고 그라믄 안 돼!!! 니는 누굴 닮아서 그래 싸움을 하노?"

하고 끝났다.

5. 나의 모토

그동안의 어머니 모토를 깨달았다!

'약. 육. 강. 식.'

내가 약해서 뜯어 먹힐까 봐. 뜯어 먹힐 바에는 뜯어 먹으라는 거였다. 어린 내 생각엔 엄마는 회사에서 뜯어 먹히는 존재였던 것이다. 근데 나 때문에 뜯어 먹혀도 참는데 나도 뜯어 먹히니 너무 속이 상했던 거 아닌가 생각했던 것 같다.

그렇게 몇 년의 세월이 흐른 후 중1 때 드디어 내가 힘으로 엄마를 제압 가능하겠다는 확신이 섰다! 난 그동안 살면서 이때만을 기다리고 있었다. 어느 날 또

"니 좀 맞자."

하고 돼지빗자루를 갖고 왔는데 그걸 뺏어서 창문을 깼다. 엄마를 때릴 순 없었다. 그리고 유치하게 말했다.

"이게 얼마나 아픈 줄 알아? 나 때리면 나도 때릴 거야!"

몇 달 후. 엄마가 그 일을 깜빡 잊고 이성을 잃어 돼지빗자루를 또 가지고 오는 것이다. 조용히 웃으면서 기다렸다.

"니 무릎 꿇고 앉아라!" (레퍼토리)

나는 그냥 실실 쪼갰다. 그러자 내 머리를 한대 때리길래 한대 맞았다.

'아, 역시 저걸로 사람을 때리면 안 돼! 돼지빗자루는 한 방 한 방이 짜릿하고

만! 훗.'

"니 엄마 말 안 들리나?"

두 번째 때리려 할 때! 빗자루를 뺏어서 똑같이 엄마 머리를 한 대 때렸다. 살살 때리지 않았다. 몇 년간의 울분을 단 한 번의 스윙에 담았다. 엄마는 울면서 방으로 가 문을 잠갔다.

나 아직 안 끝났다고 1만 대 맞은 것 중 이제 딱 한 대 갚았다고 밖으로 나오라며 돼지빗자루로 방문을 두들겼다. 그날 아버지가 오실 때까지 어머니는 방 문을 잠그고 밖으로 나오지 못했다.

그 후 우리 집엔 조용히 돼지빗자루가 사라졌다.

돼지빗자루 사건의 진실은 나도 어머니도 한참 후에 알았다. 어머니가 나를 너무 심하게 때렸다는 것에 대한 사과를 21살 때 울면서 말씀하셨다. 진심 어린 사과였다. 본인이 할머니한테 맞았던 게 트라우마가 되어서 자기도 모르게 똑같이 맞은 대로 때린 것 같다고. 어머니가 말씀하신 5시간 동안 때린 이유를 듣고 나는 엉엉 울었다.

"그날 이따 아이가…? 니가 하도 안 와가 엄마가 두부가게로 쫓아갔는데 아까 갔다 쿠대? 그래서 길이 엇갈렸는갑다 하고 가는데 오락실에 웬 아아덜이 모여서 구경을 하는기라. 그래서 보니 니가 오락을 하고 있대?"

"아이고 이놈아가 오락한다꼬 정신이 팔리가 이래 있었구나.'하고 그냥 돌아왔다. 다 놀믄 오겠지 하고 그런데 집에 도착해 한참을 있어도 안 오는기라. 기다렸다 물었재. 니 오데 갔다 왔냐고 그랬더니 니는 두부 사 왔다고 하대? 당당하게 두부 사고 200원 남았다고 주더라. 배가 너무 고팠는데 밥이 문제가 아닌 것 같았다.

그래서 **오락실 가서 100원 썼어요.** 하면 고만할라꼬 하는데 니를 아무리 때리도 '두부가 800원이었다.' 쿠는기라. 아무리 죽어라 때리고 다시 묻고 '솔직히만 말하면 매질 멈출게.' 부탁도 하고 빌고 해도 니는 '아니라고 아니라고… 두부는 800원이었다고.' 끝까지 그짓말을 하는기라. 우찌 됐건 미안타 엄마가…."

맞은 지 10년 넘는 시간 만에 알았다. 진짜 몰랐다. 내가 그렇게 말했다는 기억 자체가 없었다. 왜 맞았는지도 몰랐고 단순히 어머니가 회사에서 받은 스트레스로 인해 그렇게 때린 줄 알았다. 알고 나니 참 끝까지 말을 안 한 나도 멍청했지만 타협 없이 끝까지 솔직하게 말하라고 때려 주신 어머니께 정말 감사하다는 마음이 들었다. 때리느라 얼마나 힘들었을까? 한 번 사소한 거짓말을 하기로 마음을 먹으면 돌이키기가 쉽지 않다. 이미 그것으로 인해 문제가 생겼는데 그 이후 자백하면 몇 배의 잘못이 될 것 같아 솔직히 말할 수가 없었다.

그냥 솔직하게 '오락실에서 100원 썼어요. 게임이 너무 하고 싶었어요.' 했다면 지나가다 '애들 모인 거 봤다고 얼마나 많이 했으면 100원 가지고 게임을 그리 오래 하냐'며 게임 이야기를 하며 같이 맛있게 밥을 먹었을 것이다. 나는 거짓말을 해서 죽기 직전까지 맞았다. 그리고 거짓말 때문에 맞았다는 사실을 몰랐다. 하지만 아이러니하게도 거짓말을 할 수가 없게 되었다. 본능적으로 거짓말을 끝까지 고수하다가 그렇게 되었다는 것을 인지했고 이 사실은 나 혼자만 안다고 생각했던 것 같다.

덕분에 맷집은 숨이 끊어지기 직전까지 견딜 수 있도록 강해졌다. 숨이 끊어져 본 적은 아직 없지만 역으로 고통을 못 견딘 것도 없다. 거짓말이 원인이었지만 절대 폭력으로 해결되는 것은 없다. 어머니는 이 문제를 놔두면 큰일이 일어날 것 같았겠지만 시간이 좀 지난 후 사실대로 이야기했어도 같은 효과를 얻었을 것이라 생각한다.

[약육강식 청소시간]

나는 어머니의 피를 물려받아 학창 시절 세상은 '약육강식'에 의해 돌아간다고 생각했다. 동물의 세계에도 초식동물이 있고 육식동물이 있듯 인간도 먹이사슬이 있어 결국 강한 자만이 살아남는 것. 이게 곧 세상 법칙이라는 생각이 은연중에 생겼다. 손해를 볼 수 없었다. 한 발 양보하면 두 발 양보하게 되고 그러다 보면 나는 먹이사슬 저 아래에 자리 잡아 누구나 나를 만만하게 보고 뜯어 먹게 될 것 같은 불안감이 있었다.

남들보다 조금 더 낫게! 남들보다 한발 더! 그렇게 이겨야 살고 지면 도태된다는 생각을 가지고 있어 공부도, 운동도, 싸움도, 친구관계도, 가족도, 무엇 하나 누구에게 지고 싶지 않았고 남들보다 나아지길 원했다. 이 모든 이유는 뜯어 먹히지 않기 위해서였다. 지면 그냥 지는 게 아니라 죽는 것이기 때문이다.

그러다 고1이 되고 얼마 후 길에서 다른 학교 3학년 2명이 뭘 쳐다보냐며 욕을 하길래 계속 쳐다보다 싸우게 되었다. 실컷 두들겨 맞았다. 난 그냥 맞은 것이 아니었다. 뜯어 먹혀 죽은 것이었다. 싸워 봐야 애들 싸움이고 이것도 분명 연구한 사람이 있을 것이라고 생각했다. 난 격투기를 배우러 체육관을 찾아갔다. 찾아간 곳엔 한국 챔피언 출신의 관장님이 계셨다. 그분의 한마디가 가슴에 와닿았다.

"이만큼 공평한 운동은 없다. **네가 흘린 땀이 곧 너다.**"

생각해 보니 정말 맞는 말 같았다. 쟤도 팔2개 다리 2개, 나도 팔2개 다리 2개. 뭐가 부족해서 내가 뜯어 먹혀야 하는가? 그 말을 들은 날부터 남들은 45분 한 타임을 하는데 나는 학교 정규 수업만 마치고 가서 2타임을 하고 헬스장을 갔다. 다시는 누군가에게 뜯어 먹혀 죽기 싫었다.

어느 날 운동을 마치고 집으로 오는 버스에서 내리려고 벨을 누르는데 다리에 쥐가 났다. 종아리 근육이 완전 단단해져 신음이 나왔다. 뒷문이 열리고 아파서 절뚝절뚝거리는데 아저씨가 문을 닫아 버렸다.

"으으으윽!! 아저씨!! 으윽, 저 내려야 돼요!!"

아픈 종아리를 한 손으로 만지며 비틀비틀 가는데 갑자기 버스가 숙연해졌다.

"아이고, 많이 아픈가 보네….."

"아이고, 학생인데. 쯧쯧, 안타까워라….."

'뭔 X소리인가' 하고 혀를 차는 아주머니들을 보니 딱한 얼굴로 나를 쳐다보고 있었다.

"천천히. 조심조심!!"

아주머니는 내 질질 끄는 발의 리듬에 맞춰 응원을 해 주셨다. 30초 정도에 걸쳐 내리고 나는 버스정류장에 앉아 다리를 주무르면서 화가 났다.

"날 장애인 취급을 해? 오지랖은….."

화가 마구 솟구쳐 올랐다. 하필 타이밍이 그래서 너무 억울했다. 졸지에 장애인이 되어 배려를 받았고 아무것도 모르는 그분의 시선이 화가 났다. 다리가 좀 풀려 절룩절룩 집으로 가는데 자꾸 그 아주머니가 생각났다. 그 아주머니는 왜 자신과 상관도 없는 나를 그렇게 바라보며 응원 비스무레한 것을 했을까? 오히려 나는 그 자리에서 자신들의 시간을 30초간 해 먹은 약자였다.

내리고 못 내리고는 내 사정이지 다들 바쁠 수도 있고 급한 일이 있을 수도 있지만 한 분도 재촉하는 분이 없었다. 약육강식 외에 다른 세상이 있을 수도 있다는 첫 경험이었다. 얼마 후 수업이 끝나 격투기를 가기 전 청소시간이었다. 나는 다른 반과의 농구시합이 있어 같은 분단인 반장 장군이에게 청소 한 번만 빼 달라고 부탁했다. (장군이는 머리 크기가 남들보다 커서 대갈 장군이라 장군이다.) 그렇게 시합을 하고 왔다. 청소는 한참 전에 끝났어야 했다.

가방을 가지러 가는데 장군이 혼자 청소를 하고 있었다. 그 주변에 청소담당인 우리 분단 애들은 뛰어다니고 서로 잡고 놀고 있었다.

"장군아, 청소 아직 안 끝났어?"

"으응… 미안….."

"다른 애들은? 너 혼자 청소한 거냐?"

"응. 같이 하자 했는데…."

반장인 장군이 혼자 청소하는 것을 보니 다른 아이들은 없는 것도 아니고 있으면서 무시했다는 것에 갑자기 화가 치밀어 올랐다. 우리 분단 다 모이라고 소리를 지르고 일렬로 세웠다. 니네 뭔데 청소 안 하냐고. 아무도 대꾸하는 사람은 없었다. 미안하다고 나에게 사과를 했다. 장군이는 조용히 나에게 와서 그러면 자신이 미안해진다며 그만해 줬으면 좋겠다고 부탁을 했다. 나는 장군이이게 욕을 했다.

"야 이 병X아. 니가 반장인데 그러니까 애들이 너를 무시하지, 이 병X새끼야."

"응… 미안….."

"넌 솔직히 잘못도 없잖아!!! 니가 왜 사과를 해!!! 너도 아닌 거 있으면 아니라고 좀 말 좀 하고 그래라!!!"

"응, 알았어. 미안…."

사과를 하면 안 되는 장군이가 나에게 사과를 했다. 사과는 청소를 안 한 모두가 해야 했다. 난 그날 하루 종일 장군이 생각을 했다. 2번째 받은 충격이었다.

'나도 청소를 안 했는데 난 왜 친구들에게 화를 냈을까? 장군이가 초식동물처럼 보여 화가 났나? 다른 애들도 초식동물인데 더 약한 장군이를 무시하는 걸 보니 화가 난 건가? 장군이는 대체 왜 나에게 사과를 한 걸까?' 이해가 되지 않았다. 그렇다고 할 말을 안 하는 성격도 아닌 것 같은데… 이상했다.

6. 돌아이 장군이

다음 날 장군이에게 갔다.

"너 어제 왜 나한테 사과한 거야? 너한테 뭐라고 하는 게 아니라 내 머리로는 아무리 생각해 봐도 이해가 안 돼서 그래!"

장군이가 말했다.

"나도 빨리할 생각이 있었으면 애들한테 같이 빨리하자 했을 텐데 아무도 안 하니까 나도 그냥 별생각이 없었어. 그래서 미안하다고 한 거야."

의문을 해결하러 갔는데 새로운 의문이 하나 더 생겼다. 장군이의 뇌구조가 이해가 안 됐다. 저건 무슨 생각인지를 아예 받아들일 수가 없었다. 그냥 미안하다 사과를 했다? 흐음… 그날부터 나는 장군이를 계속 관찰했다. 저건 이상했다. 분명 할 말을 못 하는 성격이 아니었다. 그런데 누가 코를 베 가려고 하면 줄 것 같았다. 멍청하지 않다. 장군이가 우리 반 1등이다. 그런데 왜 저런 걸까. 단순히 분란을 싫어해서 사과로 마무리하는 건가?
그러다 얼마 후 반에서 싸움이 났는데 장군이었다. 누군가 장난을 치다가 장군이 책상에 있는 장군이 수학 책을 다른 아이에게 집어던진 것이다. 장군이가 무뚝뚝한 얼굴로 가서 집어던진 친구에게 말했다.

"사과해…."

"뭐래, 반장 새끼야! 꺼져! 죽을래?"

"사과해…."

그 아이가 장군이에게 다가갔다.

'짝!!!'

장군이 볼에서 따귀 소리가 났다.

"사과해…."

'짝! 짝! 퍽퍽'

"사과해…."

더 이상 관찰이고 뭐고 못 보고 있겠어서 다가갔다. 장군이를 때린 친구는 눈 주위가 마치 안구가 없는 것처럼 푸욱 꺼진 것같이 어두워 보였다. 얼굴을 때리면 안 될 것 같았다. 다가가 한 대 때렸는데 갑자기 장군이가 나를 뒤에서 와락 끌어안으며 하지 말라고 말했다. 상황이 납득이 안 갔다.

"쳐 맞으면서 니가 날 왜 말려, 이 병X아…."

"싸우지 마. 별거 아니야."

"별거 아니긴 미X놈아… 야 너 일루 와!!!"

수학책을 던진 애가 말했다.

"아… 시… 신일아… 미… 미안…."

"반장한테 사과해."

"바⋯ 반장 미안해⋯."

"⋯."

이 쉬운 사과를 장군이는 왜 맞아 가면서 받는 걸까? 나는 혼돈스러웠다. 약육 강식이 맞았다. 그런데 무언가 내가 알 수 없는 세상이 또 있을 수 있다는 사실을 알았다. 그리고 난, 장군이에게 불려 갔다⋯.

"나랑 이야기 좀 해."

"뭐? 나?"

"응. 잠깐 나랑 이야기 좀 해!!!"

"⋯."

그렇게 장군이가 날 밖으로 불러냈다. 난 이 초식동물이 실컷 맞는 걸 구해 주고 사과까지 받게 해 주었는데 화가 난 얼굴로 나에게 따라 나오라니 기가 찼다.

'이 새X는 대체 뇌가 어떻게 생겨 먹은 거야? 지가 나를 불러내? 그래 뭐라 하나 들어나 보자.'

따라 나갔다. 조용한 곳에 장군이는 섰다. 그러더니 나에게 말했다.

"신일아, 개인적으로는 정말 고마워. 고마운데 방금 그 일은 내 일이었어. 내가 받았어야 하는 사과인데 네가 나서서 난 그 친구에게 사과를 받지 못하게 되었어. 저 사과는 진심이 아니라고 생각해."

"뭐? 뭐라는 거야?"

"내가 사실 참고 넘어갔어도 되는 부분인데 네가 지난번에 한 말 나 곰곰이 많이 생각했어. 아닌 거 있으면 아니라고 말하라고…. 그래서 아까 사과하라고 말한 거고 난 끝까지 말로 하고 진심으로 사과를 받을 거였는데 네가 나서서 이렇게 된 것 같아."

"내 잘못이라고?"

"그런 의도로 하는 말이 아니야. 너에게는 정말 고마워. 그런데 내 생각과 네 생각이 다르다는 거야."

"내가 진짜 납득이 안 돼서 그러는데 천천히 설명해 봐!"

"떵동댕동 딩동댕동" 수업시간 종이 울렸다. 수업 시작했다고 나중에 이야기하자며 들어가려는 장군이를 붙잡았다. 그리고 하던 말 끝까지 하고 가라고 했다.

"니가 도와준 건 고마워. 근데 나는 말로 사과를 받고 싶었는데 결과적으로 네가 방해해서 나는 사과를 받지 못했다는거야. 지금 나도 약간 흥분해서 이렇게 말한 것 같아. 미안해… 들어가자!!"

이상한 말을 하고 웃으며 들어가는 장군이 등은 왠지 모르게 잠깐 동안 밝은 빛으로 보였다. 그러나 나는 납득이 되지 않았다.

'뭐라는 거야. 이 씨X'

'납득이 가게 설명을 한 건데 내가 못 알아듣는 거야 아니면 저게 돌아이인 거야…?' 설명한답시고 설명한 말을 들었는데 이게 무슨 개뺙다구 같은 소리인지….

'사과 이미 받았잖아? 내가 받게 해 줬잖아? 근데 사과를 못 받았다고? 내가 나서서 대신 받아 줘서? 자신이 두들겨 맞아 가며 그 사과를 받을 수나 있나? 저게

무슨 소리야….'

교실로 돌아오자 이미 수업은 시작되었는데 방금 일어난 일들이 하나도 이해가 되지 않아 계속 곱씹어 보았다. 나는 그냥 약한 동물의 헛소리 정도로 생각해야겠다고 마음먹었다.

'지가 무슨 간디도 아니고 뭔 개소리를 하는 건지. 비폭력 무저항 뭐 그런 거야? 그렇게 맞아 가면서 결국 상대가 사과하면 그 사과는 진심 어린 사과야? 약한데 약하다는 걸 인정 못 하고 나는 때리지 않았으니 내가 너보다 나아 뭐 이런 정신 승리인가?'

그런데 신기했다.

'오호 비폭력주의자라 이거지!!!'

처음 만나봤다. 대놓고 초식동물을 선택한 인간!

'뜯어 먹혀도 할 말은 하겠다? 그것도 나 때문에? 자신의 몸을 지킬 수 있어야 할 말도 하는 거지. 맞아 가면서 하라는 게 아닌데….'

'내 말을 잘못 알아들었고만? 같이 운동 가자 그래야지! 장군이가 장군이를 스스로 지켜야 되니까!'

이렇게 생각을 마무리하고 수업이 끝나고 가서 이 기가 막힌 생각을 말했다.

"아냐, 난 괜찮아."

"그럼 계속 그렇게 두들겨 맞으면서 산다고?"

"아냐. 이런 일은 많지 않아. 그리고 난 상관 없어!"

"상관이 없다고? 핑계 아니야? 공부해야 해서 그래?"

"아니야⋯. 공부랑은 상관없어. 난 정말 아무렇지 않아. 생각해 줘서 고마워, 신일아!"

"계속 그렇게 살 거야?"

"응. 지금은 내 생각을 정확히 전달하기가 어렵다. 나중에 생각을 좀 정리해서 다시 차근차근 이야기하자. 그래도 이거 하나는 확실해. 넌 괜찮은 애 같아! 고마워. 그리고 나도 농구할 줄 안다?"

"뭐? 너 농구한다고? 왜 말 안 했어?"

"별로 좋아하진 않아서?"

"가드냐? 니 입으로 니가 할 줄 안 됐으니 X밥 수준은 아닐 거고, 좀 하겠네?"

"아냐 잘은 못해⋯."

"보면 딱 알지. 나중에 한 판 하자!"

장군이는 완전 거짓말쟁이였다.

'조금 한다고?' 내가 여태 본 가드들 중에 손꼽을 정도였다. 그런데 체육시간 정도만 하고 다른 시간에는 하자고 아무리 꼬셔도 안 나왔다. 농구 누구한테 배웠냐고 물어봤더니 자기 아는 사람들이 있고 모임도 있다 했다. 그럼 그렇지⋯.

그렇게 나는 1학년 내내 장군이와 대화했다. 그리고 신기한 생각과 뇌구조를 파악하려 시도해 봤지만 어려웠고 난 내 나름 운동하느라 바쁜 삶을 살았기 때문에 학교에서는 장군이와, 방과 후는 운동으로, 재미난 날들을 보냈다. 그렇게 맞은 겨울방학 직전 장군이가 나를 불렀다.

"신일아 부탁할 게 있는데….."

"어 장군이! 니가 나한테 부탁을? 뭔데? 어떤 새긴데? 말해 봐! 내가 다 조져 줄게!!!"

"뭐래! 큭큭. 그런 게 아니고 나 쿠폰이 생겼는데 떡볶이 오뎅 같은 분식 쿠폰 이거든? 같이 갈 생각 있나 하고….."

"야, 먹어달라는 게 부탁이냐? 당연히 콜이지! 언제 갈 건데? 오늘?"

"아니. 토요일!"

"오케이 말만 해. 토일요일은 프리니까 내가 가서 다 조져 줄게!!!"

이렇게 약속을 하고 토요일. 장군이를 만나 분식을 먹을 장소로 갔다. 그런데… 장군이가

"여기야."

하는데 난 이를 악 물었다.

'이 개X끼가 나한테 사기를'

그곳은 분식집이 아니라 교회였다.

"야, 여기 교회잖아? 그럼 니가 말한 쿠폰이 달란트냐?"

"응. 교회 가자 그러면 안 갈까 봐 쿠폰이나 달란트나 어쨌든 떡볶이가 목적이니까 떡볶이나 같이 먹자!"

"니가 뭘 잘 모르나 본데 나 옛날에 교회 다녔어! 내 친구랑 친구네 엄마가….''

이런 설명을 하며 우린 떡볶이를 먹었는데 장군이가 말했다. 여기 형들이 자기 농구를 알려 준 사람들이라고. 다 먹고 한 판 하겠냐고.

'이 녀석 수준의 사람들이면 보통은 아닐 텐데'

기대가 되었다. 그리고 그 형들은 그 기대를 실망시키지 않았다. 키는 나보다 작은데 나보다 훨씬 잘했다.

"오, 장군이 친구 좀 하네? 이름이 뭐라고?"

"신일이예요. 형! 형들 농구 개잘하시네요? 어떻게 이렇게 됐어요?"

"잘하긴 뭘! 고마워! 장군이랑 나중에 또 하자!"

"나중에 언제요?"

"너 시간 괜찮을 때?"

"네 형! 장군이한테 말할게요! 나중에 또 해요."

이렇게 나는 꼼짝없이 농구하러 또 교회를 가게 되었다.

7. 새로운 모토와 인생설계

"야 장군아! 내가 교회 가자 그러면 안 간다 그럴 줄 알았냐?"

"솔직히 말해도 돼? 당연히 안 간다 그럴 줄 알았어!"

"이 새X 아무것도 모르는구만? 내 제일 친한 친구가 ○○교회 다니는데 거기 뭐 한다 그럼 맨날 가!"

"아 그래? 근데 넌 왜 안 다녀?"

"그냥 오라 그러니 가는 거지. 친구 엄마가 다니라고 해서 다녀 봤는데…."

하며 교회에서 얼굴에 침 맞은 이야기를 했다. 나도 때렸다는 내용은 빼고….

"너 맨날 내가 무슨 생각인지 도통 모르겠다고 했잖아? 그 형들 한번 관찰해 봐. 아마 내 생각이랑 크게 다르지 않을 형들이라 이해하는 데 조금은 도움이 될 수 있을 거야."

"그래? 그 형들도 약해 빠졌어?"

"큭큭큭…."

"여튼 농구는 진짜 개잘하더라. 니가 이 정도 하는 게 당연하네. 누구 형은 개 빠르고 다른 누구는…."

이러면서 분석한 내용을 이야기하고 다음 주에 다시 가기로 했다. 예배 끝나면 간댔더니 형들이 예배 안 드리면 농구 안 한다고 했단다.

'저것들이 달란트를 쿠폰이라고 속이는 것도 모자라 농구로 나를 꾀이려 하고 있어?'

그런데 난 사실 궁금했다.

'초식동물을 스스로 선택한 자들!'

그리하여 그곳으로 가 예배를 드리고 그들과 농구를 하기 시작했다. 그리고 그 형들을 관찰하며 깨달았다. 마른 장군이. 안경 쓴 장군이. 하얀 장군이. 말을 약간 더듬는 장군이….

생긴 것만 다르지 저 사람들의 뇌회로는 같았다. 왜 그렇게 생각했냐면 저들도 코 좀 베어 가겠다고 하면 코를 베어 가라 할 것 같았다. 겉껍데기만 다르고 다 같은 장군이었다. 분명 답답한 생태계 최하위권 초식동물이었지만 따뜻한 빛처럼 느껴졌다. 외투를 벗기는 건 찬바람이 아니라 따뜻한 햇살이라는 동화가 생각이 났다.

점점 그 이유를 알 것 같았다. 그들이 왜 그런지 목사님이 매주 일요일 1시간씩 설명해 주셨다. 그들은 초식동물이 아니었다. 내게는 인간 생태계 최하층으로 보였지만 그들 나름의 이유가 있었다. 어느 날 들은 말로 장군이가 뭘 카피했는지도 알았다. '오른뺨을 치거든 왼뺨도 돌려대며'를 들으니 장군이가 사과하라는 그 장면이 떠올랐다.

내가 처음 장애인 취급을 받았는데 해명하지 못하고 빨리 내려야 했을 때도 생각났다. 저들은 '손해 이익, 이기고 짐, 기브 앤 테이크, 약육강식' 말고 다른 원리를 배우고 고민하며 살고 있는 것 같았다. 나와는 다른 모토를 가지고 사는 사람들.

그것은 내가 알던 세상과는 전혀 다른 세상이었다. 믿을 수 없는 이야기도 많았다. 그러나 나는 예배를 들어야 그들과 같이 수준 높은 농구를 할 수 있었다.

난 중학교 때 다른 학교랑 농구 시합을 하러 가면 학교 대표로 가고, 길거리 농구 대회도 나갈 정도로 농구에 자부심이 있었다. 내 나이대가 아니어도 난 웬만한 것들은 다 바를 수 있다고 생각했는데 내가 아는 세상은 너무 좁았었다.

새로운 모토의 이야기를 듣기 위해 모여 있지만 그들 중에는 나와 같은 모토를 가진 친구들도 있었다. 나는 그들이 이해가 됐다. 나도 그 동안 이해하지 못한 장군이의 뇌회로. 장군이의 말들이 많았는데 설명을 들어도 납득이 되지 않았었다. 나에게 새로운 모토는 너무 재미났고 즐거웠다. 그곳은 밝은 빛으로 둘러싸인 것 같이 따스하게 느껴졌다. 그렇게 나는 그들과 함께하며 나도 모르는 사이 초식동물인 사슴이 되어 갔다.

1학년에서 2학년으로 올라가는데 '문과'와 '이과'를 선택하라 했다. 그 당시 나는 '아버지 사업 따위는 물려받지 않는다. 그건 아버지가 좋아서 일구신 거고 난 그런 일에는 관심이 없다.'라고 생각했다. '나중에 뭘 하면 먹고살 수 있을까?' 고민하다가 나온 답은 경호학과였다.

같이 운동하는 형 한 명이 용X대에 지원한다며 운동하는데 그 형도 보통이 아니었다. 아주 멋있어 보였다. 그래서 어떻게 테크를 타야 경호학과를 들어갈 수 있는지 물었더니 단증 외에 뭐 별거 없었다. 그래서 원래 가졌던 목표 외에 그것도 생각하며 운동을 했다. 그러던 어느 날 장군이에게 물어봤다.

"야, 넌 문과 갈 거야? 이과 갈 거야?"

"응? 난 이과!"

"왜?"

"의대 가려고…."

"의대? 너 공부 잘하니까 의사 되게?"

"아니… 아픈 사람들 고치려고!"

"그래? 그럼 나도 이과 가야겠다!"

"너네 아버지 사업하시잖아? 그거 잘되는 거 아니야?"

"난 그딴 거 관심 없어. 그래서 경호학과나 갈까 생각하고 있었지. 그런 거 있 잖아? 양복 쫘악 빼입은 보디가드! 크으~ 멋있지 않냐? 자기 몸 하나뿐 아니라 힘 이 남아 돌아서 주변 사람들까지도 지켜 줄 수 있는 강한 사람! 캬아~ 근데 그거 이과 가도 들어갈 수 있는 거 맞지?"

"근데 너는 왜 격투기를 해?"

"지금 말했잖아! 그리고 단증 따놔야 돼! 태권도도 2학년 때부터 시작할 거야. 유도도. 이미 집에 다 말해 놨어. 내가 그 말 한 적 있지? 나 1학년 초에 다른 학교 3학년 새끼들한테 처맞았다는 거. 그 새끼들은 다시 나 보면 뒤졌어. 지금 만나 면 깔끔하게 1분 안에 둘 다 죽일 수 있을 텐데. 이 새끼들이 어디 숨었나. 안 보 인다 야."

"보디가드 좋네…! 근데 보디가드도 좋은데 그 경호를 받는 사람이 되어 볼 생 각은 없어?"

"…."

"……."

태어나서 한 번도 생각해 본 적 없는 질문이었다.

"신일이 너는 이미 네 한 몸뿐만 아니라 주변 사람들을 지켜 줄 수 있지 않아?"

"…."

틀린 말이 아닌 것 같았다.

"그럼 나 어떡해야 되냐?"

"다른 아이들에게는 없는 게 네게 있어."

"그게 뭔데?"

"사업체를 가진 아버지."

"그건 맞는데, 그건 내 일이 아니야! 난 아무것도 모른다고! 그리고 관심도 없어!"

"그래도 한 번 생각해 봐? 남들에게는 그런 아버지를 갖고 싶어도 가질 수 없는데 너는 이미 그런 아버지가 계셔."

"그래도 그걸로 빌붙어 먹고 사는 건… 좀…. 아닌 것 같은데? 그리고 난 운동하는 게 좋아. 가서 땀을 흠뻑 흘리면서 내가 할 수 없을 것 같은 목표를 계속 깨나가는 그 쾌감이 있단 말야!"

"그럼 그건 계속하면 되지 않아? 꼭 그걸로 먹고살 필요는 없잖아? 병행이 가능할 것 같은데?"

"…."

"그리고 네 아버지는 경영에 대해서 공부하신 게 아니라 원래 연구를 하시던

분이라며? 너는 경영을 배워서 아버지가 만들어 놓은 것을 더 크게 키워 보는 게 어떨까 하는 생각이 들어서… 전문 경영인이지!"

반박의 여지가 없었다. 막연하게 '꿈'과 '돈', 그 둘을 연계시켜 보니 나온 경호학과. 그러나 저렇게 반박할 여지없이 논리적으로 내가 생각해 보지도 못한 말을 하니 나는 충격을 받았다.

'돈은 돈 버는 일을 하고, 내가 하고 싶은 운동은 운동대로 한다.'

그것에 대한 명분까지 명확했다. 그리고 다 가능한 이야기였다. 머리의 크기와 생각의 크기가 비례하는 것인가 궁금했다. 그날 밤…. 난 아버지 어머니를 모셔 놓고 말씀드렸다. 나 내일부터 격투기랑 헬스 안 간다고.

'공부에 올인할 거다. 대학교를 갈 건데 과는 이미 정했다. 난 아버지 사업체를 키울 것이다. 그래서 경영학과에 가려 한다. 아버지는 기술쟁이다. 경영에 대해 책 몇 권 읽으신 것을 빼고는 따로 공부하신 적이 없다. 나는 그 경영을 전공으로 공부를 하려 한다. 그러려면 지금 운동은 잠시 접어 두고 공부에 몰빵을 해야만 한다. 조금이라도 더 낫다는 대학에서 장군이처럼 똑똑한 놈들과 같이 공부를 하고 싶다. 그리고 대학을 붙고 나면 다시 운동을 시작할 것이다. 그러니 지금부터 나 공부하게 지원 좀 해 달라.'

이 말을 듣고 어머니는 우리 아들이 드디어 정신을 차렸다며 엉엉 우셨다. 격투기를 시작하게 된 고1, 4월. 어머니 생각에는 아들이 슬슬 진로를 정해야 하는 중요한 시기인데 학교 정규 수업만 듣고 운동을 하겠다 하니 3일을 앓아누우셨었다. 아버지는 사람은 하고 싶은 걸 하고 살아야 한다며 지원해 주시기로 하고 운동을 하든 뭘 하든 나만 즐거우면 된다고 하셨다. 그런 아들래미가 갑자기 운동을 다 끊고 공부를 한다니 얼마나 기쁘셨을까?

나는 운동을 그렇게 죽기 살기로 하다 보니 수업 시간에 피곤해서 나도 모르게 졸 때가 많았다. 선행 학습도 몇 과목만 고등학교 1학년 1학기 부분까지 한 게 전부라 첫 입학은 반에서 4등이었는데 마지막 시험은 반에서 32등을 했다. 어머니는 성적이 이게 뭐냐 했지만 나는 어차피 그걸로 먹고살게 아니라 큰 상관이 없다고 했다. 그런데 지금 발등에 불이 떨어졌다. 그래서 이 문제에 대해 장군이와 상의했다.

장군이는 넌 체력이 좋으니 겨울 동안 1학년 과정을 최대한 빠르게 5번 반복해서 보라 했다. 1학년 것을 마스터해야 하는 이유는 그 뒤의 내용이 연계가 되기 때문이라고 지금 그것부터 얼른 해야 한다고 했다. 그 말을 들은 후, 나는 새벽 2시 이전에 잔 적이 단 한 번도 없다.

시간이 없었다. 지체하면 2학년이 시작된다. 그러면 나는 할 게 점점 쌓여 간다. 처리할 것부터 빨리 처리하자! 마음먹었는데 뜻대로 되지 않았다. '보고 까먹고, 보고 까먹고, 보고 까먹고'의 연속이었다. 모르는 게 나오고, 안 외워지고, 답답해도 난 엉덩이는 떼지 않았다. 떼면 지는 거고 죽는 거였다. 그 후 모르는 것이 있으면 시도 때도 없이 장군이에게 전화를 걸었다. 장군이는 우리 반 1등을 한 번도 놓친 적이 없었고 전교 한 자릿수 등수다. 그렇게 2학년이 시작되자 나는 문과, 장군이는 이과로 가서 반이 갈리게 되었다.

8. 8년의 계획

나는 수업이 끝나고 야간자율학습 시간이 되면 장군이네 반으로 가서 공부했다. 모르는 걸 따로 모아 둔 것도 물어봐야 했고 또 공부를 하다 모르는 게 생기면 바로바로 물어볼 수 있어서 좋았다. 그 반에 갔더니 안면 있는 양아치들이 집에 가고 싶은데 강제로 남아 있게 되어 시끄럽게 떠들고 장난을 쳤다. 이런 건 기선 제압을 제대로 해야 한다.

그냥 참으면 그래도 되는 줄 알고 시끄러운 게 계속된다. 그리고 다른 아이들도 점점 거기 동조해 나날이 더 시끄러워진다. 그래서 본보기로 그 반에 가장 힘이 세다는 친구가 떠들 때 조용히 하라고 소리쳤다. 잠시 조용해졌다가 다시 떠들어서 2번. 그리고 3번째 다시 떠들 때,

"3번째다. 마지막이다."

하고 크게 소리를 질렀다. 자존심이 상했는지…

"야 넌 우리 반도 아니면서 왜 와서 지X이야?"

하고 호기롭게 욕까지 섞어 대답을 해 주었다.

'걸려들어쓰!'

기분 좋게 날라가서 아까 참았던 마음이 풀릴 때까지 때려 주었다. 그 당시 인내심을 기준으로 많이 참았었다. 이름도 기억 안 나지만 미안하다. 친구야. 여튼 그래서 그 반에서는 나부터도 장군이에게 뭐 물어볼 때 소근 소근이었다. 다른 애들도 다 마찬가지라 공부하기 참 좋은 환경이 되었다. 어느 날, 그 반 담임선생님이 야자 시간에 들어와 넌 왜 니 반에서 공부 안 하고 맨날 남의 반에서 공부하

냐고 했다.

'내가 공부 좀 해 보려는데 장군이가 필요하다. 장군이는 나 조금 돕는다고 자기 성적이 떨어질 하수가 아니다.

야자 시간이 끝나고 밤 10시부터는 집에 가서 혼자 공부하는데 물어야 할 것들이 쌓인다. 해소할 시간이 필요하다. 그렇다고 시끄럽게 하는 것도 아니고 시간을 엄청 빼앗는 것도 아니다. 학교에 있는 시간만큼은 날 이 반에서 공부하게 해 달라!'라고 납득 가능하게 설명을 드렸다.

다음 날 아침….
우리 반 담임선생님이 교실로 들어오자마자

"야 이 미친새끼야! 넌 왜 니 반 놔두고 남의 반에 기어 들어가서 야자를 해 가지고 아침부터 열받게 만들어?"

하며 다짜고짜 욕을 했다. 아니 선생이 학생 공부 좀 하는데 말들 더럽게 많았다. 어머니는 매년 초 담임선생님께 책 한 권을 선물한다. 그 책 안에는 두툼한 봉투가 하나 끼워져 있다. 저렇게 말을 할 수 있다는 것은 아직 어머니의 책이 전달되기 전이기 때문인 듯했다. 팔은 안으로 굽는다. 자신에게 미리 감사함을 담은 마음을 책으로 표현해 준 학부형의 아들에게는 한마디라도 따스하게 건네게 되어 있다.

그러나 곧 일어날 미래의 일을 모르는 이 담임선생님 입장에서는 1학년 때 반에서 32등 하던 놈이 야자 한답시고 남의 반에 가서 그 반 1등을 괴롭히니 누가 봐도 이것은 위험한 행동이었을 것이다. 그래서 욕을 한 것 같았다. 더러워서 우리 반에서 공부하기로 했다.

'하아…'

조용히 만드는 작업을 또 시작해야 했다. 그런데 웬걸 우리 반은 생각보다 조용했다. 분위기가 나쁘지 않았다. 그래서 '여기서 해도 생각보다 괜찮은데? 궁금한 건 쉬는 시간이나 점심시간이나 저녁시간에 몰아뒀다 묻지 뭐' 하고 나는 반에서 야자를 했다.

그런데 며칠 뒤 야자 시간에 장군이네 반 담임선생님이 우리 반으로 찾아왔다. 잠깐만 나와 보라 했다. 저 선생님이 나를 찾을 이유는 없었다. 궁금해서 나가 보았다. 선생님이 한 말은 어이가 없었다. 자신이 전화를 한 통 받았다고 했다.

자기 반 아이의 엄마가 요즘 야자 시간에 애들이 시끄럽게 떠들어서 자기 아들이 공부를 못 하겠다고 했다는 것이다. 그래서 반장인 장군이에게 원래 우리 반 야자 분위기 좋았는데 누가 문제냐고 물으니 내가 문제라고 했다는 것이다. 내가 사라지고 점점 시끄러워졌다는 말을 듣고 뛰어 올라왔다는 것이었다.

"거 봐요!! 그냥 냅두면 알아서 잘 하는데!!"

"니가 뭔데? 왜 니가 가니까 그런 건데?"

"제가 어험처엉나게 열심히 공부하니까 이게 애들한테도 전달이 되는 거라니까요? 아 저 쓰레기도 저렇게 공부한다고 하는데 나라고 못할까? 뭐 이런 거 아닐까요? 하하"

"그럼 니가 다시 우리 반에서 야자를 하면 다시 그런 전화가 안 걸려 온다는 거야?"

"백퍼!!!
아 그러게 그냥 놔뒀으면 되는 걸 왜 괜히 우리 담임선생님한테 이야기해서 이렇게 서로 불편하게 만들어요? 선생님도 심심하면 제가 지금 그 반 가서 공부할 테니까 오셔서 한번 지켜보세요. 제 말이 맞나 틀리나. 선생님 계셔도 애들 떠들죠?"

"…."

"장군이 성적 떨어지면 제가 다신 안 갈 테니까 그럼 저 선생님네 반 프리권 주시는 겁니다."

"일단… 좀 보고…."

난 책과 필기구를 들고 장군이 옆자리로 갔다. 서로 말은 안 하고 씨익 웃었다. 그리고 내가 온 것을 본 3번 경고받은 친구와 그 무리들은 갑자기 졸린지 엎드려 잤다. 그들 주변만 어두운 밤이 된 것 같았다.

그 후 매년 연례행사로 하던 어머니의 책이 전달이 되었다. 중간, 기말, 중간, 기말, 16, 8, 4, 2등을 했다. 거짓말같이 딱 절반씩 줄어들었다.

한번은… 어떤 과목 시험을 보고 나서 장군이와 답을 맞춰 보러 갔는데 딱 한 문제 내 답이 틀렸다. 장군이는 그 문제 정답이 왜 그런지 설명을 해 주었다. 그리고 며칠 후 시험 점수가 나왔는데 내 답이 맞은 것이었다. 틀린 건 장군이었다. 살면서 누구를 그렇게까지 집요하게 쫓아다니며 놀린 것은 그날이 처음이었다.

내가 장군이에게 배운 공부를 하는 방법에 대해 장군이에게 다시 설명도 해 주고, 너처럼 공부하면 그렇게 1문제씩 틀리는 거라고 그게 반복되면 점점 틀리는 게 익숙해지고 그럼 너는 의대는커녕 태어나서 처음 들어보는 대학에 가게 될 거라며 놀렸다. 근데 선이 살짝 넘어가자 장군이의 표정이 근엄하게 바뀌어서 아쉽지만 놀리는 것은 그날 하루로 끝냈다.

여튼 소소한 즐거움이 있었다. 우리 반은 등수가 떨어지면 떨어진 등수만큼 담임선생님이 빠따를 쳤다. 그 빠따 시간 집합에는 열외가 없었는데 난 굳이 갈 필요를 못 느껴서 장군이 옆자리로 가서 공부를 했다. 그런데 문이 열리더니 우리 반 친구가 나를 부르러 왔다. 담임선생님이 나를 급히 찾는다며 너 X 된 것 같다고 했다.

올라갔더니 내 성적이 적힌 부분에 형광펜으로 밑줄이 그어져 있었고 얘가 반에 들어올 때 32등이었는데 이번 시험 4등을 했고 점수가 뭐가 어쩌고 너희도 신일이처럼 하려면 하고 말려면 말라 했다. 생애 태어나 처음 받아 보는 극찬이었다. 바보같이 그 말을 듣고 난 울었다.

참 스승이었다. 제자를 사랑하는 따스한 마음을 느낄 수 있었다. 저 빠따도 사실 '아무 관심이 없으면 안 치겠구나' 하고 빠따의 참 의미도 깨달았다.

'선생님께서는 그동안 나의 노력을 다 알고 계셨구나.'

나는 그것도 모르고 어머니의 책을 받자 180도 달라진 여느 선생들과 같다고 오해를 했다. 책을 주는 타이밍이 늦어서 욕을 먹었다고 생각한 것을 후회했다. 근데 진짜로 울었다. 눈물 몇 방울 뚝… 뚝… 그 자리에서 나만 스포트라이트를 받아 빛나고 있는 것같이 느껴졌다.

이렇게 참 스승님께 칭찬을 받았는데 다음 시험에 내가 빠따를 맞을 수는 없었다. 공부를 해야 하는 이유 중에 참 스승에게 빠따를 맞을 순 없다는 것이 추가되었다. 공부를 하다 보니 처음에는 내가 뭘 하는 건가 이건 왜 배워야 하고 내가 이걸 알아서 무엇이 도움이 될지에 대한 근본적인 의문들이 들었다. 나는 궁금한 것을 잘 못 참는다. 그래서 스스로 답을 찾았다.

내가 갈 대학의 아이들도 이런 지루하기 짝이 없고 쓸모없어 보이는 것을 참고 이겨 내는 과정을 견디고 그 자리에 왔을 것이다. 내가 공부한 양이 그 친구들의 공부한 양과 비례하게 될 것이라고 생각했다. 공부해야 하는 이유를 점점 알게 되자 가속도가 붙었다. 더 반복해서 봐야 했고 더 외워야 했다. 그리고 희한하게 지난번 봤을 때는 X소리이던 것이 다음번에 봤을 때는 이해가 되는 신기한 경험들도 반복되었다. 이 쓸모없는 행위도 점점 재미가 생겼다.

어머니는 내가 공부한다고 방에 틀어박혀 괴로워하는 모습을 보는 것을 즐겼다. 그리고 매일 2시까지 공부하는 나를 보자 공부를 하지 말라 했다. 적당히 쉬엄쉬엄해야지 그렇게 하다가는 골병 난다고 쉬라 했다.

어머니는 아무것도 모른다. 나에게는 계획이 있었다. 지금 시간이 촉박하단 말이다. 그리고 거기 가면 어떤 희한한 애들이 올지 궁금했다. 또 그런 대학 생활은 어떨지도 너무 궁금했고. 안 그래도 늦게 출발해서 바쁜데 하라 할 때는 언제고 이제 와서 하니까 그만하라고? 세상에 무슨 저런 청개구리가 다 있나 싶었다.

대화하지 않았다. 깔끔하게 무시했다. 지금 나에게 중요한 1번은 이것이었고 나는 그동안 어마어마한 체력을 길러 왔다. 이 정도는 힘든 것도 아니었다. 간간이 너무 열받아서 이 문제를 만든 사람을 찾아내야 한다고 주장하기도 했지만 그 와중에 뚜렷한 목표와 정해진 분량이 있었다. 그걸 반복해서 봤다. 그렇게 나는 모든 시험을 오픈북처럼 봤다. 내 머릿속 기억에 남겨두었다. 간혹 까마귀 고기를 먹어 기억이 안 나는 것도 있지만 그것과의 싸움이었다.

그리고 난 그 싸움에서 만족할 만한 승리를 거두었다. 계획대로 순조롭게 흘러가던 내 삶이 대학 졸업을 1년도 안 남겨두고 모조리 물거품처럼 사라졌다. 야심 찼던 이 8년의 계획은 완성되지 못하고 끝났다. 우리 가족은 도망자가 되었고 세상에 알려지면 안 되는 존재가 되어 어둠 속으로 스스로 들어가 사라졌다.

[빚잔치]

그렇게 17살 겨울 때부터 세운 계획은 달성되기 직전인 25살 봄에 산산이 사라져 버렸다. 우리는 현실이 믿기지 않았다. 아버지도 회사가 1차 부도났을 때는 연 매출액이 100억이 넘는 회사가 무슨 부도가 나냐고 아무 일 아니라는 듯 '넌 걱정 말고 공부나 하라'고 웃으며 말했다. 2차 부도가 났고 결국 최종 부도 처리가 되었다.

아버지는 내 자취방으로 오셔서 한 달 동안 핸드폰을 꺼두고 TV만 보셨다. 그 사이 어머니는 친구네 집으로 가 계셨다. 한 달이 지나자 아버지가 수원으로 가 엄마를 만나 어떻게 해야 할지 결정하고 전화를 할 테니 어떤 결정을 하더라도 내가 그대로 따라 주었으면 좋겠다고 부탁을 하시고 올라갔다.

그리고 그날 밤 어머니께 전화가 왔다. 울고 있었다. 미안한데 짐을 싸서 오라 했다. 학교는 어떻게 할까 물어보니 그만두게 될 것이고 우리는 자꾸 사람들이 찾아와서 몰래 짐을 챙겨 도망을 가야 할 것 같다고 말을 했다.

이러저러한 방법으로 집을 구해 밤에 몰래 이사를 갔다. 이게 바로 '야반도주'라는 것을 처음 알았다. 우리 셋만 알고 세상 아무도 모르는 아파트로 이사를 갔다. 그 사실은 누구에게도 말하면 안 되었기에 난 조용히 내 아버지 어머니와 세상에서 잠시 사라졌다.

그렇게 약간의 시간이 지나 아버지는 빚잔치를 한다 했다. 나는 어렴풋이 들어만 봤어도 빚잔치가 어떤 것인지 잘 몰랐다. 아버지가 말씀하셨다.

"이제부터 무슨 일이 있더라도 당분간은 아들 니가 내 말에 전적으로 좀 따라 줬으면 좋겠어. 너도 힘들겠지만 이것을 또 수습해야 살아 나갈 수 있지 않겠어? 미안하다."

"아니야 아빠! 옳고 그름 판단 안 하고 눈만 꿈뻑꿈뻑 할 테니까 하고 싶은 대로 해. 여태까지 아빠도 나 내 마음대로 하게 해 줬잖아? 그러니까 나 신경 쓰지 말고 하고 싶은 대로 해."

"…."

그 말을 하고 우리는 서로를 쳐다볼 수 없었다. 아무 소리도 내면 안 되었다. 눈에 뭐가 맺혀서도 안 된다. 지금 세상에서 가장 힘든 사람은 내 앞에 있는 이 사람이다. 이 사람은 어릴 적 나에게 신이었다. 신이 나에게 부탁을 했다. 그리고 미안하다며 사과를 했다. 나는 아버지가 무엇이 되었든 하라면 하고 하지 말라면 하지 않기로 그렇게 어릴 적 신께 약속했다.

신의 첫 부탁은 의외로 간단했다. 운전기사였다. 회사에 전화를 했고 누군가와 통화를 한 뒤 내가 운전을 해서 같이 갔다. 직원들은 사장이 온다니까 다 모여 있었다. 거기에는 내가 삼촌으로 부르던 주임 형아도 있었고 작은아버지와 작은어머니, 외삼촌도 있었다.

"지금부터 아무 말도 하지 마. 그리고 무슨 일이 있더라도 나서지 마."

"응…."

사람들의 눈빛이 어둡고 싸늘했다. 나를 항상 반갑게 '막내야'라고 부르던 마르고 키가 큰 주임 형아도 팔짱을 끼고 아버지를 노려보고 있었다. 아버지는 그들에게 들어가서 일하지 왜 다 나왔냐며 너스레를 떨었다. 그 말을 듣고도 들어가는 사람은 아무도 없었다.

"형님, 이야기 좀 하시죠."

작은아버지가 아버지를 모시고 어디론가 갔다. 작은아버지가 나는 잠깐 차에서 기다리라고 해서 아버지를 쳐다봤더니 그러라고 고갯짓을 했다.

그래서 잠시 쉬고 있었는데 바깥에 모인 사람들의 웅성웅성하는 소리가 들렸다. 개X끼, 저 쳐 죽일 놈 하는 욕설도 들리고 이럴 줄 알았다는 사람, 저 사람이 문제라는 이야기, 이제 우린 어떡하냐며 못 받은 월급 이야기 등등 일부러 나를 들으라는 듯 그들은 다 들리게 내 아버지를 욕하고, 자신과 자신의 가족들을 걱정했다.

그리고 얼마 후 아버지가 혼자 나오셨다. 주임 형아가 아버지랑 이야기 좀 하자고 그 앞을 가로막았다. 아버지가 미안한데 나중에 이야기해도 되겠느냐 하자 아버지 멱살을 잡고 욕을 했다.

"어디 가! 이 씨X!"

난 부들부들 몸이 떨렸다. 나가야 하나 말아야 하나 나가야 하나 말아야 하나 고민하다 먼저 생각을 해 봤다.

'아버지가 날 여기 왜 데리고 온 걸까? 혹시 이런 사태에 대비해 사고를 막기 위해 나를 같이 가자 한 건가? 정신적으로 힘들어서 그저 위안이 될 아들이라? 아니다! 이건 이런 때를 위해서인 것 같다. 명령은 없었지만 나가자!'

그리고 운전석에서 내리는 순간

"짝! 야 이 X새끼야!"

아버지는 따귀를 맞고 땅으로 고꾸라졌다. 난 움직이지 않았다. 주먹을 너무 꽉 쥐고 있어 부들부들거릴 지경이었지만 그대로 뛰어갔다가는 안 될 것 같았다. 그럼 분명 큰 사고가 날 것 같았다. 주임 형아가 빨갛게 보였다. 넘어졌던 아버지는

"이 새X가 어디 손을 놀려!"

하면서 허공에 빈 스윙을 했다. 나이도 있으시고 그 당시 살도 찌셨어서 예전 복근이 선명하던 아버지가 아니었다. '뒤뚱…' 지금이었다! 내가 생각하기에 살면서 이때 가장 빨리 뛴 것 같다. 가서 주임 형아의 머리를 잡아 돌려 팔꿈치로 얼굴을 그었다.

"어디 이 씨X놈이 으른한테!!!"

넘어진 주임 형을 온 힘을 다해 발로 차자 아버지는 나를 잡았다. 순간 정신이 없어 말리는 줄도 모르고 더 때려 주러 가는데

"신일!!!"

하고 소리 지르는 아버지의 목소리가 들렸다.

정신이 잠깐 나갔었다. '내가 뭘 한 거지?' 하고 보니 하얀 셔츠가 피로 물든 주임 형아가 쓰러져 얼굴을 부여잡고 있었고 그 주변에 아주머니들이 둘러싸 '아이고 어떡해 아이고…' 하는 소리가 들렸다. 주임 형아는 까맣게 탄 것처럼 혼자만 어두워 보였다.

"가자."

아버지께서는 가자고 하셨다.

"아빠 미안."

"…"

아버지는 아무 말씀이 없으셨다. 그리고 아버지와 그렇게 몇 날 며칠을 돌아다녔다. 돈을 받아야 하는 아는 지인이 운영하는 경북의 공장도 가고 안산이며 원주며 전국에 흩어져 있는 거래처 공장들을 몇 날 며칠을 돌아다녔다. 그 운전을 하면서 아버지가 날 의지의 대상이나 그런 게 아니라 단순히 본인이 직접 운전하기가 힘들어 며칠 좀 해 달라고 한 것일 수도 있다고 생각할 만큼 많은 곳을 돌아다녔다.

아버지는 그 와중에도 항상 단정하려고 애쓰셨다. 옷매무새를 바로 하시고 항상 차분하게 갔다가 차분한 모습으로 돌아오셨다. 아버지가 아무리 단정하고 침착하려고 애써도 뿌연 연탄재를 맞은 것처럼 뿌옇게 느껴졌다.

그런데 이게 분명 안 좋은 일인데도 함께 전국을 돌아다니다 보니 서로 대화를 많이 하게 되었다.

"그랬더니 그때 있잖아? 담임이 나한테 막 욕을 하는 거야!!! 우리 담임 모르지? 학주 다음으로 무서워! 아버지 옛날 모습이랑 비슷한데 키가 175쯤 된다고 생각하면 돼! 엄마가 돈 봉투든 책을 깜빡해 가지고…."

이런 옛날이야기도 하고 아버지 어릴 때 이야기도 듣고 차 안에서 둘이 심심하니까 주무실 때랑 휴게소에서 뭐 먹을 때 빼고는 그렇게 떠들면서 받을 돈들을 부탁하거나 조그만 공장에서는 물건으로 받아오기도 했다.

그리고 한 달 정도 후 빚잔치를 하게 되었다. 관련된 사람들을 한자리에 모아놓고 금전거래를 정리하는 자리였다. 나는 긴장했다. 만약의 사태에 대비해야 했다. 그래서 아버지께 물어봤다.

"아빠 지난번 같은 일이 생기면 어떻게 해? 이번에는 나 그냥 가만히 있어?"

"응. 넌 그냥 차에 있어!"

하고 밝게 말씀하셨다. 그렇게 우리는 회사로 갔다.

'웬 돼지?'

건물 앞에 돼지 반 마리가 드럼통 잘라 놓은 곳에 걸려 있었다. 거기서 사람들이 삼삼오오 모여 있었다.

'뭐야 빚잔치가 진짜 잔치였어?'

나는 빚잔치를 들었을 때 나 돈 이거 밖에 없으니 배 째! 하고 펑 터지는 폭죽을 생각했다. 그 폭죽이 터지며 내려오는 돈을 급하게 줍는 사람들의 모습. 그런데 이것들이 진짜 잔치를 하려고 하고 있네?

신기했다. 아버지께 물었다.

"빚잔치가 진짜 잔치였어?"

"일이 잘 안됐으니 한 분 한 분께 진심으로 사과하면서 용서를 빌어야지. 다 다들 가정이 있고 한데… 은행권이나 다른 회사 사람들도 그렇고….."

"아…."

"아빠 갔다 올게!"

"응. 차에 있을 테니까 무슨 일 생기면 전화해!"

하고 아버지는 사무실로 갔다. 한참 후 나오셔서 사람들에게 술을 따라 주셨다. 받는 사람들의 표정은 못 받을 술을 받는 얼굴이었다. 종종 아주머니들의 삿대질하는 모습과 고성이 들렸다. 그러다 결국 또 사고가 터졌다.

"야 이 개X끼야. 뉘가 나 이 회쇄로 오라뒈~"

한참 시간이 흘렀음에도 코에 반창고를 붙이고 있는 주임 형아였다. 술에 취해 아버지께 비틀비틀 다가왔다. 그리고 손가락질을 하며 소리 질렀다.

"야, 입이 이쑤면 말울 해애!!!"

"아이고, 아까부터 술을 계속 마시더니… 사장님, 대리님은 저희가 데리고 갈 게요!"

'어라? 저 새X 언제 대리 됐지? 주임 형아인데….
아 내가 주임 형아를 처음 본 게 벌써 6년 전이구나….'

내가 운전면허 따고 나서 공장 포터 운전해 보고 싶어서 갔을 때 주임 형아가 차라리 자기랑 한번 거래처들 갔다 오자고 아버지께 허락을 구해서 운전 연수를 시켜 주던 일이 생각이 났다. 회사 갈 때마다 '막내야~' 하고 반갑게 불러 주던 형 이었다.

"아닙니다! 할 말 있나 본데 놔두시죠?"

아버지가 그렇게 말씀하셨다. 차 안에서 밖을 보던 나는 놀랐다.

'아빠가 왜 저러지…? 아 또 비상인데? 이번엔 얼굴은 절대 안 된다.'

이런 생각을 하며 슬슬 차에서 내렸다. 둘의 대화가 시작됐다.

"야 이 새X야! 뉘가 오라 그럴 땐 언제고 이제 와서 토껴?"

"내가 널 언제 오라 했어? 니가 원서 내고 와서 월급 이야기했을 때 20만 원만 올려달라 해서 올려 준 건 내가 기억이 난다!"

"구게 오라구 항거 아뉘야?"

"어쨌든 미안하다! 월급은 꼭 챙겨 줄게… 퇴직금은 사람들하고 이야…."

와장창.

테이블에 있던 사이다 캔을 바로 앞에 있던 아버지께 던졌다. 또 아주머니들의 '아이고… 오오오…' 하는 탄식 소리가 들렸다. 아버지는 옷을 툭툭 털며 괜찮다고 하더니 주임 형아에게 다가갔다.

"너도 한 대 맞아라 이 새X야! 짜~악!"

콰당탕….

"이게 보자 보자 하니까 어디 어린노무 새X가 으른한테 버릇없이…."

웃으면 안 되는데 웃겼다. 내 아버지는 꼰대였다. 작은아버지가 우리 아버지를 밀쳤다. 그리고 나를 부르며 아버지 모시고 들어가라 했다. 난 작은아버지와 외삼촌에게 인사를 하고 아버지 회사였던 그곳을 떠나왔다. 차에 타서 아버지께 물어봤다.

"아빠도 사람 때릴 줄 알아? 처음 봤네?"

"지난번에 한 대 맞았잖아. 줄 건 주고 갚을 건 갚아야지!"

"하하하하"

우리는 그 와중에도 하하 호호 웃으며 아버지의 옛날 무용담들을 들으며 비밀 아파트로 갔다. 그렇게 얼마 후 나는 다시 남은 대학 4학년을 마치고 얼른 취업을 하는 게 낫겠다 하서서 돌아와 대학을 다니고 아버지가 연구원으로 계셨던 S전자에 들어갔다.

망한 집이 힘든 것이 무엇이냐면 그동안의 습관들이 남아 있다는 것이다. 어머니는 돈을 쓰던 습관이 있는데 그걸 하루아침에 바꾸기 힘들었다. 비상금으로 챙겨 놓은 돈이 있으니 그걸 최소한으로 사용하면서도 예전 습관을 끊지를 못했다.

"아들 돈 좀."

"뭐야? 내가 월급에서 빠져나갈 거 다 나가고 남은 거 다 줬잖아? 월급 나온 지 얼마 되지도 않았는데 벌써 다 썼어?"

"미자 이모 안 있나? 그 이모가…."

"알았어! 우리 망했어 정신 차려! 이제 웬만한 모임도 끊고… 내가 지금 낼 거 다 내고 준 돈도 150 넘는데 며칠 만에 이러면 안 돼, 엄마!"

"알아따! 내도 아는데…."

"카드 줄 테니까 한도까지 다 쓰지 말고 비상금처럼 써야 돼. 급할 때만."

"알았다. 아들 사랑해~!"

그리고 처음에는 야금야금 빠져나가던 돈이 나중에는 뭉텅 빠져나가길래 전화했더니 집에 가서 이야기하자 했다. 돌아와서 울며 어쩔 수 없었다 했다. 그 사람은 우리 집 망한 거 모르는데 거절할 수가 없었다나…. 결국 한도 초과 메시지가 오자 나는 카드를 빼앗았다. 앞날이 너무 깜깜하고 어둡게 느껴졌다.

그 기간이 길지는 않았지만 뒤로도 몇 달간은 적응을 하지 못해 힘들어하셨고 나도 힘들었다. 악순환의 반복이었다. 어느 날부터 나는 사람에게 색이 보이기 시작한다는 것을 깨달았다. 어릴 때 어쩌다가 한 번씩 본 게 착각이 아니었고, 지금은 계속 선명하게 뚜렷하게 보였다.

'이게 갑자기 또 무슨 증상이야? 이제 환청에 이어 환각까지 생기나? 근데 왜 사람한테만이지?' 정말 환장하겠다.

9. 자취방으로 온 박상

박상은 아버지가 안 계신다. 그래서 할아버지가 돌아가실 때 유산을 받았다. 그런데 상상을 초월할 만큼 많이 받았다. 난 학교고 나발이고 친구가 우선이라 할아버지 돌아가셨다는 소식을 듣자마자 가서 3일 동안 지키다가 화장하는 것까지 보고 다시 자취방으로 돌아왔다.

그때가 대학교 2학년 때였는데 얼마 후 박상이 자취방으로 학기 중인데 놀러왔다. 난 매년 자취할 때 아버지 공장 포터 끌고 친구들이랑 가서 같이 짐 나르고 하루 놀다 오기 때문에 친구들이 내 자취방 위치를 다 알고 있었다.

"야. 뭐야? 학교는?"

"아… 들어가서 얘기해."

"뭐야, 왜 왔어?"

"나 학교 때려 쳤어."

"뭐?"

이야기를 들어 보니 유산을 받았다 했다. 그것도 평생 자기가 벌어도 못 벌 정도로 아주 많이. 자기는 인생에 대학교를 다니는 이유를 몰랐는데 때마침 잘됐다고 하고 싶은 것을 찾고 싶다고 했다. 지금은 막상 갈 데가 없어서 왔다고 했다. (이 당시에는 다른 이유가 있는지 몰랐다.)

난 그때 대학동기 2명과 함께 방 2개에 거실과 주방이 있는 싸고 크기만 아주 큰 옥탑방에서 자취를 하고 있었다. 박상까지 오니 4명이 되었다. 내가 사람 복이 있는 게 내 친구들은 하나같이 착하다. 다들 조용하고 내 이야기를 잘 들어줬다. 근데 자기들끼리 내버려두면 또 다 잘 떠들고 놀았다. 나는 매번 일을 만들고, 사고 치고, 모이자 하고, 같이 놀자는 말만 했다.

맨날 내가 뚱딴지같은 소리 하면

"뭐래… 풉."

하면서도 내가 하는 돌아이 짓을 조용히 용납해 주는 내성적이고 착한 친구들이었다. 그렇게 하루 이틀 3일 지났는데 박상은 자는 시간 빼고 게임만 했다. 언젠가부터 학교 갔다 오면 나 빼고 셋이 같이 게임하고 있었다. 낮에는 게임하고 밤에는 영화 보고. 〈쏘우1〉을 보면서 라면을 먹다가 다 같이 토하기도 했다. 그렇게 놀며 2주가 넘어도 박상은 집에 안 갔다.

"야! 나도 과제도 좀 하고 컴퓨터도 좀 쓰자!!!"

게임하던 박상은 알겠다면서 비켜 줬다. 다음 날 학교 갔다 오니 박상이 집에 안 보여 전화해서 어디냐고 물었다.

"나 수원 집인데?"

"아 그러냐? 내가 뭐라 해서 간 건 아니지?"

"아닌데?"

"그래. 빨리 자퇴신청 원복하고 너도 학교 댕겨 임마. 뭐 하고 싶은 거 찾는다더만 게임만 하고. 정신 차려야지!"

엄마같이 잔소리를 하고 끊었다. 그런데 다음 날 박상이 자취방으로 다시 왔다.

"뭐야, 왜 또 왔어?"

"나? 내 컴퓨터 택배로 일루 보내러…."

기도 안 찼다. 다른 두 친구가 잘 왔다고 얼른 들어오라고 '우리 뭐 시켜 먹을까?' 하면서 셋이 신났다.

사실 넷이 신났다. 4인 PC방이 만들어졌다. 박상이 심심하다 하면 억지로 끌고 나가서 자전거도 타고 운동도 하고 내 수업도 같이 들어가고 나름 재미있었다. 교수님이랑 친해진 수업도 있었다.

난 수업은 같은 돈 냈는데 맨 앞자리에서 들어야 한다고 전투적으로 듣는 스타일이었다. 교수님이 너네들은 듣는 자세가 좋아 기분이 좋다고 박상 칭찬도 했다. 주말에는 박상은 집에 가기 귀찮다고 자취방에 남아 있고 나만 수원가는 뭔가 이상한 관계가 학기 끝날 때까지 이어졌다.

박상이랑 어느 정도로 친하냐 하면 박상이 수원에 자취방 구한대서 나는 투룸을 추천했다. 그리고 박상 이사 날 난 아버지 포터 빌려서 내 침대를 작은방에 갖다 놓고 컴퓨터 책상이랑 컴퓨터 설치했다. 박상은 좋아서 발광을 했다.

"뭐야 미X놈아!!!"

나는 못 들은 척했다. 둘이 같이 있으니 친구들이 번갈아 가면서 자주 놀러 왔다. 박상이 혼자 살고 싶다고 서울로 갈 때까지 거의 거기서 지냈다. 박상이 뭔가 잘 몰랐나 본데 서울 자취방도 자주 갔다.

박상은 오토바이 타는 걸 좋아해서 오토바이 타는 일을 하고 싶어 했다. 그래서 피자집을 차리고 박상은 배달을 했다. 나는 목소리가 들린 후로 6개월을 쉬었는데 증상이 하나도 호전되지 않아 낮 시간 동안 몸을 움직이고 해를 볼 수 있는 일을 하기로 했다. 그래서 골프장 캐디로 일을 한다. 계획대로 몸을 움직이니 마음은 조금씩 밝아지는 것 같았지만 골프장은 겨울에 2개월간 일이 없었다. 그래서 그때면 박상네 피자집에 가서 같이 배달을 했다.

[큰빛 할아버지]

동네에 매주 월요일 오후 1시 즈음이면 꼭 주문하는 할아버지가 계셨다. 연세가 90은 족히 넘어 보였다.

'M 사이즈 치즈 피자, 500ml 콜라'

정확히 얼마인지는 기억이 안 나는데 꼭 지폐 2장을 주셨다. 500원 거슬러 드리려고 하면

"가… 가져요… 그… 근데 따… 따 줘요….”

하셨다. 500ml 페트 콜라 뚜껑을 따 달라고 하시는 집이다. 그 집을 매주 갔는데 그 할아버지 주변으로 빛이 보였다.

처음에는 햇살이 비쳐서 그런가 대수롭지 않게 생각했다. 그런데 비 오는 날도 구름이 잔뜩 낀 날도 그 할아버지 주변만 햇살이 비치는 것처럼 밝게 보이는 것이었다. 어느 날 박상한테 그 할아버지네 집에 가면 빛이 강해서 눈이 부시다고 했다.

"난 잘 모르겠던데?"

"야, 그럼 다음 주 월요일 1시에 너 출근해서 한번 니가 가 봐!"

다음 주에 박상이 확인하러 다녀왔다.

"전혀 모르겠는데. 니가 잘못 본 거 아니야? 그때 순간 그랬나 보지!"

"아 그랬나? 다음 주에 내가 다시 한번 가 볼게.”

또 다음 주에는 내가 갔다. 때마침 눈이 왔나 비가 왔나 날씨가 흐렸다. 그런데 햇빛이 또렷하게 보였다. 스님들 그림 보면 몸 주변으로 아우라같이 보이는 그런 그림 비슷한데 그냥 햇빛 비치면 몸이 밝아 보이는 것같이 보였다. 그분이 따뜻하게 느껴졌다. 같이 있는 것만으로도 기분이 좋아 박상한테 그 집은 내가 무조건 배달 갈 거라고 이야기했다.

그리고 이걸 몇 년 후 다시 한번 크게 느꼈다.

[골프장에서 만난 빛여인]

골프장에 50대 중후반 정도로 보이는 어머니 또래 분이 오는데 그 아줌마가 햇빛을 다 받고 있었다.

'뭐야? 무슨 빛이 저 아줌마한테만 있어?'

그 햇빛은 막 한여름의 직사광선 느낌이 아니었다. 시골 할머니 댁에 놀러 갔을 때 아침에 마루에 눈을 감고 누워 있으면 햇볕이 느껴지는 그런 은은한 빛이었다. 뭔가 포근하고 따스한 느낌의 빛! 그래도 바로 눈을 뜨고 보기엔 확실히 눈은 부셨다. 그 할아버지 이후 오랜만에 보는 빛이라 신기했다.

이 빛여인은 말투도 나긋나긋했다. 이게 빛이 껴 보여서 그런지 더 나긋나긋하고 부드러운 목소리로 느껴지는 것 같았다. 골프 치는 데 방해가 되면 안 돼서 헤어지기 15분 전에 정말 궁금한 것 하나를 여쭤봤다.

"혹시 무슨 종교 있으세요?"

빛여인이 갑자기 따스한 눈빛으로 나를 봤다. 내게 다가오시더니 내 손을 양손으로 꼬옥 잡으셨다. 정말 깜짝 놀랐다. 너무 훅 들어오셔서 순간 얼어 사고 회로가 정지돼 어버버했다.

그분 얼굴을 보니 눈물 한 방울을 똑 흘리고 계셨다.

"아 아니… 왜 그러세요? 괜찮으세요?"

"아니에요. 자기 마음이 포근하고 따뜻해서 나도 모르게 눈물이 났네요?!"

"네? 무… 무슨 말씀이세요?"

그분은 갑자기 눈물을 뚝뚝 흘리시면서 말씀하셨다.

"그동안 어떻게 이렇게 힘들게 살아왔대… 흑흑….'

우시면서 내 손을 어루만져 주셨다. 처음엔 내가 무슨 실수했나 하고 깜짝 놀랐는데 나도 갑자기 저절로 눈물 한 방울이 뚝 떨어졌다. 이상한 경험에 너무 놀랐는데 다음 말에 더 놀랐다.

"어머님은 어떻게 잘 계시대요?"

눈물이 쏙 들어갔다. '갑자기 어머니? 그러고 보니 연락 안 하고 산 지 얼마나 지났지?' 이런 생각이 들면서 갑자기 정신이 싹 돌아왔다. 얼른 눈물을 훔치고

"아, 뭐. 잘 계실 거예요. 근데 저 혹시 종교 있으세요?"

"아. 교회는 예전에 다녔었죠. 지금은 쉬고 있어요."

빛여인은 계속 울면서 말씀하셨다.

"그럼 혹시 다른 종교는….'

"아니에요. 전 종교라고 말하긴 뭣하는데 느껴지는 게 있어요!"

'헉. 이 빛여사님도 뭐가 있다. 이분과 대화를 나누어야 한다! 혹시 무언가 도움이 될지도 몰라.'

하는 생각이 들었는데 어쨌든 남은 플레이를 마쳤어야 했다.

"일단 눈물 닦고 타시죠."

나도 왜 흘렸는지 모를 눈물 자국을 손등으로 한 번 더 스윽 닦고 말하며 이동했다. 그런데 빛여사님이 다른 분들 들으라고 말하셨다.

"난 이번 홀은 안 치고 이야기할래요!"

남편분으로 보이시는 분이

"뭐야, 왜 그래! 무슨 일이야?"

하셨다.

"아니에요. 여보. 너무 이야기해 보고 싶은 사람을 만났지 뭐예요!"

그러자 우리 둘을 제외한 3명의 눈이 똥그래져서 쳐다봤다. 빛여인과 나는 다른 분들 플레이하는 데 방해 안 되게 옆에 서서 작은 소리로 이야기를 나누었다.

"저 혹시 그럼 죄송한데 뭐가 보이세요? 아니면 들리시거나?"

"아니요. 저는 그런 건 아니에요. 근데 느껴져요."

"잉? 느껴진다고요? 어떤 식으로요?"

"엄청 따뜻한 느낌이예요. 처음부터 계속 느껴져서 오늘 골프 치는 것에 집중을 하나도 못 했네요. 캐디님한테 너무 따스한 기운이 느껴져요."

'아. 이런 빛이 있는 분들은 뭔가 이런 느낌이 있나? 나같은건 아닌가 보다.' 생각하고 있는데 이상한 게 있었다.

"그럼 엄마는 어떻게 물어보셨어요? 뭐 알고 물어보신 거 맞으세요?"

"이게 뭐라 설명할 수 없는데 느낌이 있어요. 아버지는 괜찮으신가요?"

아버지 이야기 들으니 갑자기 미친 듯이 가슴이 찢어질 듯이 아팠다. 그리고 눈에서 저절로 눈물이 펑펑 났다. 키가 180cm에 덩치도 산만한 다 큰 어른이 그 말을 듣고 미친 사람처럼 엉엉 울었다.

"흐어어어엉… 흐으으윽 흐어어어어어엉!!!!!"

갑자기 너무 마음이 아파서 땅에 주저앉아 살면서 2번째로 그렇게 펑펑 울었다. 빛여사님은 내 등을 쓸어 주시면서 말씀하셨다.

"그래요. 고생 많이 했어요. 이제 좋은 일만 있을 거니까 그만 울고! 우리 가야지 또!!"

"여보, 무슨 일이야! 왜 그래?"

남편분이 앞서가다가 내 우는 소리를 듣고 뒤로 오셨다. 빛여사님은 공치고 계시는 분들께 우리 오늘 이 정도에서 마무리하자면서 정리하고 카트로 탔다. 이동하는 내내 펑펑 우는 내 등을 쓰다듬어 주시며 같이 우셨다.

"아이고… 울고 싶으면 마음껏 울어… 그래요… 울어요…."

같이 엉엉 통곡하면서 정리를 했다. 원래 전화번호도 묻고 뭐 더 많은 것을 묻고 싶었는데 우느라 정신이 없었다. 그리고 다른 세 분이 워낙 어리둥절해하실 거 아니까

"죄송합니다. 아 내가 왜 이러지? 아, 정말 죄송합니다."

이 말만 20번은 한 것 같았다. 모두 의아하지만 무슨 대화를 했는지는 묻지는

못하셨다.

"괜찮아요. 아유 어쩐대. 무슨 일이래."

나는 연신 '죄송합니다.' 그쪽에서는 '아니에요. 괜찮아요.' 이것만 무한 반복하며 정신없이 끝났다. 다 끝나 헤어지고 한참 후 옷 갈아입으면서 정신이 들었다.

'아 씨! 전화번호 받아 왔어야 했는데'

이미 늦었다.

'빛여사님과 더 많은 대화를 하면 단서 같은 걸 발견할 수 있을 건데'

한 10일 정도 계속 그 빛여사님이 아른거렸다. 그리고 주변에 내가 목소리가 들린다는 걸 아는 사람들에게 이 경험을 이야기했다.

'대체 뭐였을까?'

얼마 뒤 하나를 더 알게 되었다.
빛만 보이는 게 아니었다. 어두움도 보였다…!

10. 조폭을 만나다

그날도 마찬가지로 일을 하러 나갔는데 웬 나보다 덩치가 더 큰 4명이 저 멀리서 오고 있었다. 누가 봐도 2명은 120kg 이상. 2명은 좀 말랐는데 한 명은 얼굴에 칼자국 꿰맨 상처가 있었고 한 명은 짧게 자른 스포츠머리인데 머리에 S 자로 칼자국 있었다.

한 여름에 다들 긴팔을 입고 있었다. 목이나 팔등 쪽으로 문신이 보이는데 예쁜 패션 문신이 아니었다. 구경을 하고 있는데 점점 내 쪽으로 왔다.

"아, 오늘은 남자 캐디구먼."

오. 내 고객들이었다. 사상 최대의 몸무게 팀! 이건 씨름선수 4명 오지 않는 이상 이 기록 깨지긴 힘들 것 같다는 생각에 '풉!' 하고 나도 모르게 웃음이 나왔다.

"아이고, 캐디씨 오늘 무슨 좋은 일 있나 봐아?"

능글능글한 말투인데 협박이나 무서운 말투가 아니라 그냥 농담투로 120kg이 말을 걸어왔다. 120kg 1, 2는 구분이 안 되었다. 그냥 어떤 느낌이냐면. 버거형이나 돈스파이크나 뭐 대강 그런 느낌? 옷도 둘 다 올 블랙이었다.

'육수 좀 흘리시겠고만? 후후. 아니 근데 왜 클러치백이 사각가죽인데? 요즘 조폭 영화가 제대로 구현을 한 게 맞네?'

웃어서 한마디 했는데 이런 생각들 때문에 계속 웃음이 실실 나왔다. 속으로 '큰일 났다 이거' 싶었다. 그때 얼른 정신을 차리고

"아, 제가 오늘 기분이 너무 좋아서 한 번만 좀 크게 웃고 시작하겠습니닷! 우

하하하핫~ 푸하하하하핫! 으하하하핫!"

미쳤었나 보다. 그런데 갑자기 너무 크게 웃으니까 그 모습이 웃겼나 보다.

"워메. 오늘은 캐디 형아가 정신이 나가 부러쓰야? 푸하하하하."

120kg(?)이 웃으니까 갑자기 다른 3명도 웃었다. 다들 나 포함 한 덩치씩 하시는 분들이 엄청 크게 웃으니까 근처에 다른 분들도 우리를 쳐다보면서 키득키득 웃었다.

'이제 그만 웃고 정신 차리자!'

그렇게 분위기는 엄청 화기애애해졌다.

"동생은 올해 몇이여? 결혼은 했는가?"

이런 호구조사를 하면서 언제든 웃어도 이상하지 않은 분위기로 시끌벅적 출발했다. 120kg 둘 옷은 올 블랙이고, 얼(굴칼)빵 형님은 위아래가 회색인지 흰색인지를 구분이 되지 않았다.

'뭐야, 내 눈이 침침한가?'

다시 봐도 꼭 내 눈에 먼지 들어간 것마냥 색이 이상해 보이는 것이었다. 안구를 오래 꾸욱 누르고 있으면 눈이 뿌연 느낌? 그런데 어이가 없는 것은 그 사람만 뿌옇게 보였다.

'뭐지? 이 사람은? 이런 건 또 처음 보네? 확실히 내 눈이 이상한 건 아닌데 이 사람만 색이 이상한데?'

나는 언젠가부터 사람 눈을 마주치는 것에 부담을 별로 못 느낀다. 그렇다고 막 노려보거나 인상을 쓰고 사람을 기분 나쁘게 내려다보거나 하는 게 아니라 그냥 아이컨택을 별로 부담스럽게 생각하지 않는다. 그래서 사람들을 표정이나 얼굴을 잘 관찰한다.

오늘은 얼빵 형님으로 정했다. '아니. 일단 저 사람 무슨 색 옷을 입은 거야? 담뱃재 색이야, 연탄재 색이야 뭐야 저게?' 이런 생각을 했다. 그런데 끝나기 직전! 얼빵 형님이 안 치고 있었다. 별생각 없이 미소를 지으며 말했다.

"준비되셨으면 눈치 보지 마시고 치세요."

"뭐여? 너 방금 뭐라고 한 겨? 누가 눈치를 봐아아?"

얼빵형님이 자세를 풀고 나에게 다가오더니 인상을 팍 쓰고 내 얼굴 앞으로 얼굴을 훅 내밀었다.

'아 피비린내?'

'???'

'이게 무슨 냄새야?'

순간 깜짝 놀랐다! 녹슨 철에 배인 피 냄새라고 해야 하나? 갑자기 날카로운 느낌의 피비린내가 확 났다. '대체 이게 무슨 냄새지?' 하고 생각하는 순간 내 안의 목소리가 들려왔다.

[피비린내란다.]

'이게 피비린내가 맞구나!' 생각하는데 또 목소리가 들렸다.

[색이 뿌옇게 보이지? 사람을 죽이면 저렇게 변한다!]

원래 일하거나 정신이 다른 곳에 팔려 있을 때에는 내 안의 목소리가 갑자기 이렇게 들리는 경우는 거의 없어서 놀랐다.

'그럼 저 사람이 사람을 죽여서 저렇게 됐단 말이에요?'

[그렇다.]

내 안의 목소리와 대화하는 사이 정신을 차려보니 다 치고

"동상아! 가즈아!!"

하는 120kg(?)의 목소리가 들렸다. '아… 근데 왜 갑자기 내 안의 목소리가?'

'원래 일할 때나 내 뇌가 다른 생각에 빠져 있으면 목소리 안 들리는 거 아니었어?'

이런저런 생각들을 하며 그 팀을 보냈다.

'사람을 죽이면 피비린내가 나고 사람이 뿌옇게 회색으로 보이는 건가? 그러고 보니 나 이상한 냄새를 맡은 건 또 태어나서 처음이네?' 계속 머릿속에는 풀리지 않는 생각들이 꼬리를 물었다. 그렇게 그 위험했던 경험이 한참 지난 후 어느 날. 내 친구 수혁이와 박상이 놀러 온다고 연락이 왔다. 사실 그간….

"야, 수혁이 너는 토일요일 다 쉬고 (수혁이가 언젠가부터 교회를 안 감.) 박상 너는 니 마음대로 쉬는데 대체 왜 안 오냐? 이유라도 들어 보자. (들어 보자 하고 말할 시간 안 줌!)
아니 여기가 멀면 얼마나 멀다고, 그냥 눈 감고 악셀 몇 번 스윽 밟고 있으면 오는 데를 뭐 번갈아서 서로 업고 오라고 했냐? 뛰어오라고 했냐? 대체 왜 안 오는

지 나는 이해가 안 된다!"

주기적으로 클레임을 걸었더니 드디어 둘이 같이 온다 한 것이다. 나는 골프장에 일이 없는 겨울에만 간다. 그 외에 봄, 여름, 가을에는 주말에 쉬는 아이들이 오는 게 맞는 거 아닌가? 친군데? 참고로 둘 다 미혼이다. 그렇게 도착한 수혁이와 박상. 오랜만에 잘 살고 있었다는 확인을 서로 어깨빵으로 한 후···

난. 내. 눈. 을. 의심했다!
내 친구 수혁이가 칼빵 형님처럼 뿌옇게 회색으로 보이는 것이다···.

11. 뿌연 수혁이를 만나다

'아, 이건 아니잖아!?'

와이프와 둘은 반가움을 표시하며 이야기하고 웃음소리가 퍼지는데 내 귀에는 들리지 않았다. 잠깐 시간이 멈췄다. 소리도 보이는 것도, 내 숨소리마저 세상 모든 것이 멈추어 버렸다. 셋의 하하 호호 소리에 묻혀 세상에서는 아무 일도 없는 것 같이 보였다. 나는 다급하게 내 안의 목소리에게 물었다.

'이게 무슨 일이에요?? 이거 아니잖아요?'

목소리는 아무 대답이 없었다.

'수혁이 빛이 왜 뿌옇냐구요!!!'

대답 없는 목소리가 너무 답답해서 속으로 소리를 질렀다. 순간 내 귀에 압력이 차올라 먹먹한 느낌이 들었다.

'제발 대답 좀 해 주세요! 왜 저렇게 된 건데요?'

몇 번을 물어도 목소리는 아무 대답이 없었다.

'설마 진짜 수혁이가 살인을?'

눈물이 눈을 따라 맺히는 게 느껴졌다. 그때 누군가 내 어깨를 퍽 쳤다.

"뭐 하고 있어? 먹으러 나갈 거야? 집으로 들어갈 거야? 밥 먹으러 가자!"

내 정신이 다시 돌아오게 해 준 것은 수혁이었다.

"어? 아. 내가 잠깐 딴생각하느라. 하하. 그래 어디 갈까?"

"야! 오라고 난리 칠 땐 언제고 오니까 뭘 멍 때리고 있어?"

박상 말에 한 번 더 정신이 들었다. 밖에 나가서 먹기로 하고 걸어가는데 수혁이가 회색으로 뿌옇게 보였다. 먹는 게 먹는 것 같지도 않았다. 분명 우리는 하하 호호 하고 있는데 내 귀 바깥에서 들려오는 외부 소리의 볼륨보다 내 생각의 볼륨이 훨씬 큼을 느꼈다.

'이건 분명 무슨 일이 있는 건 확실한데. 근데 왜 하필 뿌연색이야? 뭐라고 물어야 하지? 사람을 죽였냐고? 아니 물어야 하는 게 맞나? 일이 있다 해도 지금은 아닌 것 같다. 여기서 갑자기 사람을 죽였다고 하면 내가 어떻게 할 거야?'

머릿속이 복잡했다. 제발 별일 아니길 바랐다. 생각을 그만하자고 생각하며 난 인상 쓰고 있던 미간을 펴고 입꼬리를 빵끗 올렸다. 얼굴을 펴니까 마음속 생각도 조금 줄어드는 느낌이 들었다. 그렇게 그날은 지나가고. 다음 날, 자고 일어나 보니 수혁이가 없었다.

'화장실 갔나?'

어제 과음을 해서 머리가 깨질 것 같았지만 흠씬 두들겨 맞은 것 같은 몸을 일으켜 주위를 둘러보았다. '아 혹시 담배?' 하고 현관문을 열고 나가보니 뿌연 회색의 수혁이가 보였다.

"야. 수혁아. 너 뭔 일 있지?"

"어? 엄! 너 어떻게 알았어? 그 목소리가 알려 줬어?"

"아무리 그래도 사람을 죽이면 안 되지. 임마!"

하고 말하고 싶은 것을 꾹 참고 최대한 침착하게 심호흡을 했다. 그러자 수혁이가 말했다.

"나 회사 짤렸다?"

"뭐?"

"하아…."

한숨을 쉬고 수혁이는 고개를 푹 떨구었다. '뭐야 이거? 사람을 죽인 게 아니었어?' 순간 온몸으로 안도감이 밀려왔다. '회사를 짤려? 그만둔 것도 아니고? 아니 그런다고 색깔이 뿌옇게 변해? 아니 뭐라 말 좀 해 주세요! 내 안의 목소리님?' 그때 드디어 기다리던 그 목소리가 들려왔다.

[죽고 싶은 마음이 들면 색이 뿌옇게 변한다.]

"뭐야? 그런 거였어?"

속으로 해야 할 말이 실수로 육성으로 나왔다. 수혁이가 말했다.

"하아. 나 이제 어떡하냐?"

"아, 난 또 사람 죽인 줄 알았잖아! 나 진짜 어제부터 지금까지 마음고생 얼마나 했는 줄 아냐? 어쨌든 왜 그렇게 됐는데?"

수혁이는 자동차 관련 큰 회사에 다닌다. 그런데 코로나의 여파로 인원을 감축하는데 자기 팀은 딱 필요인원만 있어 괜찮을 거라 생각했다고 한다. 그런데 4명

중 1명은 독일로 1년간 파견을 가야 한다 했다. 유일하게 결혼하지 않아 가정이 없는 수혁이가 가야 했다. 자세히 물어볼 수 없었지만 독일 가는 것이 파견이라 쓰고 퇴사라 이해하면 되는 개념 같았다.

"그래서 그게 언젠데?"

"나 요즘 놀아."

"뭐? 언제부터?"

"몇 주 됐어."

"그래도 그쪽 업계에서 너 정도 짬밥이면 아무 곳이나 갈 수 있는 거 아냐? 조금만 기다리면 좋은 소식 있겠지."

"지금 매출이 전체적으로 떨어져서 쌍X도 우리나라에서 철수한다고 하고 파이 자체가 줄었어. 계속 알아는 보고 있고, 주변 사람들도 알아봐 준다고 하는데 사람을 구하는 데도 없고 연락이 오는 데도 없다."

"그 정도야?"

"신일아. 나 어떡하냐? 진짜… 죽고 싶다….'"

그렇게 난 수혁이의 눈물을 2번째로 보았다.

'아 이런 마음을 먹어도 색이 그렇게 될 수도 있구나. 꼭 남을 죽이는 게 아니라 내가 내 스스로를 죽이는 마음만으로도 뿌옇게 되다니.'

"야, 너 색이 뿌옇게 보여. 그러니까 안 뿌옇게 되게 마음 좀 좋게 바꿔 먹어 봐."

할 수가 없었다. 그리고 실제로 내가 저 경험을 해 보지 않았기 때문에 그냥 옆에 앉아 있어 주는 것 말고는 해 줄 게 없었다.

'집에만 있는 것보다 움직이고 하다 보면 또 때가 오겠지!'

"아? 맞다. 그럼 너 집에다가는 말했냐?"

"걱정하시게 뭘 말해. 그냥 출근시간에 밖에 나와 있는 거지. 밖에서 담배만 핀다. PC방도 가고."

이런 우울한 얘기를 하는 수혁이는 이곳에 있는 동안 계속 뿌옇게 보였다. 며칠 후. 일 끝나고 보니 부재중 전화가 와 있었다. 다시 전화를 거니

"엄! 나 취직됐다! 아는 형이 뭐라 뭐라….."

"그래? 뭐 하는 덴데?"

"차지, 뭐."

"하하하, 그래."

"근데 웃긴 얘기 해 줄까? 나 이제 과장이다!"

수혁이는 더 나은 직급과 연봉으로 같이 일했던 선배가 먼저 가 있던 회사에 스카우트되어 가게 되었다. 그리고 다시 만났을 때 수혁이의 색은 또렷하게 보였다. 내가 알 수 없는 세상 일이 많은 것 같았다. 그리고 내 안의 목소리님! 이거 정황상 다 알고 계시는 것 같은데 마음고생 안 하게 미리 좀 알려 주면 안 됩니까?

여튼 잘되어서 다행이라는 생각이었고 다시는 하고 싶지 않은 경험이었다. 그

런데 이상하게 점점 눈물이 많아지는 것은 내가 마음이 약해져서인지 일이 커진 건지 알 수가 없었다. 시간이 지남에 따라 점점 더 일도 많아지고 그에 따라 알아 가는 게 많아지고 있는 것 같았다.

12. 오른팔과 왼팔 등장

어느 날 대학 후배 2명에게 연락이 왔다.

이 둘과는 원래 친하게 지내고 같이 단톡방이 있어 간간이 소식을 전했는데 내가 대학 4학년 때 아버지 사업이 망한 후 나를 잘 챙겨 준 동생들이었다. 하나는 남자 하나는 여자. 남자애는 축구선수 기성용을 닮아 성용이라 하고 여자애는 실루엣만 김혜수와 흡사해 혜수와 성용이이다. 이 성용이 혜수와 내가 있는 톡방은 조용하다가 누가 한 번 말을 쓰는 순간, 3일간 쉬지 않고 작동한다….

원죄라는 것은 참 무섭다. 아니 아담과 하와가 선악과 따먹은 게 나랑 무슨 상관인가? 내가 왜 그 언제 일어났는지도 모르는 옛날 일 때문에 수고롭게 일해야 하고 여성분들은 애를 아프게 낳아야 하는가? 나는 그때 태어나지도 않았는데…. 이런 억울함! 이 억울함을 피할 방법은 이것밖에 없는 것 같다.

'저들보다 일찍 태어나는 것!'

그럼 일도 안 하고 에덴동산에서 꿀만 빨다가 갔을 텐데. 저 먼저 태어난 게 나고, 아담 밑으로 태어난 모든 인류가 혜수의 마음일 것이다. 난 성용이의 1년 선배고, 성용이는 혜수의 1년 선배다. 내가 원하든 원치 않았든 결과적으로 잘한 것은 딱 하나!

'성용이보다 먼저 태어난 것!'

혜수는 늦게 그것도 몇 달도 아니고 1년이나 늦게 태어난 큰 원죄를 가진 죄인이었다. 그래서 나에게는 해당사항이 없지만, 혜수에게는 해산의 고통과 같은 게 성용이의 '말'이다. 성용이는 말을 돌려서 하지 않는다. 성용이가 2학년일 때 신입생 혜수를 울린 일이 있었다. 어느 날 앞뒤 없이 가서 그랬다 한다.

"야! 너 살 좀 빼."

….

저게 인간의 탈을 쓰고서 할 수 있는 말인가? 저건 낳아 준 부모도, 사랑하는 부부 사이에서도 못 하는 말 아닐까? 지나가다 뒤에서 짱돌로 찍는 거랑 마찬가지인 것 같은데. 여튼 성용이는 저렇게 지나가던 혜수에게 짱돌을 던졌다.

이 이야기를 하니까 갑자기 나도 뜨끔하는 게 있다. 나는 죽을 때까지 부정할 거지만 나에게도 성용이와 비슷한 피가 흐르고 있다. 그러나 비슷한 거지 엄연히 다르다. 학교 처음 가서 신입생이라고 모였는데 같은 수원 지역에서 온 동기한테

"야. 쟤 마이콜 닮지 않았냐?"

하고 나는 '속삭였다.' 그 애한테 가서 직접 한 말이 아니다. 성용이와는 다르다. 이건 누가 봐도 우리끼리 웃고 끝내야 하고 절대 새어 나가서는 안 되는 남의 외모를 만화 캐릭터에 빗대어 깎아내리는 저급 유머였다. 근데 이 무뇌 친구는 며칠 뒤 마이콜에게 쪼르르 가서

"야, 신일이가 너 마이콜 닮았대!"

한 것이다. 난 이 사실을 몰랐다. 그 후 1년간 마이콜은 내 인사를 안 받아 주고 투명인간 취급을 했다. 전달자인 무뇌 인사는 받아 주면서. 마지막 모임이 있던 날 마이콜이 족제비 같은 눈을 하고 나를 흘겨보며 다가왔다.

"야 엄신일! 나 너한테 할 말 있어!"

"응? 뭔데?"

"나한테 왜 그랬어?"

"뭘??"

"(갑자기 엉엉 울면서) 나 초등학교 때부터 고3 때까지 별명이 마이콜이라 대학교 합격하고 머리도 하고 왔는데… 첫 모임에서 니가 나 마이콜이라고…."

"헉! 그… 그랬어?(무뇌 이 녀석이…)"

이러고 30분간 우는 애 달래 주면서 사과했다. 나는 그런 의도가 아니었다. 살려 달라. 이러면서 '그녀'가 과거 12년 동안 받았던 상처까지도 내가 대신 사과한 듯했다. (별명이 마이콜인데 '그녀'다.) 여튼 그 아이는(무뇌 때문에) 이 사실이 알려지며 초중고 12년에 대학 4년까지 16년을 마이콜로 살게 되었다. (물론 아무도 대놓고 마이콜이라 부르진 않았다.)

써 놓고 보니 결과는 같은 것 같다. 근데 내게 줄 벌은 공범 무뇌에게도 줘야 맞다고 생각한다. 다음 글은 마이콜 양에게 바친다.

20살 두근두근 캠퍼스를 밟으며
CC를 꿈꿨을 마이콜 양!
우리 그 뒤로 친해졌지만
그래도 그때 일은 미안하게 생각하고 있어.
잘 지내지? 진심으로 미안해!

그리고 전국에 계실 마이콜 양들께도
심심한 사과드립니다.

근묵자흑이라고 역시 이 또한 성용이의 잘못이다. 청출어람인가? 여튼 성용이는 나보다 세다. 나는 입으로 혹 부는 독침 수준이라면 성용이는 죽창이다! 이런

'말'로 사람의 상처를 주고 다니던 내 밑에서 자란 성용이가 내 안의 목소리 테스트를 자진해서 받아 보겠다고 하며 벌어진 일이다.

13. 성용이의 방황

성용이는 '옳고 그름'이 확실한 아이다. 자신이 옳다고 생각하는 일에 대해서는 타협이 없다. 그 부분에 대해서는 절대 꺾지 않으며, 반대 주장을 펼치던 상대가 설득을 포기하고 나가떨어질 때까지 타협하지 않는다. 어릴 때부터 엄마 말도 잘 들었다. '오락실 나쁜 거야 가지 마.' 하면 안 간다. '술 담배는 몸에 좋지 않아.' 하면 손도 안 댄다. '너무 욕심부리지 마.' 하면 욕심을 버린다.

성용이가 원래부터 그랬던 건 아니다. 성용이는 원래 유약하고 소심한 성격이었다. 소풍이나 시험이 다가오면 긴장해서 아침부터 화장실을 들락날락하고 힘센 애들이 괴롭히면 한 대 맞고 울었다고 한다. 용기가 없어서 손들고 발표 한 번 못 했다고 한다. 성용이는 그런 자신의 성격이 싫어서 계속 바꾸려고 노력했다. 쿨한 척! 아무렇지 않은 척! 담담한 척! 용기 있는 척! 센 척!

초반에는 겉으로만 그런 척해서 힘들었지만 시간이 지나고 반복되다 보니 성인이 되었을 때는 내가 보았던 쿨한 성격은 정말 성용이의 성격이 되었다. 성격마저 노력으로 바꿀 수 있다는 건 정말 놀라웠다. 나는 성용이도 원래부터 돌아이인 줄 알았다. 어릴 때 상대가 때리면 맞고만 있던 성용이는 이제 싸움을 시작하면 맞는 것과 상관없이 자기가 이길 때까지 싸웠다. 그 싸움은 상대가 먼저 꼬리를 내리거나 성용이가 승리해야 끝난다.

성용이가 고3 때. 요즘 말하는 근돼에 키만 큰 짝꿍이 뒷자리 친구들의 책상을 송곳으로 긁으면서 놀고 있었다. 뒷자리 친구들은 가만히 있었다. 그래서

"야 근돼가 송곳으로 너네 책상 긁는데 왜 가만히 있어?"

하고 물었더니

"고2 때 같은 반이었는데 원래 저런 애야. 자기보다 약한 애들은 잡고 집어던지면서 괴롭혀."

라고 뒷자리 친구들은 이야기했다. 성용이는 그 얘기를 듣고 자신의 어릴 적이 생각이 나서 짜증이 났다. 성용이는 근돼가 뒷자리 책상을 찍고 긁던 송곳을 빼앗아 근돼의 의자에 다가 쾅앙 소리 나게 박았다.

그리고 박힌 송곳의 손잡이 부분을 필통 같은 딱딱한 것으로 쾅쾅 치면서 망치로 못 두드리듯이 송곳을 의자에 박아 넣었다. 근돼가 놀라서 뭐 하냐고 물었다. 성용이는 눈도 안 마주치고 송곳을 박아 넣으며 말했다.

"송곳 박고 있잖아?"

어이가 없어진 근돼는

"아니, 왜 내 의자에다가 그러고 있냐고!"

"야! 너는 재들 책상을 송곳으로 긁으면서 나는 니 의자에다가 송곳 좀 박는 건 안 되냐? 이거 웃기는 새X네?"

성용이는 근돼를 이상한 눈빛으로 쳐다보며 말했다.

"왜? 니 몸에다가도 박아 줘?"

근돼는 성용이 눈빛에서 이상함을 느꼈는지, 자신의 잘못을 알았는지 가만히 있었다. 근돼는 그 뒤로 아무도 괴롭히지 않았다. 상대와의 덩치의 차이의 문제가 아니다. 무엇을 들고 있는지 어떤 마음인지가 중요한 것 같았다. 성용이의 빛은 특이했다. 무언가로 가려졌다. 꼭 나에게 일부러 안 보여 주려는 것처럼. 빛은 맞는데 무언가 필터링이 되는 느낌이었다.

성용이는 대학 졸업 후 일을 안 하고 놀고 있었다. 일을 찾으려 했지만 하고 싶은 게 없었다. 성용이는 내 안의 목소리 이야기를 듣더니 너무 좋아했다. 자신은 하고 싶은 일이 없는데 무슨 일을 해야 하냐고 물어봐 달라 했다. 나는 내 안의 목소리를 전달했다. 성용이의 말을 줄이고 줄이면 '의욕'이 없다 했다. 그에 대한 답은

[1. 전공을 살려
2. 집에서 대중교통으로 이동 가능한 곳에서
3. 입을 닫고
4. 3년간 근무.]

라는 4가지 조건의 기괴한 답변이 나왔다.

성용이는 컴퓨터응용학과를 전공했다. 군 전역 후 복학하기 전에 IT 관련 업종의 일을 몇 개월 경험하고 나서 그 길을 가고 싶어 하지 않아 했다. 컴퓨터응용 전공인데 컴퓨터를 응용하기를 싫어했다. 들리는 내 안의 목소리를 전하자 성용이는

"생각만 해도 온몸에서 짜증이 나는데요? 그렇게 어떻게 살지? 그리고 손 놓은 지 오래돼서 다 다시 공부해야 돼요."

하며 다른 말을 했다. 나는 처음 보는 성용이의 모습에 많이 당황했다. 아주 고 반발이고 탄력 있었다.

"하고 말고는 니 선택이야! 난 전달만 한 거야! 끝!"

그리고 중간중간 맘에 드는 업체가 없다며 성용이가 추가로 질문을 했고 계속 전달됐다.

[눈에 보이는 모든 IT 업체에 이력서를 써라]
[면접을 보고 오라고 하는 곳 중 네 마음에 드는 곳으로 가라]

난 얼마나 걸릴지 궁금했다. '저게 언제 이루어질까?' 그런데 불과 1개월 만에 업체에 입사했다.

'아니 이게 이렇게 쉽게 된다고?'

상대가 누구든 옳은 말을 하고 입으로 상처를 주고 다니던 성용이에게 입을 3년간 다물라고 했다. 그냥 말을 하지 말란 뜻이 아니었다. 아무리 성용이 생각이 옳아도 억울해도 하고 싶은 말이 많아도 입을 열지 말라는 것이었다. 옳고 그름이 확실한 성용이에게는 3년간의 죽음이었다.

하루는 위에 차장이 신입인 성용이를 1년 먼저 들어온 사원에게 맡기며 일을 가르치라 했다고 한다. 4일 동안 그 둘이 출장을 갔는데, 1년 선배는 신입인 성용이에게 아무것도 가르쳐 주지 않았다. 단 하나도. 입을 다물고 있던 성용이는 이상했지만 왜 아무것도 가르쳐 주지 않냐고 묻지 않았다. 차장이 성용이에게 물었다.

"광케이블 그거 어디 설치돼 있어?"

"잘 모르겠는데요?"

차장은 목소리를 낮게 깔고 말했다.

"야 집으로 꺼져! 이 병X새끼야!"

"…"

"집에 가라고 이 미친놈아!"

성용이가 가만히 있자 차장은 소리를 질렀다.

"집에 가라고!!! 안 들리냐? 이 XX….."

그렇게 버럭 하는 차장한테 성용이는 목소리가 해 준 말을 기억하고 변명 한마디 하지 않고 입을 다물었다. 차장은 성용이에게만 욕을 했다. 1년 된 사원에게는 아무런 욕을 하지 않았다. 나중에 알고 보니 1년 선배 사원이 다른 대리 멱살을 잡고 하극상을 한 것을 차장이 봤단다. 그래서 1년 차 사원한텐 무서워서 욕을 못 하고 안 대드는 신입인 성용이에게만 욕을 할 수 있었다는 것이다. 강자한테 약하고 약자한테 강한 참 약한 사람이었다.

그건 시작에 불과했다. 다른 과장과 첫 통화를 하는 날. 성용이가 밝게 웃으며 말하자. 그 과장이 앞뒤 없이 이렇게 말했다고 한다.

"왜 웃어? 웃겨?"

통화 후 회사로 들어온 과장이 군대 병장처럼 무표정으로 말했다.

"야, 왜 웃냐니까?"

"…."

"웃는 게 좋은 게 아니야. 어?"

"…."

"알아들었어?"

"네, 알겠습니다."

과장이 웃으면 안 되는 철학을 이야기할 때도 성용이는 아무 소리 안 하고 입을 다물었다고 한다. 어두운 사람들은 밝은 사람이 웃으면 화가 나는 것 같다. 성용이도 대단한 게 3년 동안 회사에서 안 웃었다고 한다. 웃지 말라니 웃을 수가 없었던 것이다. 무표정으로 3년 동안 그 과장을 대했다고 한다.

성용이의 팀장은 업무상 궁금한 것이 생겼을 때 안 물어보면 왜 안 물어보냐고 갈구었다. 그래서 어쩔 수 없이 물어보면 여기는 돈을 주는 곳이지 학교가 아니라며 내가 니 엄마처럼 모든 걸 다 받아 줘야 하냐고 했다. 파견 업무가 생기면 성용이를 최우선적으로 일하기 제일 힘든 곳으로 파견 보내고, 사내평가를 가장 낮게 평가해 연봉도 계속 동결시키고, 아무 불평도 하지 않으니 협력업체에서 오는 메일은 성용이에게 넘기며 3년간 가장 일을 많이 시켰다.

거기에 틈만 나면 회사 욕과 대표 욕은 얼마나 많이 하는지 대꾸나 맞장구를 칠 수 없는 성용이는 속이 답답해 죽을 뻔했다 한다. 그렇게 별짓을 다했는데도 성용이는 입을 꼭 다물고 버텼다. 성용이는 3년 내내 막내로 있었다. 사람을 안 뽑았던 것은 아니다. 성용이 이전에 있던 사람도 새로 들어온 신입들도 그런 환경이다 보니 얼마 버티지 못하고 다 나가 버렸다.

그렇게 2년 정도 됐을 때 나에게 전화가 왔다.

"선배! 회사에서 주식 상장한다는데 우리사주? 사내 주식? 사라는데 이거 해야 돼요? 말아야 돼요? 물어봐 줘요!"

이런 내용이었다. 난 놀랐다. 어릴 때 엄마 회사가 상장하고 아버지 회사가 상장하면서 사내주식의 위력을 알고 있었다. 다다익선이다. 무조건이었다.

'와 일이 이렇게 된다고?'

나는 계속 '되는 일은 그냥 되는 건가?' 이런 생각이 들었다.

"알았어. 잠깐만 물어보고 나도 조금 알아보고 다시 금방 연락 줄게."

[살 수 있는 만큼 사라고 하라.]

"야, 살 수 있는 만큼 사래."

"그래요? 돈이고 뭐고 이러고 살아야 하나? 언제 그만둬야 되나요?"

나는 성용이의 상황을 다 알고 있었다. 성용이 스스로도 알고 있다는 것도 알고 있다. 그래서 나는 그냥 모르는 척하고 성용이를 응원하기로 했다.

"야, 성용이 너 진짜 대단하다. 거의 다 했어. 3년 다 돼 가네?"

"아, 저 농담 아니고 진짜 죽겠어요."

하며 자신의 상황을 하소연했다. 나는 눈만 꿈뻑 꿈뻑하며 맞장구쳐 주었다. 얼마 후 성용이네 회사는 성용이 입사 딱 3년 차 때 상장했다.

'와, **되는 일은 그냥 이렇게 되는구나.**'

감탄했다. 그렇게 성용이는 3년 일하고 본인 3년간 동결된 월급을 제외하고 2억 5천만 원 정도를 벌고 3년 칼 퇴사했다. 성용이가 일을 그만둔다고 할 때 회사 대표, 이사님, 부장님, 다른 팀 이사님, 다른 회사 이사님까지 다 성용이를 찾아왔다 한다.

"지금까지 못해 준 것 다 (돈과 주식으로) 보상해 줄게. 그러지 마."

"성용 대리! (3년 차 사원인데 대리라 부름) 힘든 거 다 버티고 이제 편해지는데 왜 그래?"

"좀 쉬다가 돌아오세요. 다른 회사 가시면 안 돼요?"

"성용 씨 그 팀이 싫으면 우리 팀으로 와."

"나가서 새 회사를 차리려고 하는데 우리 회사로 오시죠?"

3년간 성용이를 보고 있던 사람들이 그만둔다고 하니 와서 갖가지 제의를 했다. 그들도 다 보고 다 알고 있었던 것이다. 그러나 성용이는 뒤도 안 돌아보고 일을 그만뒀다. 유럽 4개월 여행한다고 다녀온 후 허벅지에 내가 태어나서 본 물집 중 가장 큰 물집을 가지고 돌아왔다. 물집을 찍은 사진을 보고도 믿기가 어려웠다. 그 정도면 허벅지 절단해야 되는 거 아니냐고 놀렸다. 몇 주 고생했다고 들었다.

그리고 주식투자 공부해서 해 본다며 전업투자자로 직업을 바꾸었다. 성용이는 내가 보고 싶다고 한번 놀러 온대서 그러라 했더니 다음 날 진짜 왔다. 우린 일하러 가는데 빈집에서 혼자 라면 끓여먹고 뜬금없이 1주일 넘게 잘 놀다가 갔다. 성용이의 상황, 성격, 성향에 기가 막히게 들어맞은 경험이었다. 그리고 제일 놀란 것은 나였다.

여기까지가 성용이의 스토리다. 그리고 나와 성용이의 후배 혜수. 혜수의 어릴 적 꿈은 현모양처이다. 대학교에 들어오자마자 이 꿈은 항상 누구에게나 말하고 다녔다. 그러나 아주아주 큰 문제가 있었다. 대학 때 처음 본 혜수는 말로만 전해 들었던 '대전차'와 맞먹는다는 여고생의 강력한 모습을 가지고 있었다.

14. 혜수의 현모양처 계획

혜수는 '행복한 가정'을 꿈꾼다고 늘 자기소개를 했다. 왜 매일 자기 꿈을 저렇게 이야기하고 다니나 했는데 친해지고 보니 이유가 있었다.

혜수는 어릴 적 부모님의 잦은 다툼으로 마음이 불안했다. 혜수의 아버지는 일꾼들을 모아 건축을 했다. 1980년도 당시 월 350만 원이면 엄청 큰돈을 벌어 왔지만 엄마는 항상 돈이 부족하다 했다. 혜수 생각에는 엄마가 옷을 많이 사는 것 같았다. 아버지는 그런 엄마의 씀씀이를 지적했다.

혜수의 엄마는 어린 시절 가정형편이 너무 어려웠다고 한다. 결혼 후 타인의 시선을 의식하며 비싸고 좋은 옷을 사는 걸 좋아하셨다. 그렇다고 명품을 사는 건 아니지만 1990년도 당시 100만 원 넘는 옷들을 할부로라도 구입하여 남편의 눈에는 늘 사치스러운 여자라고 느꼈을 것이다.

그러던 어느 날 혜수 아버지가 바람을 피웠고 엄마가 알게 되었다. 둘 사이는 서로에 대한 원망, 멸시, 상처로 점점 가득해졌다. 그 피해는 당사자뿐 아니라 자녀들인 혜수의 몫이었다. 혜수 입장에서는 아빠에 대한 배신감과 엄마에 대한 피해의식이 컸고 가족이 아닌 친구들을 의지하며 살았다.

혜수 아버지는 평소 술, 담배는 안 했다고 한다. 몸에 나쁘다는 이유였다. 그나마 다행인 건 어릴 적 혜수는 아버지의 모습을 보고 위험한 것은 안 하려고 하는 성격을 가지게 되었다. 당연히 주위 사람들에게 칭찬받는 일이 많았다 한다. 일명 범생이, 애어른이었다. 그래서 화목하지 못한 가정환경에도 크게 엇나가거나 하지는 않을 수 있었다. 그런 상황에서 자란 혜수는 앞으로 이룰 자신의 가정을 계속 꿈꾸었다. 화목한 가정, 행복한 가정, 환상적인 결혼생활을 꿈꾸는 것 같다.

어느 날 1년의 교제 끝에 예비 신랑이라며 소개시켜 주는 자리가 있었다. 나는 내 안의 목소리를 혜수에게 이야기했고 우린 그전부터 정말 많은 대화를 나누었다. 그래서 내 안의 목소리에게 검증을 받고 싶은 혜수가 만남을 요청해 자리를 가지게 된 것이다.

혜수의 남편은 뿌옇게 가려진 회색빛에 어둠이 공존하고 있었다. 혜수 말로는 원래는 안 그런데 나에게 평소보다 어색하고 불편한 기색을 보였다고 한다. 그녀의 이상형은 말 잘 듣는 남자인데 그런 모습이라 결국 결혼을 했고 얼마 후 대학 사람들을 만나는 자리에서 다시 보게 되었다.

"결혼생활은 어때?"

"하하…."

혜수는 결혼생활에 문제가 있다고 했다.

"남편 몰래 핸드폰을 보게 되었는데 남편이 채팅 앱에서 외롭다고 유부녀들과 대화를 해요. 저 어떻게 해요?"

나는 내 안의 목소리에게 물어보았다. 들리는 목소리를 전달했다.

[혜수가 아내가 아닌 엄마처럼 용납하라.
못 본 척해라. 캐면 캘수록 남편이 더 숨게 될 것이다.]

'문제는 혜수가 아니라 남편한테 있는 것 같습니다. 이게 최선입니까?'

[엄마와 같은 마음으로 잘해 줘라.]

나는 그렇게 들리는 목소리를 전달해 주었지만 혜수는 자기의 힘으로 해 보겠다며 안간힘을 썼다. 몇 달 후 또 다른 상담이라며 연락이 왔었다.

"남편이 고소장을 받아 왔어요. 어떤 여자를 불법 촬영했대요. 남편은 절대 안 그랬다고 해요. 고소한 여자는 합의금 700만 원을 요구한대요. 남편은 억울하다는데 진짜일까요? 저 어떻게 해야 돼요? 남편이 이 일이 알려지면 직장에서도 잘릴 것 같은데 남편이 항소를 계속해서 변호사 비용만 늘고 있어요."

나는 이 당시 내 삶이 힘들어 별생각 하지 않고 내 안의 목소리에게 묻고 들린 목소리를 전달했다.

[혜수의 변화]
[남편에게 이해가 안 된다고 윽박지르면 남편은 혜수가 무섭고 두려워진다.]
[부드러운 말과 사랑으로 대하라.]

이런 답을 전달해 주었다. 혜수는 답을 듣고 섣부른 선택을 후회했다. 남편을 소개시켜 준 친구와 자신에게 축하를 해 주고 결혼을 응원해 준 부모님, 그 자리에 검증이랍시고 나온 나, 그 외 모든 사람들에 대한 원망이 느껴졌다.

혜수의 고통은 이게 끝이 아니었다. 주기적으로 연락이 왔다. 이번엔 남편이 자기도 모르게 대출을 받았다는 것이다. 이유는 비트코인. 그 당시 남편의 지인이 60만 원이 1억 원이 된 것을 눈으로 보고 혜수 몰래 2천만 원을 대출을 받아 투자했다는 것. 그런데 〈그것이 알고 싶다〉에서 비트코인에 대해 방송하자 그 다음 날부터 비트코인이 샀던 가격의 10분의 1이 되었다는 것이다. 2,000만 원이 150만 원이 되었다.

그뿐 아니라 시누가 집에 돈을 빌려달라고 찾아왔다. 시누가 생활비가 부족해 쿠X에서 고가의 물건을 산 다음 택배를 받지 못했다는 허위신고를 한 것이다. 돈을 변상 받은 다음 물건을 중고로 팔다가 걸려서 쿠X에서 2천만 원 변상하라고 연락이 왔다고 했다. 오빠에게는 말 못 하고 혜수에게 돈 부탁하러 온 것이었다.

혜수는 속으로 '이런 미친. 시댁 복도 지지리도 없지. 그 아들에 그 딸이구나?'

생각하고

"아가씨! 오빠도 비트코인 한다고 저 몰래 2천만 원 대출받았어요. 저 이혼하고 싶은데 지금 참고 있어요. 아가씨 빌려줄 돈이 없어요. 지금 전 재산 10만 원 있어요. 미안해요, 이것밖에 도움드릴게 없네요."

라고 말했다. 혜수는 갑자기 친정 엄마에게 미안한 마음이 들었다. 친정엄마에겐 다른 것은 말 못 하고 비트코인 이야기만 했다. 혜수 엄마는 이 서방이 가족들 위해 한 일이니 이해해 주라고 하셨다 한다.

"엄마는 왜 이 서방 편만 들어? 나는 죽겠는데!"

"결국 너한테 잘하라고 엄마가 이렇게 하는 거야."

속이 썩을 대로 썩은 혜수였다. 꿈같은 결혼생활을 꿈꿔 왔기에 마음이 점점 더 깊숙이 어둠으로 빨려 들어가고 있었다. 그런 상태인데 내 안의 목소리는 남편을 용서하고 용납하고 따뜻하게 대해 주라고 하니 하려야 할 수도 없고 지칠 대로 지쳤다.

나도 별 도움을 주지 못했고 미안한 마음이 있었다, 그저 옆에서 이야기 들어주고 응원해 줄 수밖에 없었다. 그러던 중 혜수가 울면서 연락이 왔다.

"신일 선배님, 저 죽고 싶어요. 너무 힘들어요. 흑흑"

"왜? 무슨일이야?"

"남편 핸드폰을 몰래 봤는데 남편이 예전 대학교 동아리 술자리 모임을 마치고 후배 여자아이를 데려다줄 때 가슴을 만졌다고 성추행으로 또 고소를 당했네요? 진짜 죽고 싶어요. 이제 그만할까요? 삶이 지옥이지 뭐예요. 흑흑."

"제가 너무 불쌍해요. 다른 친구들은 이런 고민 없이 잘 사는데 저만 이래요. 창피해서 어디 말도 못 하겠고 처음으로 말해 보아요. 너무 힘들어요. 도와주세요. 죽고 싶어요."

혜수가 남편에게 집착하지 않고 좀 떨어져 자신의 마음을 치유했으면 했다. 나는 혜수가 결혼을 할 때 도움을 주신 분께 찾아가서 상담을 해 보라고 권했다. 그분이 결혼을 적극 권장해서 생긴 문제다. 그런데 신기하게도 혜수는 그분을 찾아가 대화를 한 후 점점 안정을 찾아갔다.

그 후 일을 해 보고 싶은데 전업주부로 살아간 지 오래라 어떤 일을 하는 게 좋은지 내 안의 목소리에게 묻고 싶다 했다.

[아이들과 노는 유튜브를 찍어 봐.]

혜수는 두 아이가 있었다. 아이들의 모습을 담은 유튜브를 찍고 즐겁게 놀라는 것이다. 새로운 시도에 혜수는 흥미로워 보였다. 이게 돈이 될까? 의문이 들었지만 처음으로 혜수가 해 본 일이다. 두 달 후 키즈 유튜브가 화제가 되었고 키즈채널은 수익창출을 금지당했다.

분명 내 안의 목소리가 말한 '될 일'인데 이렇게 수익창출이 끊어지니 기도 안 찼다. 내 안의 목소리에 컴플레인을 걸어도 무응답이었다. 혜수에게 사과를 했더니 다음 일을 또 물어보았다. 내 안의 목소리는 이것은 대답을 해 주었다.

[주기적으로 운동을 해 봐.]

'아니 목소리님 돈 버는 일이요! 돈 버는 일! 그냥 일 말고요!'

[운동부터 주기적으로 해 봐. 걷다 뛰다 반복하며 운동장 10바퀴 추천.]

신기한 건 혜수도 나도 데이터가 쌓였다. 성용이 돈 번 것도 알게 되었고, 다른 다양한 일들과 결과가 나쁜 게 아닌 경우를 보게 된 후다. 나는 혜수에게 너도 그 냥 한번 도전해 보라고 했다.

"운동이 나쁜 건 아니잖아? 이게 너한테 도움이 되나 봐. 한번 해 보는 게 어때?"

"저 옛날에 대학 졸업하고 권투한 거 아시죠?"

"맞다! 그랬다고 했지? 그때 너 엄청 파이팅 넘치지 않았냐?"

"생각해 보니 그렇네요. 한번 고민해 볼게요."

그 후로 혜수는 연락이 뜸해졌다. 처음엔 띄엄띄엄 운동하는 것 같더니 얼마 후 주기적으로 운동을 한다며 인증샷을 보내 왔다. 조금 지나쳤다. 한여름에도 새벽같이 나와 10바퀴를 뛰고 들어가고 비가 오는 날에도 나갔다며 사진을 보내 왔다. 운동이 즐겁단다. 정신이 어떻게 된 것 같았다. 그리고 1년 후 8킬로를 감 량했단다. 운동은 딱 운동장 가볍게 10바퀴 뛰다 걷다가만 했다. 혜수는 몸뿐 아 니라 마음도 달라졌다. 신세 한탄과 우는 목소리가 아니다. 이것저것 내 안의 목 소리에 물어봐 달라 했다.

내 안의 목소리는 혜수에게

[혜수, 운동 계속 해 봐. 책 보면 좋아. 마음을 편히 가져 봐.]

이렇게 어떤 질문을 해도 남편이나 타인에 대한 솔루션보다는 혜수의 솔루션 만 말해 주었다. 결혼 후 10년. 폭풍 같은 결혼생활을 보낸 혜수. 결혼 다 엎고 이 혼을 선택했어야 맞지만 혜수는 다른 선택을 했다. 그리고 다른 결과를 얻었다. 나는 그저 혜수의 이야기를 들어주고 내 안의 목소리를 전달해 주는 역할만 했는 데도 깨달아지는 게 많았다.

사람은 고쳐 쓰는 거 아니란 말이 있지 않은가? 그런데 **사람을 고치는데 환경을 변화시키니 사람이 자연스레 고쳐졌다.** 기적을 본 느낌이다. 혜수는 초반 갑갑한 상황에서 내가 동아줄 같았을 것이다. 그만큼 많이 연락했고 대화했다. 하지만 나는 한 게 없다. 그저 전달만 해 주었고 혜수의 말을 들었다. 그게 내가 해 줄 수 있는 최선이었다.

혜수는 남편과 아이들에게 죽는 날까지 좋은 엄마가 되어 줄 것이라 확신한다. 무언가 문제가 생기면 **본인 스스로 변화하려는 마음이 중요한 것 같다.** 마음이 변하면 행동으로 나타난다. 마음의 변화가 없었다면 지금의 혜수는 어둡고 깜깜한 상태로 신세를 한탄하며 죽지 못해 살아갔을 것이다.

혜수의 변화된 모습에 내가 감동을 느꼈다. '일'을 하고 싶다 했는데 '유튜브'를 하고 '운동'을 하라 했다. 해 봤더니 결과적으로 생활이 바뀌었다. 말이 되지 않았다. 고등학교 대전차 같은 혜수의 모습은 결혼 후 100전 100패를 한 후 행복하게 잘 지내고 있다.

'대전차가 확실했다.'

엄청나게 꿋꿋하게 버틴다. **엄마가 맞는 것 같다.**

15. 생각하면 연락 오는 천민이

내 안의 목소리가 들린 후! 이천으로 간 지 몇 달 된 때 갑자기 천민이에게 연락이 왔다. 천민이와 나는 2살 차이로 동네 아는 형 동생이었다. 어렸을 때는 친했지만 연락을 안 한 지 5년 이상 됐었다. 톡이 왔길래 반가워는 했지만 속으로 보험이나 카드 가입을 하라 하진 않을지 생각하며 거절할 마음의 준비를 하고 있었다.

아니나 다를까 앞뒤 없이 보고 싶다며 한번 만나자고 했다. 그래서 서로 안부만 알면 됐지. 내가 지금 곤란해서 당장 보기는 어려울 것 같다고 거절하고 바쁜 척 다음에 또 연락하자며 끊었다. 그때부터였다. 다음 날 그냥 아주 잠깐 어제 '천민이가 연락 온 생각'을 하는데 잠시 후 다시 톡이 왔다. 양반은 못 되겠네 하고 말했다. 천민이는 '형 이야기를 듣고 싶다! 얼굴도 보고 싶다.' 했지만….

내 사정을 솔직히 말할 이유가 없었다. 집이 망했고 수입도 없고 이상해진 상태에 이상한 증상까지 생겨서 반가워하는 마음은 고맙지만 선뜻 보기에는 부담을 느꼈다. 그리고 곧 다시 일자리를 찾아야 해서 나아지지 않는 몸을 추스르기에 바빴다.

완고하게 보자 했지만 나중에 보자고 좋게 거절했다. 또 며칠 후 이 생각을 잠시하는데 그 타이밍에 또 연락이 왔다. 귀신 같은 타이밍에 자꾸 연락이 오는 것이다. 생각 안 하면 연락 없다가 사람이 잠시라도 생각이 들면 그럼 바로 톡이나 전화가 오는데 반복이 지나쳤다. 그러다

'아… 얘 뭐 있나?!' 생각이 들었다.

내 안의 목소리에게 천민이에 대해 물어봤다. 그런데 그 묻는 중에 천민이 이야기를 하니 또 전화가 왔다.

"야… 너 뭐 있냐? 너 뭐 있지?"

앞뒤 없이 그렇게 말했다.

"형. 만나서 얘기해요….''

약속을 정했다. 생각해 보니 '만나서 물건 같은 거 팔면 안 사면 되잖아?'라는 생각이 들자 마음의 짐이 좀 덜어졌다. 어떻게 생각할 때마다 전화가 오는 건지 우연이 이렇게 중첩되어도 되는 건지에 대한 궁금증과 자꾸 보자고 조르니까 결국 다음 날 수원으로 갔다.

보이는 천민이의 색은 빛과 어두움이 섞여 혼란스럽게 보였다. 만나서 밥을 먹으며 옛날 같이 놀던 때 이야기를 했다. 다 먹고 본격적으로 의문을 해결하기 위해 질문을 했다.

"너 어떻게 내가 니 생각하면 귀신같이 알고 전화 오냐?"

"형이 보여요."

"뭐? 혹시 동영상 보다가 중간에 스톱한 것같이?"

"그런 건 아니고 그냥 형이 생각이 나요."

내가 경험해 보지 못한 무언가로 내가 천민이 생각을 하면 내가 보인다는 것이었다.

"언제부터 그랬어?"

"2년쯤 됐어요."

그리고 자신이 이상하다는 것을 깨달은 천민이도 자신이 왜 이렇게 된 건지 알아보기 위해 이곳저곳 찾아다닌 자신의 이야기를 했다.

"그게 다야?"

"아니에요…."

하더니 갑자기 가방에서 노트랑 펜을 꺼냈다. 그리고 볼펜을 잡더니

"형, 손 한 번만요…."

하고 내 손을 잡았다. 눈을 감고 혼잣말로 아주 작게 웅얼웅얼 거렸다. 조금 겁이 났다. 왼손으로는 내 손을 잡고 오른손으로는 막 글을 적어 나갔다. 그리고 또다시 손을 잡고 웅얼웅얼. 그렇게 3페이지의 글을 적었다. 난 처음엔 '완전히 맛이 갔고만…' 했는데 보다 보니 상대에게서 내 모습이 보였다.

'저거 내 안의 목소리를 적는 거잖아?'

조용히 끝나기를 기다렸다. 난 알았다. 지금 누구 목소리를 듣고 있는 것이다. 전화기 없이. 나도 목소리가 들리기 때문에 알고 있다. 중간에 말 걸면 맥이 끊긴다. 눈을 뜨더니

"다 끝났어요, 형."

하면서 노트를 내밀었다. 그런데 글씨가 개판이라 설명이 필요했다. 세종대왕님이 보셨으면 돼지빗자루로 머리통을 한방 때리셨을 것 같았다. 천민이는 한글로 적힌 그것을 한국말로 번역해 주었다. 첫 페이지가 끝나기 전에 난 울었다. 거기에는 얼마 전 내게 일어난 일들이 그대로 적혀 있었다.

아버지가 교도소 간 것, 어머니가 다른 분과 만나는 것, 코뼈 수술한 것, 불륜남이 찾아와 죽으려 마음먹었던 것들이 적혀 있을 뿐 아니라 그때 내 마음까지도 적혀 있었다. 그리고 힘들었을 텐데 정말 고생했고 잘 견뎠다며 위로를 하니 눈물이 안 날 수가 없었다.

3번째 페이지에는 미래의 일에 대해 적혀 있었다. 다행히 별거 없었고 다 잘될거라는 내용이었다. 그렇게 3페이지가 끝나고 난 수혁이가 내 차 안에서 부들거리다가 운 것. 문 앞까지 데려다달라고 했던 일과 박상이 질문 10개 다 끝나고 왜 계속 질문을 했는지 정확히 이해할 수 있었다.

그런 경험은 처음이었고 말문이 막혔다. 고맙다고 말하고 나의 상태를 정확히 다 이야기하며 궁금한 것들을 물어봐 달라 부탁하는데 천민이의 말에 한 번 더 놀랐다. 나의 신에게 물어보라 했다. 적힌 것에는 그런 내용이 없었다. 그것 말고도 무언가 아는 것이다. 그날 둘이 자리 3번 옮겨 가며 이야기했다. 점심 먹으러 가서 저녁까지 먹고 헤어졌다. 그 친구가 나에게 말했다.

"형… 형이 그렇다는 걸 안 건 제가 아니에요. 형에게 먼저 연락해 보라고 한 사람이 따로 있어요. 그리고…

우리 같은 사람이 모인 곳이 있어요."

16. 천민이의 모임을 가다

천민이는 우리 같은 사람이 모인 곳이 있다고 했다. 거기는 한 종교지도자가 목소리가 들리는 경험을 한 후 같은 종교인들 중 자신과 비슷하거나 다양한 능력이 있는 사람들을 찾아서 그 능력을 더 갈고닦으면서 사람들을 돕자고 만들어졌다 했다. 소위 말하는 사이비인 줄 알았다. 그러나 이미 오래됐고 일반적인 곳이라 놀랐다.

일단 특이한 능력을 서로 교차 검증을 한다고 했다. 같은 질문을 2명 이상에게 동시에 하는 것이다. 답이 계속 같다면 함께 여태까지 그들이 알아낸 것들을 공유하고 서로 능력을 더 계발해서 그걸로 사람들을 도와준다는 것.

처음에 그 사람이 그 방법으로 자신과 같은 사람만 찾아냈다 한다. 그 찾아낸 사람들에게 한 가지가 아닌 다양한 능력이 있는 사람도 있어서 점점 더 많은 사람들이 모이게 되었다고 했다. 그리고 많은 것을 알 수 있다 했다. 그중 한 명이 천민이이고 나를 지목해 내가 그들과 같은 사람이라는 사실을 모임에 알렸고 연락하게 된 것이다.

'같은 걸 묻고 서로 적어서 확인하고 맞으면 그걸로 사람들을 돕는다?' 사실 난 검증 같은 건 필요 없었다. 이런 증상이 없어지길 원해서 약을 먹고, 쉬고, 운동을 하는 중이었다. 없어지지 않는다면 내가 왜 이렇게 됐는지 앞으로 어떻게 해야 하면 좋을지 이런 것이 필요했다. 그래서 정신과를 찾아간 거고 그 후에도 주기적으로 상태를 알리고 또 의사선생님 말을 듣고 휴식 및 운동을 하는 중이었다.

증상이 전혀 나아지지 않으니 대구를 찾아가 보고 교회도 찾아가 본 것이었다. 그런 막연한 두려움과 불안함이 있었는데 그곳에 가면 드디어 나도 많은 도움을 받을 수 있을 것 같았다. 같이 가 보자는 제안을 하려고 연락한 건데 바보같이 계속 거절했었다. 그리고 나는 천민이가 찐이라는 사실을 눈으로 봤다. 거기 있을 사람들이 너무 기대가 됐다.

그렇게 며칠 후 약속한 곳으로 갔다. 이미 종교집회를 시작하고 있었다. 그런 데…! 문을 열고 들어갔다가 너무 놀라 멈춰 버렸다. 그 종교지도자는 어둡고 이상한 빛이었다. 그리고 앉아 있는 사람들도 이상한 빛들이 혼잡하게 섞여 난무하고 있었다. 이들이 모여 있으면 안 될 것 같았다. 형형색색 빛과 어둠 그리고 빨강, 주황, 이상한 빛이 막 엄청 난장판처럼 보였다. 이렇게 이상한 빛이 모인 것을 처음 봐 놀라서 얼어붙었다. 그리고 1분 만에 도망치듯 나와 차로 갔다.

집으로 돌아오는 중 천민이에게 연락이 왔다. 그래서 난 솔직히 이야기했다. 나 거기서 빛을 봤는데 다들 색이 이상하다고 너무 두려운 빛으로 보여 들어갈 수가 없어서 집으로 돌아가는 길이라 말했다. 그리고 너도 거기서 나오라고…. 거기서 무슨 교육을 하고 뭘 알려 주고 어떤 사람을 어떻게 돕는다고 하는 건지 모르겠는데 니가 빛이 왜 이상한지 알 것 같으니 그만하고 나오는 게 좋겠다고 했다. 천민이는 아무 말도 하지 않았다.

솔직하게 말하라고 내가 잘못 본 거냐고 그곳 사람들이 다른 사람들을 위해 무슨 좋은 일을 하냐고 물어봤다. 계속 아무 말을 안 했다. 분명 좋은 일을 한다고 했는데 왜 나한테 거짓말을 했는지 따졌다. 정확히는 모르지만 좋은 곳은 아니라고 빛이 말해 주고 있고 너도 그렇다고 했다. 모두 다 난리 난 것으로밖에 안 보였다.

타인을 돕긴커녕 본인들이 큰일 난 것 같은데? 좋은 일을 한다고? 그런데 빛이 저렇다는 것은 말이 안 된다고 대놓고 말했다. 천민이는 연신 한숨을 쉬다가 말했다. 자기도 어떻게 해야 좋을지 모르겠다고… 모르긴 내가 더 몰랐다. 더 이상 대화할 게 없었다. 그 후로 천민이를 생각해도 연락이 오지 않았다. 천민이 생각을 했기 때문에 내가 보였을 건데 왜 답을 안 하냐고 물어봐도 묵묵부답이었다. 그해 겨울 천민이에게 연락이 왔다.

너무 혼돈스럽고 사람들이 계속 떠오르니 너무 힘들어 아무도 자신의 생각을 안 했으면 좋겠다며 다 정리하고 외국에서 혼자 조용히 지내러 간다 했다. 천민이는 4~5년 후 돌아왔다. 지금은 1년에 1~2번 안부 정도 묻는 사이로 지낸다. 이 천민이 이야기를 쓰기로 하고 천민이와 있던 일들을 생각한 지 하루 뒤 천민이에게 연락이 왔다.

아직도 마음이 정리가 되지 않은 상태인 것 같았다. 나 좀 도와달라는 느낌? 천민이와 만난 후 나와 비슷한 이상한 일이 일어난 사람을 찾아다니는 것을 그만두게 되었다. 그리고 '나'는 어떻게 해야 할지 나 스스로 생각했다.

내가 찾아간 곳에서 나에게 간단한 답을 내려 주지 않는 게 스스로 찾아보라는 의도였던 것일까. 나의 삶의 과거나 미래를 나에게 알려 주는 것이 내게 오히려 해가 될 수도 있나 싶었다. 알면 그렇게 될 거라며 스스로 아무것도 안 하게 되나? 다양한 생각이 들었지만 답이 없을 수도 있을 것 같다 생각했다.

내 안의 목소리가 들린 지 얼마 안 지나 저곳을 다녀와 본 것은 내게 큰 행운으로 작용했다. 나는 내 이상한 것이 남에게 해가 되게 작용하지 않기 위해 부모님과 친구 몇몇을 제외하고는 먼저 알리지 않았다. 특별한 때에 내 안의 목소리 허락을 받고 알려 주었다. 그게 그 사람에게 어떤 작용을 할지 나는 모르기 때문이었다.

그래서 난 일상생활이 가능했다. 수혁이가 처음 걱정한 대로 점을 보게 되지도 않고 뭐 신내림 그런 것도 아니었다. 삶에 절대적인 답이 있다면 모두가 그것 하나만 쫓아가지 왜 이렇게 100이면 100 다 다르게 살까?

그리고 그렇게 미래를 예측 잘하면 코로나는 다양한 사람들로부터 예견되었어야 한다고 생각되지만 분명 또 일어날 일을 미리 말하는 사람도 있긴 있었다. 결국 알 수 없는 것을 내 머리로 이해하려는 시도를 하는 게 바보짓이라는 것을 깨달았다. 그래서 특이한 사람을 만나면 관찰 정도의 느낌으로 가볍게 보았다.

빛으로 보이는 사람의 좋아 보이는 특이한 점은 나도 따라 하려고 노력하고 안 좋은 것은 안 하도록 노력하며 시간이 흐르니 어느 순간 나에게도 빛으로 보이는 사람들에게 일어나는 일들이 점점 늘어나는 게 느껴졌다. 누군가에게 몇 마디 말을 들어서 생길 수 있는 변화가 아니었다. 그리고 그들 말대로 나는 대화할 목소리도 있었다.

'형의 신에게 물어보세요.'

'다 알면서 왜 왔어?'

천민이 안의 목소리가 팩트인 것은 눈으로 봤다. 한참 뒤늦게 나는 그들 말대로 스스로 가고 있었다는 것을 알았다. 그래도 믿지는 않지만 신기한 이야기들은 내가 어떤 생각을 하고 어떻게 살든 살아서 돌아다니는 동안 계속 일어나고 있었다.

17. 예지몽을 꾸다

쉬기 위해 찾아간 이천이었다. 자다가 꿈을 꿨는데 너무 생생했다. 일어나자마자 핸드폰에 파바바바바바박 내용을 기록해 두었다! 일어나자마자는 꿈 내용이 100% 기억나는데 화장실 갔다 오면 까먹는 경험 때문이었다.

그러기에는 현실에서 일어날 법하고 너무 충격적이라 이건 나에게 혹시 신호일까 싶어서 기록해 두었다. 그리고 방금 그 꿈이 무슨 의미냐며 내 안의 목소리에게 물어봤는데 묵묵부답. 난 그 꿈을 기록한 내용들을 동네방네 알렸다!!! 그동안 내 이상 증상을 알린 수혁이 박상, 대승이, 성용이, 혜수, 5명에게 다 떠벌렸다. 쫄렸다.

'어디 이제 박제했으니 일어나려면 일어나 보시든가!!!' 이런 마인드였던 것 같다. 그 꿈은 어딘가 무당집 같은 우중충한 녹색 벽지의 집이었다. 달력을 보니 7월이었다. 거기서 내가 한숨을 푹푹 쉬며 울면서 욕을 하고 있다. 세상이 망한 것처럼… 그러더니 차를 타고 어디로 갔다.

웬 어두운 산길이다. 산에 아스팔트 길이 나있다. 주위를 둘러보며 차에서 내렸다. 나는 계속 어디로 가고 있었다. 무언가가 나를 쫓아오는 느낌이 났기 때문이다. 뭐가 멀찍이서 나를 따라오는 것 같긴 한데 뭔지 모르니까 괜히 더 무서웠다. 나는 계속 울고 있었고 한참을 아스팔트 길을 따라 도망치는 것에 스트레스를 받는 것 같았다.

'아니 왜 날 이렇게 따라오지?'

따라오는 게 뭔지도 모르니까 더 불안하고 계속 쫓기는 상황. 그러다 '여기 골프장이네?' 하고 알게 됐다. 그 산은 골프장을 끼고 있었고 골프장 카트도로를 따라 나는 도망치고 있었던 것이다.

뒤를 보니 어두운 녹색의 무언가가 계속 나에게 오고 있었다. 거리가 점점 좁혀졌다. 도망치다가 지친 나는 어디 티박스에 올라왔다. 자포자기한 상태였다. 그 어두운 초록빛 형체 없는 괴물이 내게 가까이 다가왔을 때 나는 더 이상 도망갈 곳이 없다 생각되어 절벽 아래로 뛰어내렸다….

그 절벽은 10층 높이쯤 됐고 떨어지고 나서 보니 아래 물이 흘렀다. 티박스에는 VALLEY O이라고 코스와 홀 번호가 쓰여 있었다. 너무 명확했다.

'나 죽어? 그것도 스스로?'

개꿈이라 하기엔 너무 생생했다. 이건 일어나면 안 될 일이다. 7월? 달력에 몇 년인지는 못 봤지만 이거는 박제해 놔야 할 것 같았다. 적어 두고 알렸다.

그 후 나는 내 증상에 대해 알아내기 위해 여러 사람들을 만나는 데 집중하고 시간은 계속 흘렀다. 답은 안 나오고 점점 시간이 길어져 이천으로 온 지 6개월이 되니 더 이상 안 되겠다는 생각이 들었다. 다시 일을 시작해야겠는데 머리가 안 돌아갔다.

그래서 내 친구 중 가장 똑똑한 선진이랑 수혁이가 있는 톡방에서 선진이에게 부탁했다. 선진이는 서울대 석사 출신이다. '선진이 니가 내 일자리를 찾아봐 주지 않으면 난 이대로 굶어 죽을 수밖에 없다. 내 뇌는 가동중지를 선언했기 때문에 내 스스로 생각하기엔 어림없는 일이다.

나라는 차의 핸들을 아무에게나 맡길 수는 없다! 그러나 너라면 맡겨 볼 만하다. 내가 차라면 니가 핸들 방향만 잡아 줘라. 내가 악셀은 알아서 밟을 테니 안 그러면 이대로 굶어 죽는 미래는 안 봐도 뻔하다! 사무직은 힘들다. 몸을 움직이는 게 나을 것 같고 의사는 낮 시간에 해를 보면 좋다고 한다.'

내 지금 상황에 앞으로 무엇을 하면 좋겠는지를 찾아내 달라 이야기했다. 그 당시 선진이도 석사학위가 날아가느냐 마느냐 하는 상황이라 내 안의 목소리 문제보다 당장 시급한 이 이야기만 했다. 그래서 내 안의 목소리가 들린다는 것을 선진이에게 상담하기가 곤란했다. 선진이가 내가 목소리를 듣는다는 것을 알게 된 건 얼마 뒤의 일이 있은 후였다.

난 아무리 생각해도 '농부'밖에 안 떠올랐다. 해 뜨면 일하고 해 지면 일 그만하는 게 농부밖에 더 있나? 그 후 어느 날 TV에서 택배 일을 하는 청년의 다큐멘터리를 하고 있었다. 열심히 일해서 지난달에 400만 원을 벌었다는 것이다. 그 순간 수혁이에게 전화 왔다.

"신일아! 7번, 7번 빨리!"

"응? 택배기사? 보고 있어. 나도."

"어? 너도 그거 보고 있냐? 야 저거 좋은 것 같은데?"

"알았어. 일단 다 보고 다시 이야기하자!"

하고 다 보고 선진이가 같이 있는 3인 톡방에서 이 이야기를 했다. 그때 선진이가 골프장을 이야기했다. 난 구인광고에 고기 써는 사람을 구한다기에 그것을 할까도 했다. 페이가 세다는 것이다. 해는 좀 포기하더라도 내 시간과 노동을 가능하면 비싼 값에 팔면 좋지 않을까? 그리고 물류창고! 이천에 있다 보니 이천 물류창고도 있고….

그러다 결국 결정했다. 선진이에게 핸들을 맡겼는데 우리가 왜 정하지? 선진이를 믿고 캐디 구인 보고 면접을 봤다. 그 후 교육받고 본격적으로 일을 시작했다. 6월 13일이었다. 기숙사가 말도 안 됐다. 동기 2명이 기숙사를 나가자 해서 그러자 했다. 나가면 차가 필요한데 당장 차가 나밖에 없었다. 그래서 자기들이 방을 알아서 구할 테니 몸만 오라고 했다. 그러라고 하고 구했다는 방으로 갔다.

그렇게 일을 하던 어느 날. VALLEY ○ 표지판 글씨가 갑자기 눈에 들어왔다.

'헉!!!!! 나 이거 어디서 본 것 같은데?'

뒤를 돌아보니… 기암절벽에 물이 흘렀다….

'헉!!!!!!!!!!!!!! 나 이거… 나…… 이거………'

말이 안 나왔다. 그 꿈 거기인데 맨날 오고 하루에 2번도 오는 곳인데 몰랐다. 몇 달 전 꿈 기억이 그 글자를 보자 그제야 생각이 난 것이다!!! 이게 말이 안 되는데 결과적으로 정신없이 살다 보니 현실이 되어 버렸다. 그리고 꿈은 어둑어둑한 밤이었다.

일하는 중이라 일단 끝나고 봐야 하는데 비상사태가 일어나 버렸다. 그 꿈은 절대로 일어나면 안 되는 일인데 내가 그 일이 일어날 장소에 와 있는 것이다. 그것도 제 발로. 비상이다!!! 재빠르게 여기를 떠나야 했다. 일이 끝나자마자 반지하 자취방으로 튀어 갔다. 내가 이 방에 처음 왔을 때

"벽지가 우중충하지 않냐?"

라고 내가 말했으면서도 꿈의 장소가 여긴지 몰랐다. 기억이 나고 지금 보니 그 꿈의 그 방인 것이다. 내가 어디 앉아서 7월 달력을 봤는지도 정확히 기억났다. 재수 없게도 원래부터 있었던 그 달력은 그 위치 그대로 정말 있었다. 전 주인이 두고 간 한 장 한 장 찢는 옛날 회고 큰 어디 가면 그냥 주는 달력! 투룸인데 안방은 베이지색 벽지인데 마루 겸 다른 방은 옅은 녹색에 문양이 있었다.

'아 큰일 났다…'

이건 큰일 난 거다! 더 중요한 것은 오늘은 6월 28일이었다. 바로 내 꿈 적은 내

용을 다시 확인하고 수혁이와 선진이에게 전화해 지금 상황을 전파했다. 나는 그 사이 급하게 짐을 꾸리고 곧 그들 둘이 날라왔다.

난 선진이에게 왜 그 사실을 일을 구할 때 알리지 않았느냐고 욕을 먹었다. 그 때 내 정신이 내 정신이 아니었다. 수혁이 너는 왜 안 말렸냐고 토스했다. 수혁 이는 그 당시에 '일자리'에만 집중해 몇 달 전 꿈 이야기는 완전히 잊고 있었다 했 다. 그건 나도 마찬가지였다. 당장 짐을 싸기로 결정하고 셋은 짐을 꾸렸다. 그런 데 갑자기 불현듯 그런 생각이 드는 것이다!

"다들 스톱!"

"왜? 왜?!"

"야, 생각해 봐! 미래가 다 정해져 있냐?"

"그런 X소리 할 때가 아니야 지금!!!"

"아니야. 사람이라는 건 이럴 때일수록 생각하고 움직여야 해."

"…그나저나 이거 니 거야?"

내 말을 무시하고 선진이는 계속 급하게 내 짐을 챙기면서 물어봤다.

"아 잠깐만! 짐 챙기지 말아 봐. 일단 생각부터 하자고!!! 생각해 보니 그러려 고 너네 부른 거였잖아! 선진이 너는 어떻게 서울대에 간 거야? 다 일루 와서 앉 아 봐!"

다 끌고 와 강제로 앉혀서 내 생각을 이야기하기 시작했다.

"사람 목숨 가지고 도박하면 돼? 안 돼?"

"안 되지!"

"그럼 미래는 다 정해져 있어? 안 정해져 있어?"

"모르는 일이지?"

"그치? 그럼 내 꿈 내용은 뭐야?"

"7월 이곳. 밸리 ○번에서 뛰어내린다!"

"그치? 그럼 8월은?"

"아, X소리 하지 말고 짐 챙겨!!! 빨리!!!"

"아냐아냐. 다 풀어. 그리고 한잔 하고 내일 가라. 하하하."

집에 있던 라면을 끓였다. 난 짐을 안 빼기로 결심했다. 수혁이는 이거 진짜 아닌 것 같다며 울고 선진이도 울었다. 내 주장은.

"미래는 정해져 있지 않을 거야. 정해져 있다면 나는 무슨 수를 써도 7월이 마지막일 거라 생각해. 그러나 정해진 게 아니라면 내 목숨을 가지고 도박을 할 수는 없으니 저게 예지몽이라 생각하고 난 저것만 피할 거야."

"어떻게?"

"7월 한 달 쉴 거다."

"야, 그냥 그만두자 여긴 아닌 것 같아."

"정해진 건 없다에 거는 승부수야. 피할 것만 피하자! 그리고 절대 스스로 죽지 않을 거야! 이것 하나는 확실히 약속할게! 그런 생각이 든다면 그때는 모든 것을 스톱하고 너희에게 바로 연락할게! 너희가 날 죽도록 패서 정신 들게 해 줘야 돼!"

이걸로 밤새 싸웠고 수혁이는 목소리는 뭐라 하냐며 다양한 의견을 내고 울며 말렸지만 나는 좋은 말로 그들을 달랬다. 그런데 한 달 쉬고 싶다고 내 마음대로 쉴 수 있나? 그것도 막 들어온 신입이?

'이야기해 보고 쉴 수 있으면 내 생각대로 7월 한 달을 쉬자. 그게 안 되면 퇴사하는 걸로 하자.'

그렇게 합의하고 다음 날 수혁이와 선진이는 불안한 마음을 안고 돌아갔다. 나는 수원에 7월 1일부터 들어갈 수 있는 한 달짜리 방을 알아보고 회사로 갔다. 원래 거래를 할 때는 강하게 불러야 한다. '한 달 휴무 주세요.' 하면 당연히 그런 건 없다 할 거고 일주일 휴무 줄게 할 것이다. 하지만 일주일 후도 7월이다. 그럼 안 된다. 그러면 난 당연히 퇴사를 결정할 수밖에 없다.

'그만두겠다.' 하고 그러라 하면 진짜 그만두면 되고, 아니면 한 달 휴무를 달라 협상할 생각이었다. 이것까지도 그날 셋이 같이 짠 작전이었다. 역시 서울대는 아무나 가는 것은 아닌 듯했다. 마침 아버지 교도소 나오실 타이밍이 그때였다. 그 핑계로 휴무가 필요한데 당장 오가는 며칠짜리로는 힘들 것 같고 마음도 힘들어 그냥 그만두고 싶다고 대장님께 말했다.

이제 막 일 시작했고 잘하는데 왜 그러냐며 가정사로 쉬는 시간을 주겠다고 일 보고 천천히 출근하라 했다. 그럼 계속 주기적으로 연락드리겠다 하고 퇴사가 아닌 무기한 휴무로 수원으로 건너와 전국투어도 하고 신나게 놀았다.

복귀하기 전 사소한 돈 문제가 생겼다.

'아, 이 일이었나 보다.'

정말 괴로웠다. 나는 주위에 도움을 청했다. 성용이가 해결해 주었다. 이 일로 난 예지몽은 기상예보 같은 거라 생각한 계기가 되었다. 그 시기에 멘탈이 좋지 않았기 때문에 '만약 거기 있었다면' 하는 상상은 끔찍해서 하기도 싫지만 나는 다행히 그 시기에 놀러 다녔다. 이게 그냥 쭈욱 쉬는 거랑 몇 달 일하다 쉬는 거랑은 완전히 달랐다!

배터리가 쭈욱 쉴 때는 오히려 떨어지는 느낌이었는데 일하다 쉬니 쭉쭉 차오르는 게 느껴졌고 의사 양반과 나를 위해 도와준 선진이, 수혁이, 성용이, 그 외 모든 사람들에게 감사하다는 마음이 들었다. 그 일이 일어났을 때도 난 나 혼자는 감당할 수 없어서 바로 주위에 도움을 요청했다. 다행히 내 주변에는 이런 이야기를 들어줄 사람들이 있었다.

후에도 예지몽은 간혹 꾸는데 내 삶에 큰 의미가 있는 예지몽은 1도 없었다. 그냥 계기판이 미래스럽고 하얀색 차를 사게 되는데 희한한 건물에서 점심을 먹는 꿈 정도?

좋은 꿈이라 기록할 필요가 없는 꿈들을 종종 꿨다. 그 차는 작년에 중고차 알아보는데 딱 있길래 보니 터무니 없이 쌌다. 평균 시세가 950인데 600이었다. 근데 확실했다! 미래스러운 계기판을 보자마자 알았다. 차는 수혁이 전공이라 물어봤더니 요즘 허위매물 없을 텐데 너무 말이 안 된다고 싼 건 싼 이유가 다 있다며 사지 말라 했다.

그 말을 들으니 매우 찝찝하긴 했지만 그 차는 내가 분명 꿈에서 본 차라 나는 말 안 듣고 그냥 가서 샀다. 그리고 점심 먹으러 간 휴게소 건물이 희한했다. 꿈에서 본 장면이 정확히 기억났다. 와이프에게 밥 먹으며 저 뒤 구석에 지금은 우리에게 안 보이는 에스컬레이터가 있는데 윗층에 뭐가 있는지 잘 기억은 안 나지만 밥 먹고 우리가 올라가 구경할 거라고 말했다. 그리고 가 보니 진짜 벽 뒤에 에스컬레이터가 있었고 위에는 먹을 것과 다양한 것을 파는 쇼핑몰 같은 게 있어 구경하고 내려왔다. 그리고 그 차는 아직까지는 아주 잘 타고 다닌다.

터무니없이 싼 중고차를 사는 예지몽? 정말 감사는 하다만 엄청 큰 의미가 있지는 않았다. 그러나 곰곰이 생각해 보니 너무 감사한 마음이 들었다. 그만큼 내 삶은 별거 없이 평온하다는 말이니까.

그렇게 평온하던 나의 삶에 슬며시 위기가 찾아왔다.

18. 이천에서 만난 여자

돌아온 이천에서 땀을 흘리기 위해 운동을 하러 나갔다. 그러다 한 여자를 마주쳤다. 그 여자의 빛은 이상했다. 여태까지 보았던 빛과는 달랐다. 빛의 색이 일반적이지 않았지만 컸다. 눈을 비비며 쳐다봤지만 분명했다. 태양빛 이외의 무언가가 그 여자의 몸에 빛나고 있었다. 어두움도 부분부분 끼어 있었다. 무언가 뒤엉켜 있는 색이었는데 우울하게 느껴졌다. 누가 먼저 움직이나 보기라도 하듯 우리는 둘 다 움직이지 않았다.

'저 여자는 나를 보는 게 아닐 수도 있다. 그럼 내가 먼저 움직여 볼까?' 하고 발걸음을 떼었다가 다시 멈추었다. 그 여자도 내가 움직이니 한 걸음 움직인 것이다.

'날 보고 있는 것 같은데?'

이번에는 몇 발자국 더 걸어봤다. 저 여자도 움직였다. 그래서 난 일직선으로 그쪽으로 갔다. 그 여자도 내게 걸어와 우린 중간 즈음에서 섰다. 그 여자가 내게 먼저 꾸벅하고 인사를 했다. 그래서 내가 물었다.

"혹시 저쪽에서부터 저 보고 계셨죠?"

"네… 무언가가 느껴져서요….”

"잠시 이야기 좀 할 수 있을까요? 저 이상한 사람 아닙니다. 잠깐만 이야기 좀 나누고 싶은데 괜찮으시다면 제가 커피 한잔 사겠습니다. 여쭤보고 싶은 게 있는데 여기서는 좀 그래서요.”

하고 자리를 옮겨 대화를 좀 하자고 말했다.

"네? …알겠습니다….”

그리고 주위를 둘러보니 바로 옆에 배스킨라빈스가 있었다. 안으로 들어가 음료를 시키고 앉았다.

"제가 이상한 사람처럼 보이실 것 압니다. 저는 얼마 전까지 S전자를 다니다 사정이 생겨 잠시 이천으로 오게 되었습니다.”

간단히 내 소개를 했다. 그 여자는 묵묵히 듣고 있었다.

"미X 사람이라 생각하시는 게 당연하지만 솔직히 말씀드리겠습니다. 저는 몇달 전부터 사람의 몸에서 빛이 보이기 시작했습니다. 아까 서 있던 거리에서 그쪽의 몸에도 그 빛이 보여 실례를 무릅쓰고 이야기를 좀 듣고 싶어서 이렇게 말씀을 드리게 되었습니다.”

그 여자는 너무 놀라서 갑자기 눈을 크게 뜨고 나를 쳐다보는데 눈동자가 살짝 흔들리는 것 같은 느낌을 받았다.

'아… 그래… 이걸 모르는 사람한테 다짜고짜 얘기하는 내가 미X놈이지…’

"하핫. 말도 안 되죠? 죄송합니다. 저 사정이라는게 사실 정신과 다니면서 약 먹고 있어요! 의사선생님이 운동하라고 해서 나왔다가 그쪽에게 제 증상이 발현이 되는 것 같아서 이렇게 실례를 범하게 되었네요. 정말 죄송합니다. 드시고 일어나세요. 저 먼저 일어날게요. 죄송해요!”

나는 내 스스로를 미쳤다고 말하며 꾸벅 목례를 했다. 너무 창피해서 도망치듯 얼른 일어났다.

"자… 자… 잠시만요…!!!”

여자가 급하게 나를 불렀다.

"저… 저 잠시만… 저 지금 너무 놀라서… 저… 잠… 잠시만요…."

여자는 말을 더듬으며 가슴에 손을 얹고 심호흡을 하고 있었다. 그 여자는 20대 후반 정도로 보였고 긴 생머리였다. 지금 이 상황은 지나가던 여자에게 정신질환이 있는 남자가 이상한 소리를 하며 껄떡대는 상황이었다. 내 소개를 내 입으로 하고 나니 말한 내용에 스스로 자괴감이 들어 일어나려던 찰나였다. 잠시후 여자가 말했다.

"저… 저도 빛이 보여요…."

"……."

둘 다 멈추어 버렸다. 얼마의 시간이 흘렀는지 모르겠다. 드디어 내가 찾던 나와 비슷한 증상의 사람을 발견했다. 정신이 살짝 들었을 때 내가 먼저 물어봤다.

"그럼 혹시 지금 무슨 일을 하세요?"

"저… 저는…."

여자는 떨리는 목소리로 말을 더듬으며 나에게 말을 이어 갔다. 여자는 피아노를 전공했고 짧지만 그것을 가르치는 일을 했었다고 했다. 그런데 남자친구에게 이별을 통보받고 안 좋은 생각을 하게 되어 나쁜 시도를 했다고 한다. 그리고 자기 팔목을 보여 주었다. 팔뚝에는 상처가 여러 개 있었다.

이미 다 아물었지만 모양이 조금 징그러웠다. 그러다 집에서 나오게 되어 혼자살면서 이곳저곳을 찾아가 보며 원인을 찾고 있다고 했다.

"그래서 답은 찾으셨어요?"

내가 묻자. 여자는 나에게 되물었다.

"혹시 그쪽은 빛만 보이시는 거예요?"

'하아… 이 여자도 다른 것들도 있구나.' 내가 현재까지 겪은 증상들을 설명했다. 여자는 그때부터 눈물을 조금씩 흘리기 시작했다.

"저… 저도 비슷해요. 흑… 흑…."

"그럼 그쪽 눈에 제 빛은 어떻게 보여요?"

"제… 제가 여태까지 본 빛 중 제일 밝아요. 저도 처음에 그쪽 빛을 보고 놀라서 멈춘 거예요."

"빛의 색은요?"

"음… 햇빛보다 하얀 쪽에 가까운 것 같아요. 지금 같이 있는데도 눈이 부실 지경이에요."

"아… 그 정도예요? 그쪽 빛은…."

내 눈에 보이는 빛을 설명했다. 잠시 후 그 여자는 그동안 자신의 삶에 대해 이야기했다.

자신의 가족은 한 종교를 믿는다고 했다. 나와 비슷한 증상이 생기고 그 사실을 가족들에게 말했다. 그러자 가족은 종교지도자에게 알렸고 그 종교의 의식으로 물리치려 다양한 시도를 했다고 한다.

가족은 여자를 집에만 있게 했고, 본인도 두려운 마음이 들어 계속 집에만 있었다고 했다. 그래도 증상이 계속되자 어머니는 여자를 정신병원에 입원을 시키려고 준비했다. 그 사실을 들리는 목소리를 통해 알게 되어 스스로 집을 나왔다는 것이다.

"그럼 어머니랑은 지금은 연락을 하세요?"

"네… 간혹 제가 전화는 하는데 집 근처에는 얼씬도 하지 말라고 하세요. 우리를 잊고 살라고… 제가 너무 우울하고 무섭다고 하셔서 정말 엄마 생각이 들 때만 목소리 한 번씩 듣고 끊어요…."

'하아…'

남 일이 아니다. 저게 내 미래의 모습이었다. 그러나 나는 일부러 어머니와 연락을 끊은 상황이라 그건 나와는 상관이 없었다.

"그 정신병원은 종교지도자분이 그렇게 하신 거래요?"

"아니에요. 거기서는 괜찮아질 거라며 걱정 말라고 절 위해 많이 도와주셨어요."

여자는 좀 진정이 됐는지 계속 말을 이어 갔다.

"그쪽은 어쩌다 이 증상이 시작됐는데요?"

"저는 어쩌다 이렇게 됐냐면…."

하고 내 이야기를 말하자 여자는 또 엉엉 울었다. 무슨 말을 할 때마다 답답한지 자기 가슴을 툭툭 때렸다. 나는 계속 말했다.

"그래서 저도 방법을 찾는 중인데 그쪽을 만난 거예요. 그럼 지금은 무슨 일을 하고 계세요?"

"간간이 사람과 안 마주치는 야간 아르바이트하면서 살아요."

"아 그러시구나… 그럼 해결 방법은 그쪽도 아직 못 찾으신 거네요?"

"네… 진짜 죽고 싶어요."

빛이 급격히 어두워지고 뿌옇게 보였다. 그 당시는 그 변화의 의미를 몰랐었다. 그저 나와 같은 사람을 발견했고 그 이야기에만 빠져들어 '해결책'이나 '내게 도움이 될 정보'만을 생각하고 있었다.

"그럼 이 증상들이 심해지거나 약해지거나 한 때는 없어요?"

"네, 그대로예요. 그래서 다양한 시도를 해 봤는데 결국 3년 정도 됐을 때 포기했어요. 조용히 또 죽을까 생각했는데 그것도 쉽지 않아서 이렇게 살고 있어요."

나는 물었다.

"목소리도 들린다면서요 목소리는 뭐래요?"

"좋은 말만 해 줘요. 위로도 해 주고… 그 들리는 목소리 때문에 살아가고 있어요. 저 정말 죄송한데 혹시 그쪽 연락처 좀 주시면 안 돼요?"

"연락처요? 네네… 잠시만요!"

하고 연락처를 교환했다. 이야기를 나누는 동안 음료수도 다 마셨고 이야기도 소강상태가 되었다. 나는 너무 절망스러웠다. 나중에 휴대폰으로 연락하기로 하고 인사를 하고 가려 하자 여자는 눈물 그렁그렁한 얼굴로…

"뭐 아시게 되는 거 있으면 저 좀 꼭 좀 도와주세요. 제발 부탁드릴게요…."

하면서 울며 말했다. 미소를 보이고 싶은데 얼굴근육이 움직여지지가 않았다. 그렇게 그곳에서 나와 난 원래 하려고 했던 운동을 멈추고 고시텔로 돌아갔다.

'젠장…
이런… 개…'

그곳을 나와서부터 침대에 누울 때까지 나는 속으로 욕을 하면서 왔다.

'저게 내 미래라고………?'

'저 여자는 내 상태에서 3년을 찾아다니다 포기한 거야? 고작 몇 개월 된 나를 도와주지는 못할망정 알아내는 게 있으면 자기도 알려 달라고? 도와도 지가 나를 도와야지 내가 뭘 안다고 지를 도와?'

내가 본 여자의 모습이 5년 후 내 미래의 모습이라고 생각이 되니 온갖 안 좋은 생각들이 떠올랐다. 그러나 점점 오기가 발동했다. 자포자기한 그 여자에게 화가 너무 났다.

'내가 아무 문제 없이 사는 거 보여 줄게!'

'그럼 되잖아? 난 저렇게 허송세월하면서 남이 두려워 숨거나 내 문제를 피하지 않을 거야!'

'덤벼! 그냥 싹 다 덤벼 봐!!! 내가 죽나 안 죽나 보자고!!!'

그렇게 내 생각을 마무리했다. 그날 밤 그 여자에게 메시지가 왔다. 오늘 만나서 감사했다고 자신이 찾아 헤매던 사람이 먼저 다가와 줘서 놀랐다고 했다. 그리고 자기를 잘 좀 부탁드린단다. 기도 안 찼다. 적당히 답변을 해 주었다. 그 일로 나는 내 살 길을 찾기로 마음먹었다. 그러나 머리가 잘 돌아가지 않았다. 그래서 선진과 수혁에게 연락을 했다.

그날부터 그 여자는 연락이 잦아졌다. 빚 독촉도 이렇게는 안 한다. 뭘 좀 알아냈냐면서 매일 자신의 하소연과 푸념을 했다. 누가 누구를 위로하는 건지 모르겠지만 걱정 마시고 힘내시라고 응원해 주었다.

그런데 어느 날은 술을 마셨는지 전화가 걸려와 엉엉 울기도 하고 계속 우울한 말을 했다. 자기의 상황을 곱씹으며 매일 우울한 이야기를 하는 그 여자를 상대하자니 나도 덩달아 힘들어지는 것 같은 마음이 들었다. 그래서 반복되는 우울한 연락에 지친 나는 그 여자에게 이야기했다.

나도 지금 마음 상태가 좋지 않다. 그러나 나는 이걸 당신처럼 곱씹으며 살 생각이 없다. 내게는 다행히 좋은 사람들이 있다. 그 친구들 덕분에 나는 조만간 다시 일을 시작한다. 사람을 만나는 일이다.

내가 그동안 내 안의 목소리에게 당신 이야기를 물어보았는데 당신의 이야기를 들어주기만 하느라 말을 못했다. 전달해 줄 테니 들어 봐라. 하고 들은 이야기를 내 입으로 전했다.

[계속 그렇게 있으면 너보다 너의 목소리가 더 마음 아파한다. 너는 너 혼자만 힘들다고 생각하지만 지금 너는 홀로 서 있는 것이 아니다. 너를 '업고' 있는 네 목소리가 있다. 생각을 떨치고 자리에서 일어나라. 그리고 무엇을 하든 움직이라.]

이렇게 들린다고 말해 주었다. 여자는 엉엉 울며 정말 정말 감사하다고 했다.

그래서 우리 둘 다 말 못 할 비밀이 있지만 이게 말을 안 하면 우리만 아는 것이니 일단 너무 두려워하지는 말자고 했다. 우리가 남에게 해가 되지 않는 것은 알지 않냐고 물어보았다. 그리고 앞으로 무엇을 알아내거나 방법을 찾으면 연락을 주겠다고 했다.

이제 연락 그만하라는 말을 돌려서 그렇게 했다. 그렇게 나는 며칠 후 그곳 생활을 정리하고 일상을 시작했다. 몇 개월 후… 아침에 일어나니 그 여자의 부재중 전화가 걸려 와 있었다. 그리고 메시지도 와 있었다.

'저 더 이상 견디기가 힘들어요. 그간 제 이야기를 들어주셔서 정말 정말 감사했어요. 그쪽은 부디 행복하시길 바랍니다.'

시간을 보니 새벽에 온 메시지였다. 전화를 걸었다. 받지 않았다. 잠시 멍해졌다.

'전화를 안 받아? 지가 나를 도와줘야 하는데… 나보고 도와달라 할 때는 언제고….'

계속해서 전화를 걸었다. 그 여자는 내 전화를 받지 않았다. 다음 날도 그다음 날도 전화를 걸고 연락을 달라 메시지를 보냈다. 그 뒤로 그 여자의 연락은 오지 않았다. 내 안의 목소리에게 물어봤다.

'그 여자 왜 저한테 갑자기 저런 메시지를 보냈어요? 그 여자 어떻게 됐어요? 혹시 죽었어요?'

[그렇다. 네게 보낸 메시지는 그 여자의 마지막 메시지였다.]

'아니 그 사람이 들린다는 목소리는 뭔데요? 자기를 위로해 준다는 그 목소리 말이에요?'

[목소리는 계속 마음을 위로해 주었다. 그리고…]

[그 목소리 또한 나다.]

'……………….'

'…………………….'

'……………………………!!!!!!!'

19. 내 안의 목소리

'그 목소리도 당신이라고요?'

[그렇다.]

'당신은 그럼 잡귀예요?'

[··················.]

'당신이 세상에서 말하는 신이라면… 저 사람을 왜 저렇게 두었죠? 또 저는요?'

[··················.]

'여러 정황을 봤을 때 내가 당신에게 감사한 마음이 드는 것은 100% 사실입니다. 그런데 저 여자의 목소리도 당신이었다면… 결국 저 여자가 그런 선택을 하는데 당신은 무엇을 했어요? 그리고 그 결과가 어떻게 됐지요?'

이렇게 난 내 안의 목소리에게 화를 냈다. 그리고 '난 당신이 무엇이든 앞으로 당신과 대화하지 않겠다.'고 못을 박았다. 다른 증상? 무시하면 그만이라 생각했다. 당신의 존재가 무엇이든 안 궁금하다 했다. 그리고 당신은 무능하다고 했다. 그 후 난 마음이 너무 편했다. 그간 왜 이 방법을 생각 못 했는지 후회했다.

'나는 정면 승부할 것이다. 이제 절대 약해지지 않는다.'

'이 문제가 해결이 되지 않을 것이다.'라고 가정을 하고 결론이 '나도 그 여자와 같다면…' 나는 나만의 '다른 방법'을 찾아야 했다. 내가 하고 싶은 것들을 찾아 할 것이다. 나는 이제부터 절대 휘둘리지 않을 것이다. 그리고 증상들을 철저히 무시할 것이다.

사람이 한 번 죽지 두 번 죽을까? 난 '내가 원하는 삶을 살 것이고 죽어도 다시 후회할 짓은 안 할 것이다.' 하고 다짐했다. 설령 목소리 당신이 옳고 내가 지금 잘못된 선택을 했더라도 지금의 나는 무엇이 옳은지 그른지 알 수 없다. 다만 내 눈에 옳다고 생각되는 것만을 따르면 된다고 생각했다.

물으니까 들리고 보려고 하니까 더 잘 보이는 것이지 무시하려고 하면 또 못할 것도 없었다. 할 수 있다. 아니 해야만 했다. 당신이 정말 좋은 신이라면 당신 나름대로 증명하면 된다. 아니면 내게서 꺼져라! 그렇게 단호하게 생각을 했다. 그러나 내가 이 문제를 오픈했던 사람들이 급박한 상황으로 부탁하면 할 수 없이 대신 물어봐 주는 몇몇 예외의 상황은 있었다.

그 후 나는 내 생각대로 옳은 방향으로 열심히 살았다. 결과적으로 나는 은행권 빚 5,000만 원을 3년 만에 다 갚았다. 마지막 돈이 빠져나가는 날 일을 마치고 차에 앉아 혼자서 엉엉 울었다. 그동안 고정비만 합쳐도 한 달에 250만 원 정도였다. 생각보다 빠르게 해치웠다.

난 죽어라 일했다.

그리고 일만으로 안 될 것 같아 인터넷 쇼핑몰로 부수입을 만들었다. 일단 빠르게 파이를 키우고 있었다. 천년만년 걸릴 일이 아니다. 매일 최선을 다해 할 일을 했다. 도서관은 일주일에 한 번씩 꼭 들렀다. 나는 세상을 잘 모른다. 다른 많은 사람들에게도 배워야 했다.

그렇게 하루하루가 모였다. 나는 증상에 개의치 않고 일상을 살아 나갔다. 그 와중에는 시꺼먼 사람들도 있었다. 난 한 발 더 내디디기로 했다. 어둠을 꺼려하는 것이 아니라 오히려 그들과 친해지기로 했다. 반대로 빛인 사람들은 일부러 피했다.

어느 날 어둠 선배와 술을 한잔 하러 갔다. 다른 사람도 몇 명 왔다. 어쩌다 보니 저절로 만들어진 술 모임이었다. 저녁 7시부터 술자리를 가져 9시가 되어 집으로 흩어지려 했다. 어둠 선배는 만취가 되어 본인은 다음 날 쉰다며 2차를 가야 한다고 했다. 난 새벽 출근이라고 양해를 구해도 안 됐다. 그때 이런 생각이 들었다.

'내가 혹시 이 사람을 어둡다고 꺼려 하나?'

이 사람들과 친하게 지내면 실제 내 회사생활이 편하다. 그게 실리고 내게 이득이 있었다. 그리고 사실 그 술자리도 나쁘지 않았다. 오히려 아무 생각이 없어지고 즐거웠다. 그날 결국 3차까지 갔고 새벽 1시에 집에 들어왔다. 그런데 다다음날 그 선배가 화가 나 날 찾는다 했다. 갔더니 앞뒤 없이 선배가 자신은 내가 마음에 안 든다고 했다. 그날 술 잘 마셔 놓고 왜 그러시냐고 하자 욕을 하며 말했다.

"아X리 한 번만 더 놀리면 죽여 버린다! 야, 씨X놈아. 난 니 웃는게 싫어."

예전의 나 같으면 더 웃어 주고 결국 싸웠겠지만 나는 이제 똑바로 살기로 결심했다. 그냥 가만히 말이 끝날 때까지 서 있었다. 갑자기 학창시절 장군이가 생각났다. 얼마 후 다른 선배에게 전화가 걸려 와 술 한잔을 하자 해서 나갔다. 그 어둠 선배도 있었다. 나는 인사를 하고 조용히 밥을 먹었다.

당장 이 사람 하나의 문제가 아니었다. 나는 앞으로 죽을 때까지 빛이건 어둠이건 싸울 것이다. 나는 이 사람과 함께 살아 나갈 것이라 생각하니 오히려 못할 것이 없었다. 내가 술을 따라 주며 앞으로 잘하겠다고 제가 마음에 안 드셨으면 한 대 때리시고 푸시라고 말을 했더니 정색을 했다.

"내가 우습냐? 이 씨X놈아?"

친해질 수도 그렇다고 무시할 수도 없는 어둠이었다. 그렇게 나는 끝날 때까지 욕을 먹고 술 시중을 했다. 부르면 또 나갔다. 질 수 없었다. 난 거기서 나와의 싸움을 했다.

세상은 만만치 않았다. 사소한 사건 사고가 계속 생겼다. 그렇게 세상과 싸우다 만취해 길에서 잔 적도 있고, 사소한 것으로 동료와 서로 주먹다짐까지 갈 뻔한 적도 있었다. 그래도 나는 중상들을 이기기 위해 내가 옳다 생각한 것들을 계속 밀고 나갔다.

어느 날 하루는 우리 무리의 어둠 누나에게 전화가 왔다. 울며 빨리 자신의 집으로 와 달라 했다.

"왜? 도둑이라도 들…"

뚝!

큰일이다. 난 지금 몸을 사려야 한다. 새로운 삶을 계속 이어 가야 했다. 살아야 했다. 이런 류의 연락은 좋지 못하다. 아마 정말 급박한 일이면 나 말고 112에 신고를 했을 것이다. 그래서 난 나 없이 저절로 해결되기를 바라며 최대한 천천히 5분 거리를 20분 만에 걸어갔다.

갔더니 누나가 키우는 강아지의 눈이 빠져 대롱대롱거리고 있었다. 작고 하얀 말티즈였다. 누나는 강아지를 안고 울고 있었다. 어떡하냐고 물어봤다. 재빠르게 동네 동물병원을 검색해 하나 하나 전화를 걸었다.

'빨리 올 걸 그랬다. 이런 일인 줄도 모르고…'

겨우 통화가 되어 누나 차로 그 병원에 갔다. 마음이 좋지 않았다. 도착한 동네 작은 동물병원에서는 이건 적출 수술을 해야 하는데 노령견이라 여기서는 할 수 없다 했다. 24시 동물응급실이 있는 서울 X대병원으로 가라 했다. 누나가 담담하게 말했다.

"그냥 죽여 주시면 안 돼요?"

난 누나의 말을 듣고 깜짝 놀라 누나를 쳐다봤다.
내가 지금 무슨 말을 들은 건지 이해가 안 됐다.

"지금 토요일에 9시고 저희 병원에서는 이 수술 못해요. 그 방법밖에 없어요."

"아뇨, 수술 말고 안락사요."

난 말에 끼어들어 누나에게 욕을 했다.

"누나. 아무리 그래도 그건 아니지 않아?"

누나는 내 말을 못 들은 체하고 말했다.

"부탁드려요. 선생님….

내가 지금 무슨 말을 듣고 있는 건가 싶었다. 누나가 정신을 차릴 수 있게 다가가서 누나 양 볼을 박수 치듯 착착 2대 때렸다. 정신이 들었는지 누나는 수의사에게 갔다.

"어디 가서 절대 말 안 할 테니까, 딱 한 번만요."

수의사는 불법이라 안 된다고 했다. 그러자 누나가 말했다.

"그럼 약만이라도 파실 수 없어요?"

"누나!!!!!!!!!!!!!"

그런데 그때 수의사가 어디론가 갔다 오더니 약이랑 주사기는 팔 수 있는데 이것도 비밀이라 했다.

나는 '저 새X도 같은 새X였네…' 생각했다.

"현금 드리면 되죠? 얼마예요?"

"아 씨X 누나. 제발 정신 좀 차려!!!"

누나는 돈을 주고 눈이 빠진 강아지와 주사기, 액체가 든 병을 받아 나왔다. 나는 계속 옆에서 이거 아니지 않냐고 했지만 사실 나도 내 마음대로 이 강아지를 데려가 수술시키고 그 비용을 낼 수 있는 것은 아니었다.

나는 집에 빨리 돌아가고 싶었다. 누나는 자기가 운전한다며 눈 빠진 강아지를 나에게 줬다. 그러더니 차를 몰고 회사 근처 야산으로 갔다. 내리라고 해서 안 내렸다. 누나가 문을 열더니 이야기했다.

"니가 좀 놔줘."

"씨X 그걸 왜 날 시켜! 할라믄 니가 해!!!"

"그럼 나보고 어떡하라고!!!"

그렇게 30분 동안 말싸움을 했다. 그럼 이 강아지를 나보고 가져가라 했다. 나는 결국 굳게 마음을 먹고 내 손으로 눈이 빠진 강아지에게 주사를 놨다. 말티즈는 내 품에서 그렇게 잠들었다. 나는 목소리에게 말을 걸지 않기로 한 결심을 어겼다.

'이 일이 저 누나의 어둠 때문이냐? 목소리 너 때문이냐? 니가 이 상황을 만든 거지?'

나는 내 안의 목소리에게 조용히 화를 냈다.

[나는 아무것도 관여하지 않았다. 네 선택이었다.]

'알았어 이 씨X놈아! 구라든 아니든 어디 한번 니 꼴리는 대로 해 봐 이 새X야!'

[⋯⋯⋯⋯⋯⋯.]

그렇게 내 안의 목소리에게 내 결의를 한 번 더 확인시켜 주었다. 난 나를 부르는 누나의 목소리를 못 들은 체하고 강아지를 땅에 놓고 그대로 뒤돌아 집으로 걸어왔다.

일주일 후 쯤 어둠 누나가 쉬는 날에 회사에 왔다. 다른 사람들에게 이것 좀 보라며 무언가를 보여 주고 있었다. 작은 새끼 말티즈였다. 도저히 화가 나 참을 수가 없었다. 내 마음에만 있어야 할 소리가 입 밖으로 나왔다.

"씨X년아⋯ 니가 사람이냐?"

누나는 못 들은 척하고 작은 새끼 말티즈를 자랑하고 다녔다. 나는 그래도 싸워야 했고 질 수 없었다. 이번에는 진짜 지면 그냥 지는 게 아니었다. 그날 이후 그 어둠 누나와는 따로 연락도 인사도 하지 않았다. 그런 사건이 있을 때마다 내 귀에는 나를 위로하는 목소리가 들려왔다.

[힘들⋯]

나는 소리가 나면 내 귀를 꽉꽉꽉 치고

"에베레레베~"

하며 무시했다. 증상이 심해지거나 하는 것은 아니었다. 똑같았다. 그저 내 확고한 선택이었을 뿐이다. 딱 하나 걸리는 게 있었다. 내 주변이 점점 어두운 사람들로 가득 찬다는 것. 난 이럴 생각이 아니었다. 분명 스스로 부끄러움 없이 누구의 도움도 없이 살기로 마음먹고 잘 살고 있었고 큰 문제 없이 바르게 잘 지내고 있었다. 외부적으로는….

그러나 점점 느꼈다. 내가 내 주변의 어두움에게 일부러 다가갔고 나는 고통받고 있었다. 크고 작은 이런 말도 안 되는 일이 계속 일어났고 매일 서로를 뒤에서 욕했다. 끊으려 노력했던 욕은 내 말의 시작과 끝에 항상 따라다녔다.

저 새X가 악귀라면 자기랑 놀자고 일부러 지금 장난질을 치는 거고, 그게 아니라면 저 어둠 것들과는 거리를 두어야 할 것 같았다. 이대로 가다가는 패배할지도 모른다는 생각이 들었다…….

20. 은따 1

내가 승리하기 위해, 곧 죽지 않기 위해서는 새로운 작전이 필요했다. 그래서 천천히 그간 내 삶에 대해 한번 정리를 해 보았다.

'외부적으로는 평범한 삶.
오히려 주변 사람들은 내가 열심히 산다고 칭찬도 하고 같이 지내는 무리도 생긴 상황.'

나의 삶은 외형적으로 이대로만 유지되어도 상관없다. 그러나 이해할 수 없는 사건과 사고 때문에 삶이 점점 힘들어진다. 사건과 사고만 줄여도 나는 계속 이 삶을 유지할 수 있을 것이라고 생각했다. 이 생각을 꼬리를 물고 계속했다. 현재 상황을 파악해 보았다. 현재 상황은 셋 정도로 보였다.

1. 악귀 새X가 자기랑 안 놀아 주니까 지금 내 일을 일부러 꼬이게 하고 주변 사람들에게 악영향을 미쳐 내가 가장 빡칠 방법으로 나를 고문하고 있는 상황.

2. 악귀 새X랑은 상관이 없고 일어날 일이 일어난 것뿐. 그로 인해 내가 타격을 받든 말든 그게 세상이고 내가 알아서 적응을 해야 하는 상황.

3. 내가 일부러 찾아간 '어두운 사람들' 때문에 이 일이 발생되는 상황.

이 정도로 현재 상황을 정리했다. 그리고 또 계속 생각했다.

1. 악귀가 장난을 친다면? 그게 가능하다면? 능력이 있는 건데?

만약 악귀가 장난을 치는 것이 가능하다면 사실 발버둥을 치더라도 빛을 본다는 여자와 같은 결과가 될 확률이 높다. 그러나 만약 내가 여자의 하소연을 계속 들어줬다면? 그 여자는 살아 있을 수도 있다. 결과가 바뀔 수도 있었다.

'악귀냐 아니냐'는 사실 이 문제와는 큰 상관은 없다. '힘이 있느냐 없느냐'인데 있으면 더 손쉽게 그 여자를 안 좋은 쪽으로 만들 방법은 얼마든 있었다. 그런데 5년이라는 시간이 걸렸다? 그럼 목소리는 힘이 없는 게 분명했다.

'그럼 1번 가정은 패스.'

2번. 그냥 일어날 일이 일어난 것일 경우.

검은 머리 짐승은 거두지 말라 했고, 사람은 고쳐 쓰는 게 아니라 했다. 그 사람의 빛에 상관없이 주변에 누가 봐도 문제가 있는 사건 사고의 주범들은 내 이익 여부에 따라 손절을 치거나 적당한 거리를 두거나 계속 함께 지내면 될 것.

'오케이. 이건 무조건 나에게 이득이다.'

그리고 3번. 일부러 찾아간 어둠 때문이라면….
세상은 넓고 사람은 많다. 굳이 어둠을 찾아간 것은 나였다. 그럼 정반대의 실험을 할 때가 왔다. 어둠을 찾아가서 생긴 일들은 내가 뼈저리게 알고 있다. 내 계획에 차질이 생겨 나는 패배를 떠올리게 되는 상황까지 왔다.

지면 죽는다. 그러니 새로운 실험을 시도해야 할 때가 왔다. **밝은 사람으로 주변환경을 구성했을 때 나에게 어떠한 변화가 생기는지 보자.'** 이렇게 내용을 정리하고, 계속 반복해서 읽었다. 내 안의 목소리는 세상일을 컨트롤 하는 힘이 없어야 한다. 1번은 내가 어떻게 할 수 없는 부분이다. 그러나 2번 3번은 내가 할 수 있는 것들이다.

빛이 밝은 사람들을 찾아 주변을 구성하는 실험을 하고 지금 어두움인 사람들은 손절하거나 적절한 거리를 두면 되었다. 나의 이익을 위해 어둠을 가까이 두면 실험설계가 무너진다.

'오케이 정리 완료!'

그런 생각을 실행하기로 마음먹고 또 하루하루 시간을 보냈다. 그러다 어느 날 빛인 녀석을 발견했다. 그 친구는 후배였는데 '은따'였다. 은따인 이유는 20살의 남자아이가 책만 본다.

애들과 어울려 PC방을 가지도 않고 그렇다고 영화를 보러 가거나 운동을 즐기는 것도 아니고 늘 혼자였다. 주변에서 무슨 책을 보냐는 것 외에 말을 걸 이유도 없는 친구였다. 그 친구 빛이 가장 컸다. 은따는 항상 책을 가지고 다닌다. 밥을 먹을 때도 책을 보고 있어 그런 은따를 보고 몇몇 사람들이

"누가 밥 처먹는데 책을 쳐 보냐."

하면 잠시 보지 않다가 그 사람이 가면 다시 봤다. 이것도 정상은 아닌 놈이 확실했다. 그래서 어느 날 대기하며 책을 보는 은따에게 다가가 말을 걸었다.

"얌마. 넌 뭔 책을 하루 죙일 보냐?"

"하하, 선배님! 이거 재미있어요!"

"재미있으니까 보겠지. 뭔데?"

"소설인데요. 처음에는 별로인 줄 알았는데 점점 흥미진진해져요."

"소설? 야 소설이 밥을 먹여 주냐 옷을 입혀 주냐? 어린놈이 빡씨게 일할 생각은 안 하고 그런 거나 보고 있으니 은따 소리를 듣지 임마! 너 볼은 치냐?"

"아뇨. 저는 책 보고 글 쓰는 거… 이런 생각하는 게 좋아요. 운동은 잘 못해요."

"그럼 술은?"

"술도 한 잔도 못해요. 하하. 마셔 본 적이 없어요."

"아 맞다. 너 20살이라고 했지?"

"네. 이제 성인 된 지 얼마 되지도 않았어요."

"학창시절에도 안 마셔 봤어? 난 아버지가 아들이랑 친구처럼 지내는게 소원이라 중3 때부터 아버지한테 술 배웠는데… 오늘 끝나고 따라와. 술은 으른한테 배우는 거야!"

"하하, 선배님. 저 술 안 마셔요. 밥은 먹을 수 있어요!"

"지X 말고 따라와! 형이 으른의 세계를 알려 줄게! 인간은 **술을 마시는 참된 인간과 술을 마시지 않는 그저 그런 인간.** 딱 이 2부류로 나뉘어 있어. 책만 본다고 그런 걸 알 수 있는 게 아냐 임마!"

"저 그리고 돈도 모아야 해서…."

"야! 여기 돈 안 필요한 사람이 어디 있냐? 그리고 내가 괜히 선배님 소리 듣냐? 너 술 한잔 사는 것 정도야 얼마든 할 수 있으니까 따라와. 삼겹살에 소주 한 잔을 모르니 그런 소설이나 보고 있지. 이 새X 안 되겠네, 이거!"

"그럼 잠은 어디서 자요? 기숙사 문 닫는데…."

"내 자취방 투룸이야. 방 하나 더 있고 손님들 오면 자는 방이라 거기서 자면

165

20. 은따 1

돼. 여튼 이따 끝나고 전화할 테니까 그럼 내려와."

　이렇게 책만 읽는 은따에게 참된 세상을 알려 주겠다며 빚인 후배와 그날 저녁을 먹었다. 은따는 소주 1잔을 마시더니 너무 써서 못 마시겠다고 해서 원래 인생은 쓴 것이라고 강요는 안 할 테니 마시고 싶으면 마시고 마시기 싫으면 마시지 말라 했다. 은따는 연거푸 3잔을 마셔 보더니 화장실에 가서 토하고 왔다.

　"푸하하. 이 새X 안 되겠네. 어지럽냐?"

　"아뇨. 하하. 그냥 맛이 없어요. 너무 써요."

　"그래그래. 그게 인생이지… 그럼 맥주 마실래?"

　"아니에요, 선배님!"

　"그럼 콜라 마셔!"

　"아니에요, 선배님. 저 탄산 안 마셔요!"

　"왜? 이거 또X이네… 엄마가 이빨 썩는다고 먹지 말래?"

　"하하. 아니요. 그냥 맛이 없어서요. 선배님!"

　"근데 이 새X가 말끝마다 선배님. 선배님. 내가 너보다 나이가 많은 건 맞지만 삼촌뻘은 아니니까 그냥 형이라고 불러. 회사에서나 선배지 여긴 밖이잖아? 그리고 회사에서도 그냥 형이라고 편하게 불러!"

　"그래도 돼요? 형?"

"하하하! 그래그래! 얼른 먹자! 고기 탄다."

이렇게 은따에게 참 세상을 알려 주는 것은 실패로 돌아갔다. 그날 밤…. 방이 2개인데 은따는 작은방으로 안 가고 큰방에서 나와 밤새 이야기를 했다. 은따는 돌X이가 맞았다. 은따는 믿기지 않게도 과학고를 나왔다고 했다. 고등학교 친구들과 함께 발명 동아리를 만들어 특허를 내는 모임을 2년간 했다고….

총 4명인데 둘 둘 나뉘어 기술 쪽으로 하는 친구 2명. 특허등록이나 마케팅, 업체와의 연락을 받는 일을 하는 2명으로 자신은 특허등록과 마케팅 담당이라 했다.

나는 애들 동아리가 장난감 자동차 바퀴 특허나 내겠지 무슨 업체랑 연락을 하고 마케팅까지 할 게 뭐가 있냐고 그런 게 연락이 오냐고 물었더니 특허를 내는 친구 2명이 천재라고 걔네가 만들어서 등록한 특허가 졸업할 때까지 50개 정도 됐고 실제 거래가 이루어진 것이 4개 그리고 이야기 중이던 것이 열몇 개라고 했다. 말이 안 되는 소리였다. 보여 줄 수 있냐고 묻자 사이트에 들어가 자신들이 하던 일을 보여 주었다.

"와, 대단하네. 근데 이거 푼돈 아니야? 이런 게 돈이 돼?"

"많지는 않죠. 총 1억 정도 해서 넷이 나눠 가지고 2,500 정도 받은 것 같아요. 작년에."

"ㅅㅂ 그럼 그거 더 하지 왜 힘들게 이런 일을 해?"

"특허기술 만드는 친구 2명이 회사를 차리기로 했어요. 특허가 다 그 친구들 거니까…. 저는 고3 때 갑자기 어머니가 일을 못 하시게 돼서 형편이 어려워지는 바람에 급하게 돈을 벌러 온 거예요."

"말이 되냐? 아니… 과학고 나올 정도면 공부 개잘했던 거 아니야? 대학은?"

"어렸을 때부터 엄마가 혼자 저를 키우셨는데 과학고도 엄마 부탁이라 간 거예요. 그래서 고등학교 때도 책만 읽었어요. 대학 갈 생각도 별로 없었는데 친구들이랑 그거 하고 놀았죠 뭐."

"야, 그래도 아깝다 야. 친구들한테 계속 같이 하자 그러지?"

"이것도 말하자면 사정이 긴데….""

은따는 친구들과 있었던 일, 그 후 어머니가 편찮으셔서 학교 졸업과 동시에 할 일을 알아보다 이 일을 알았고 급전을 땡겨 2,000만 원 정도를 모아 자신은 책을 쓸 거라는 말을 했다. 대학은 어떻게 할 거냐 하자 그건 가고 싶은 마음이 들면 나중에 가도 되는 것이니 지금은 아니라 했다.

희한한 놈이었다. 무슨 책을 쓸 거냐고 물으니 자신은 판타지도 좋아해서 첫 작품으로는 판타지 소설을 쓸 생각이라 했다. 과학고 나온 놈이 대학을 안 가고 캐디를 하러 와서 2,000만 원 모아 판타지 소설을 쓸 거다. 이런 돌X이 같은 소리를 하는데 내용 자체는 말이 안 되지만 듣는 재미가 있었다. 판타지 소설은 자신이 독자의 입장에서 봤을 때 딱 꽂히는 포인트가 있다며 6~8개의 대박 난 작품의 그 포인트들을 모아서 자신의 첫 작품을 만들 거라 했다.

"2,000만 원? 그럼 너 1년도 일 안 하겠네?"

"그렇죠? 벌써 몇백만 원 모았어요."

"야 이거 비밀로 해라. 사람들한테 이야기하면 피해 볼 수 있다."

"아무한테도 말 안 했어요. 형한테만 말한 거예요."

"나한텐 왜 얘기해, 이 새X야. 나도 회사 사람인데."

"그냥 형한테는 이야기해도 될 것 같았어요. 피곤하시죠? 쉬실래요?"

"아냐 궁금한 거 개많다. 너 피곤하면 말해. 나 궁금한 것 좀 물어보자!"

하고 우리는 누워서 대화를 하다 그냥 그렇게 자고 다음 날 같이 출근을 했다. 그 대화의 내용은 비현실적이었다.

은따는 돌X이가 맞았다.

21. 은따 2

"야. 일단 니 이야기가 말이 안 되는 게…
너 고등학교 때 2,500만 원 번 거는? 그 돈이면 어머니 일 못 하셔도 생활비는
되잖아? 대학교도 갈 수 있고."

그러자 우울한 얼굴로 은따가 말했다.

"저희 어머니 암이래요.
이미 온몸에 전이가 되었다고 해서 지금도 입원해 계세요."

"아… 그래?"

"네. 저는 아버지는 잘 몰라요. 어릴 때부터 아버지가 안 계셨는데 어머니가 아
버지에 대해 말씀을 안 해 주셨어요.
어머니는 제가 어릴 때부터 식당 일도 하시고 건물 청소도 하시면서 저를 키우
셨어요. 고3 때 계속 몸이 아프다고 하시다가 병원 갔더니 이미 암세포가 온몸에
전이가 되었대요. 친구들에게 이 이야기를 했더니 그 돈도 똑같이 나누어 받게
된 거예요."

그럼 어머니 얼마나 사실 수 있는 거냐 물었더니 은따는 의사도 안 알려 주었
다고 했다.

"그럼 이 이후에 니 계획은 뭐야?"

"보험으로 나온 돈도 있기는 한데 그냥 대학을 갈 수는 없는 상황이에요.
지금도 어머니가 많이 안 좋으신데, 곧 퇴원하실 것 같아요."

"퇴원하신다고?"

"네. 엄마 생각에는 병원비도 부담이고 제 생각을 하셔서 그렇게 말씀하신 것 같은데 저는 말리고 있어요."

머릿속이 복잡했다. 나는 이야기를 계속 들었다.

"어머니가 저에게 부탁을 하셨어요."

"무슨 부탁?"

"엄마 신경 쓰지 말고 엄마 없더라도 너 하고 싶은 거 하면서 살으라고…."

"이 일을 시작한 후에는 병원도 한 달에 한 번만 찾아오라고 하셨어요. 이미 마음의 준비를 하신 것 같아요."

말문이 막혔다.
어지러웠다. 난 내가 세상에서 가장 힘든 줄 알았다. 당사자는 아무렇지 않게 말을 하고 있다. 은따는 말을 이어 갔다.

"그래서 처음에는 힘들었죠. 이 일을 하면서 열심히 뛰게 되니까 머릿속에 잡생각들이 없어지는 거예요."

"그렇지. 처음에는 뛰어야지."

"그렇게 뛰면서 이 일이 괜찮다는 생각이 들었어요. 어머니 말씀이 다르게 받아들여지더라고요."

"어떻게?"

"제가 하고 싶은 것을 하라고 하시는 게 아들에 대한 미안함이나 사랑도 있지만 어머니 본인의 소원이라는 생각이 들었어요."

할 말이 없었다. 이 친구에게서 어릴 적 장군이와 만나서 받았던 충격을 받았다. 나를 형이라 부르라 했지만 내가 형이 아닌 것 같았다. 이 20살 동생이 내가 할 수조차 없는 생각을 하고 말을 했다. 충격에 휩싸였지만 궁금증이 계속 생겼다. 더 듣고 싶었다. 이 어리지만 나보다 어른인 친구에게 이야기를 계속하라고 했다.

"별거 없어요. 그래서 일은 제게 '돈을 벌 수단'일 뿐이었는데 요즘은 좋은 것 같아요. 움직이다 보면 생각이 적어져 일부러 많이 움직여요."

난 잠자코 듣고만 있었다.

"또 그런 생각이 드는 것 있죠? 제가 웃으면서 뛰어다니는 것을 보면 어머니가 좋아하시겠구나… 그래서 일을 즐겁게 하자고 마음먹었어요. 그때부터 안 읽히던 책들도 다시 읽기 시작했고요. 누가 뭐라고 하든 제가 하고 싶은 즐거운 것들을 하자고 마음먹었죠."

"대단하다. 그래서 욕을 먹어도 실실거렸구나? 밥 먹을 때도 책 보고 선배들이 뭐라 해도 나가면 그냥 다시 보고?"

"네!"

"그래도 매주 가 보고 싶지 않아?"

"처음엔 갔었죠. 어머니랑 서로 울다 멍하니 있다만 반복했어요. 할 말도 없고요. 그래서 이 생각이 들고 나서 말씀드렸어요.
일이 하다 보니 너무 재미있다고. 나 진짜 한 달에 한 번만 오겠다고 그 사이 내가 정말 즐겁게 할 만한 것을 찾아내고 하는 모습을 보게 해 줄 거니까 엄마도 얼른 툴툴 털고 일어나자고 했죠."

"시간이 얼마 없다는 것은 알아요.
그래서 얼른 하고 싶은 것을 찾기로 했죠. 제가 좋아하는 판타지 소설을 읽는 것 말고, 쓰는 것을 해 보기로 했어요. 요즘은 어머니께 가면 그런 이야기들을 해요. 아마 이번 달에 가면 오늘 형 만난 이야기도 하겠네요."

"고마워. 계속 이야기해."

"저는 중학교 때 우연히 웹소설을 봤는데 너무 재미있어서 처음부터 끝까지 7번 반복해서 본 적이 있어요.
그 이후에 웹소설에 빠져서 엄청나게 봤어요. 그러다 보니 나중에는 '아 여기서는 이렇게 전개할 게 아닌데…' 계속 이런 아쉬움이 들더라고요.
제가 한번 써 보고 싶다는 생각을 했었는데 그걸 해 보고 싶은 거예요."

"소설을 얼마나 많이 봤는데?"

"못해도 2,000편은 넘을걸요? 그냥 계속 봤어요. 시간 날 때마다."

"그럼 공부는 하나도 안 했나?"

"형, 못 믿으시겠지만 저는 남들보다 기억력이 좋아요."

"뭐? 기억력?"

"저는 책을 보면 그게 이미지처럼 저장이 돼요. 사진 찍은 것처럼요. 그래서 이해하고 풀어야 하는 것 말고 단순 암기는 안 해도 돼요."

"지X하네! 세상에 그런 사람이 어디 있어?"

"진짜예요. 근데 엄청 오래 남지는 않고 단기기억인 것 같아요. 며칠 있으면 사라지는데 기억하려고 마음먹고 전날 한 번 보면 다음 날 사진처럼 기억이 나요. 그래서 성적은 항상 어느 정도 유지했죠."

"지X…!!! 말이 되는 소리를 해라! 누굴 병X으로 아나 이게. 하하!"

"음… 그럼 지금 증명해 볼까요? 집에 책 한 권만요."

"아, 나 요즘 사람들이랑 술 마신다고 도서관 안 간 지 좀 돼서 없는데…."

난 술을 마실 돈은 있어도 책 살 돈은 아까웠다. 집에 책이 없다는 것이 부끄러웠다. 정말로 집에 책이 단 한 권도 없었다.

"그럼 저 아이큐도 높은데… 아이큐 테스트밖에 없을 것 같네요. 한번 보여 드릴까요?"

"아이큐가 얼만데?"

"많이 높아요."

"그래? 그걸 핸드폰으로도 할 수 있어?"

"네. 한 10분 걸려요. 보여 드릴까요?"

그리고 핸드폰으로 아이큐 테스트를 찾아서 시작했다. 문제를 보고 답을 콕 찍고 어떤 문제는 위아래로 세 번을 천천히 훑더니 콕. 그렇게 콕 콕 콕 찍어 나갔다. 나는 그날 술을 마셔서 그런가 옆에서 보는데 아무 생각도 없었다. 한 10분 정도 지났나? 결과가 나왔다.

'당신의 아이큐는 180입니다.'

"이게 원리 같은 게 있어요. 다 다른 걸 묻는데 몇 번 이런 걸 하다 보면 패턴을 알 수 있어요. 그 원리를 찾아내는 게임 같은 거예요."

"그러니까 넌 이걸 예전에 해 봤었는데 기억력이 좋아서 다시 할 때는 쉽게 맞출 수 있다는 거야?"

"아뇨. 이건 저도 처음 해 보는 거예요. 이게 측정 가능 수치가 있는데 200 이상은 테스트 방식이 따로 있어요. 그건 저도 듣기만 한 거라 해 본 적은 없고 학교 다닐 때 했던 아이큐 테스트들에서는 다 측정 가능한 최고수치가 나왔어요. 이테스트들은 대부분 측정 가능 수치를 180으로 해 놓는 것 같아요."

제대로 돌X이였다. 그러나 오늘 나는 소주를 마셨다. 내일 맨 정신에 내가 다시 해 보면 안다. 이 사기꾼이 내가 술에 취했다고 이빨을 터는 것인지 아니면 그냥 3잔에 취해 뇌가 맛이 간 것인지. 어떠한 경우든 이건 사실일 수는 없었다.

"이 새끼. 하하 사기 치고 있네! 하하하. 여튼 재미있었어. 와, 나 장군이 이후에 또 이런 돌X이를 만나게 되네? 장군이가 누구냐면…."

하면서 나는 장군이 이야기를 하고 그렇게 나는 은따를 믿지는 않지만 신기한 이야기를 하는 재주를 가진 친구라고 생각하며 이야기를 나눴다. 다음 날 일이 끝나고 은따를 다시 내 자취방으로 납치해 왔다. 나도 어제 은따가 했던 아이큐 테스트를 해 봤다.

"형 그럼 저는 책 좀 보고 있을게요."

"그러시든가."

초집중 상태로 하나하나 풀어 나갔다. 그런데 앞부분 몇 문제가 넘어가자 난관에 봉착했다. 문제가 무엇을 묻는지를 알 수가 없는 것이다. 빈칸에 들어갈 것을 찾아내라는 문제였는데 규칙을 알 수가 없었다. 그 뒤로 가면 갈수록 무엇을 묻는 것인지 알 수 없는 것들이 나왔다.

이 문제를 낸 돌X이들과 사투를 벌였다. 자꾸 입에서 욕이 나왔고 그럴 때마다 말을 걸려는 은따에게 조용히 하라고 너 때문에 집중 안 된다고 하며 사투를 끝냈다. 그리고 결과는….

'당신의 아이큐는 116입니다.'

옆에서 은따가 웃었다. 난 이게 쉬운 게 아니었다며 내가 했던 아이큐 테스트로 다시 들어갔다. 막혀서 찍었던 문제들은 아무리 봐도 뭘 묻는지조차 알 수가 없었다.

"은따야 이건 뭘 묻는 거야?"

스윽 훑어보던 은따는 설명을 해 줬다. 그 설명도 못 알아듣겠다.

"더 쉽게. 더 풀어서."

차근차근 설명하자 그제서야 무엇을 묻는지 알았다.

"그럼 이거는?"

그렇게 은따는 하나하나 설명해 주었다.

"오케이! 이제 니 수법을 다 알아냈다. 다시 해 봐야지!"

난 이미 아는 그것들을 다시 시작해 봤다. 은따처럼 톡톡 찍어 나갔다. 그러다 분명 설명을 들은 것인데 헷갈리는 것들도 나오고 아까 푼 건데 기억 안 나는 것도 나오고 답을 찾아내는 데 오래 걸리는 것도 나왔다.

'당신의 아이큐는 124입니다.'

"아하, 이걸 무한 반복하면 된단 말이지? 그렇게 해서 10분 컷 하면 너처럼 나오는 거 아냐? 다 외워서. 너 이거 맨날 보고 외웠지? 하하, 이제 알겠다. 이런 짓 하고 놀았냐?"

"아니에요 형. 이런 걸 왜 외우고 다녀요!"

"그럼 기억력 좋은 것은 사실이라 한 번 했던 게 기억에 남나? 이거 마지막으로 언제 해 봤나?"

"학교 다닐 때 종이에 시험처럼 하는 거요!"

"그럼 핸드폰으로 테스트하는 게 있다는 건 어떻게 알았어?"

"학교에서 애들이 하는 걸 봤어요."

"그래? 그럼 다른 아이큐 테스트 찾아볼 테니까 다시 한 번만 해 봐."

그렇게 다른 테스트를 1개. 못 믿겠어서 2개. 진짜 마지막이라고 3개까지 했다. 두 번은 180이 마지막에는 측정불가가 나왔다. 그 테스트들을 마치 초등학교 1학년 산수 시험처럼 눈으로만 풀었다. 엄청 빠른 속도로. 내 눈으로 보고도 믿을 수 없었다.

"야, 은따야. 너 진짜 돌X이 맞구나? 굉장한데? 근데 왜 여기 있냐?"

내가 우리의 24시간을 어제로 되돌렸다.

"하하. 형! 말씀드렸잖아요! 저 좀 특이해요."

난 은따가 3번의 테스트를 할 때 옆에서 문제를 같이 보고 있었다. 은따는 내가 문제도 채 읽기 전에 답을 찍고 넘기는 것도 있었다. 신기했다. 아니 신비로웠다. 장군이보다 더한 돌X이가 나타났다.

그리고 이제 내 납치극은 본격적으로 시작되었다.

22. 은따 3

　이곳에 와서 처음이었다. 나보다 깊은 생각을 하는 장군이 같은 사람을 만나 충격을 받는 경험. 충격을 받은 적은 많았다. 선배에게 이유 없이 불려 가 웃는 게 싫다는 말을 들은 것. 눈이 빠진 정이 들었을 강아지를 죽여 달라 한 것.

　이것들도 나에게 모두 충격이었지만 내 마음은 달랐다. 나는 어둠에게서 충격을 받았을 때는 맞서 싸우거나 도망치고 싶었다. 실제로 어둠 누나 사건 때 차로 5분도 안 걸릴 거리를 50분이 걸려 욕을 하며 집으로 왔고 그 뒤로도 만나 또 충격을 받아 욕을 했다. 이번 충격은 달랐다. 나보다 한참 늦게 태어난 사람의 말을 듣고 받은 충격으로 인해… 나는 이 녀석을 납치해야겠다는 생각을 했다.

　일단 판단은 더 듣고 해도 늦지 않았다. 사실 여부의 확인도 끝나지 않았다. 관찰을 시작한 지도 며칠 되지 않았고 나의 마음 상태도 좋지 않았다. 빛이 가장 큰 은따를 샅샅이 조사하고 해부해서 뇌에 어떤 회로가 들어 있는지 알아내야 했다. 내 이야기를 하는 것은 나중이다. 지금 나의 상황은 '삶의 괴로움'이다. 은따는 다르다. '사랑하는 사람의 삶과 죽음'의 상황에 처해 있다.

　이 상황에서 내가 내 이야기를 하는 것은 은따에게는 귀여운 투정에 불과했다. 그래서 나는 내 안의 목소리 같은 내 이야기들은 하지 않기로 결심했다. 은따와는 함께 하고 싶었고 이야기를 더 듣고 싶었고 엄마에게 재미있는 이야기를 해 줄 수 있도록 도와주고 싶었다.

　그러나 할 수 있는 것이 많지 않았다. 회사에서는 내가 선배다. 일단 회사에서 이 친구를 도와주는 것은 가능해 보였다. 나는 많은 나이로 입사했고 나보다 선배여도 어린 동생에게는 말을 편하게 하고 선후배가 아닌 형 동생으로 지내는 사람이 많았다.

볼 수 있는 책은 어디서든 편하게 보게 해 줄 수 있을 것 같았다. 그래서 어느 날 밥 먹으며 책을 보는 은따에게 누가 뭐라고 하는 상황이 또 생겼다. 책에 정신이 팔려 있던 은따가 자기에게 뭐라고 했던 선배를 못 봤던 것이다.

"아 이 씨X놈아. 이 새X는 완전 미쳤네? 너 내가 책 보면서 밥 처먹지 말라고 했어, 안 했어?"

나보다 나이가 어린 선배였다. 우린 이미 형 동생 관계를 맺은지 오래됐다. 난 끼어들었다.

"야! 애 밥 먹는데 좀 냅둬라! 밥 먹을 때는 개도 안 건드린다는데 왜 그러냐?"

"아니 형! 이 새X 하는 짓 좀 봐! 내가 지난번에 말했는데 완전 쌩까잖아!"

"아 거 더럽게 할 일 없나 보네. 은따가 책을 보든 TV를 보든 그냥 냅두고 밥 먹어!"

"야 은따 이 새X야! 너 책 들고 다니는 거 내 눈에 한 번만 더 띄면 죽여 버린다. 확 다 찢어 버릴라니까 한 번만 더 보여라 아주!!!"

끼어들었다가 역효과가 났다. 이러려고 한 게 아니다. 옛날 방법을 사용해야겠다. 더 강하게 나가야 한다. 나는 어린 선배에게 말했다.

"야. 내 말 씹냐?"

"아니 형. 갑자기 왜 그래?"

"니 눈깔에는 은따만 보이냐? 내가 하지 말라고 했잖아 이 X새끼야!"

"아 형! 왜 갑자기 화를 내!"

"씨X놈이 오냐오냐하니까. 야 너 따라 나와!"

은따가 말리며 말했다.

"형, 하지 마세요. 제가 책 안 볼게요."

난 조용히 은따 귀에 속삭였다.

"이거 쇼야 임마. 쫄지 말고 밥 먹어."

그리고 나는 화가 난 어린 선배와 구석진 곳으로 갔다. 다른 친한 어둠 선배들이 쫓아왔다. 어린 선배는 화가 났는지 욕을 했다.

"형, 씨X 사람들 많은데 아무리 친해도 그렇지 나한테 그렇게 말하면 안 되지. 씨X! 그래도 내가 선밴데!"

화가 났지만 이 정도로는 안 된다. 이 친구가 선을 넘을 때까지 기다려야 한다. 그래야 내가 원하는 목적을 이룰 수 있다.

"너도 밥 먹는 데서 시끄럽게 한 건 마찬가지야 임마!"

"아 씨X. 신일 씨! 신일 씨 내 후배 아니에요? 내가 만만하게 보여요? 열받는데 그냥 우리 한판 깔끔하게 뜰까요?"

"나 돈 없어. 병원비 서로 안 물고 신고 안 한다고 약속하면 뭐 그렇게 하든가 이 X새끼야!"

어린 선배는 괴성을 지르며 내 멱살을 잡았다. 따라 온 다른 선배들이 말렸다. 적당히 거리가 멀어지고 시간이 지났다. 난 이제 말로 하겠다며 말리던 선배에게 말했다. 그리고 어린 선배에게 가서 조용히 말했다.

"야, 근데 니가 모르는 게 있어."

"뭔데 이 씨X놈아."

"이 정도 했으면 니 면도 살려 줬으니까 사람 없는 곳으로 가자!"

다른 사람들은 더 심하게 싸우러 가는 줄 알고 또 말렸다.

"우리 싸우러 가는거 아니에요. 만약 싸우면 저 오늘 퇴사할게요. 좋게 이야기 할 테니 저희 시간 조금만 주세요. 금방 올게요."

내 상황을 대충 아는 선배들은 아무 말 없이 길을 내줬다. 조용한 곳으로 가서 어린 선배에게 말했다.

"미안하다. 일부러 그런 거야."

"씨X 지금 나랑 장난 까?"

"미안해. 화났을 텐데 사정이 있었어. 그 자리에서 너한테 이야기하면 너 나쁜 사람 되니까 이렇게 할 수밖에 없었어."

"무슨 X소리세요?"

"실은 은따 어머니가 위독해서. 암이래… 어머니 소원이 아들이 하고 싶어 하는 걸 하는 것이래."

그래서 은따는 엄마의 소원을 들어주기 위해 욕을 먹더라도 책을 들고 다니는 것이라고 설명을 했다.

"아니 씨X! 나한테 미리 말했으면 나도 안 그랬지! 왜 이제서야 알려 주는데?"

"나도 엊그제 알았어. 그리고 은따 엄마 이야기를 거기서 어떻게 하냐? 내가 막 동네방네 소문이라도 내야 되냐? 너도 너만 알고 있어. 그리고 은따 누가 뭐라 하면 커버 좀 쳐 주라! 너도."

"아 씨X 괜히 나만 나쁜 놈 됐네."

"너도 몰랐잖아 임마. 나도 마찬가지야. 저게 말을 안한 게 문제지. 우린 은따한테 관심도 없고."

"그래도."

"됐어. 은따한테 사과도 하지마. 그냥 모르는 척하면 돼!"

"근데 형은 그거 어떻게 알게 됐어?"

"그럴 일이 좀 있어! 여튼 미안하다. 그리고 부탁 좀 하자!"

그렇게 나는 주먹다짐을 할 뻔했지만 은따가 책 보는데 뭐라고 하는 사람이 없을 수 있도록 도와주었다. 은따는 책 보는 게 좋다고 한다. 은따가 책을 보는 것은 은따 어머니의 바람이다. 잘못 될 뻔했지만 난 은따 어머니를 돕고 싶었다. 내가 할 수 있는 것들로.

회사에서는 우리가 은따 책 보는 것으로 싸웠다는 이야기를 듣고도 아무도 신경 쓰지 않았다. 그리고 그 어린 선배가 자기 친한 사람들에게 이야기를 했는지 결과적으로 은따는 책을 보든 뭘 하든 아무도 신경 쓰지 않았다. 그렇다고 누가 가서 말을 걸거나 좋게 대해 주지도 않았다.

나는 이 녀석에게 해 줄 수 있는 것이 하나 더 있었다. 내가 빛을 보는 여자에게 해 주지 못했던 것. 이야기를 들어주는 것이다. 이건 해 줄 수 있는 것이 아니고 하고 싶은 것이었다. 은따는 신기한 생명체다. 그 생명체의 뇌회로가 궁금했다. 그러나 은따는 책을 보는 것을 좋아하니 방해가 되면 안 되었다. 은따는 차가 없다. 누군가 친한 사람도 없다. 회사에서 도서관까지 갈 방법은 콜택시밖에 없다. 도서관은 내 자취방과 골프장의 중간에 있었다. 은따에게 물어봤다.

"너 책 빌리러 여태까지 어떻게 다녔냐?"

"형! 싸운건 잘 해결됐어요? 형한테 피해 가는 거 아니에요? 제 일이니까 제가 알아서 해도 돼요. 형! 사실 밥 먹을 때 안 봐도 그만이긴한데 안 읽히다가 다시 읽히니 책이 너무 재미있어서 그랬어요. 요즘."

"야! 형 나이가 많잖아! 선배고 나발이고 다 이야기해! 그나저나 책 빌리러 어떻게 다녔어?"

"퇴근하는 사람들 차 타고요. 올 때는 시간 간당간당하면 할 수 없이 택시 타고 아니면 걸어왔어요. 나갈 때도 일찍 끝나면 그냥 걸어간 적도 있고요."

그 부탁도 쉽게 못하는 성격이라 돈을 내고 콜택시를 부를 법도 한데 그 돈마저 아끼려고 걸어다닌다는 말에 마음이 아팠다. 그러고 보니 나도 퇴근할 때 은따가 주차장에서 서성이던 것을 보고 태워 준 적이 있었다.

"맞네! 나도 너 태워다 준 적 있지 않냐? 근데 그때는 도서관 간 거 아니잖아?"

"필요한 것들 사느라 형 동네에서 내려 걸어서 갔죠."

난 회사 근처 야산에서 집까지 걸어와 본 적이 있다. 안 좋은 생각을 잊고 싶어 뛰다 걷다 해서 50분이 걸렸다. 마음이 아팠다.

"도서관 갈 때 말해. 앞으로 나도 너 따라서 도서관 좀 다니자!"

"정말요? 괜히 저 때문에 그러시는 거면 저는 괜찮아요 형!"

"아냐, 나도 원래 처음에는 도서관 다녔어. 점점 책을 안 보게 되어서 자연스럽게 안 간 거지. 나도 거기 대출증도 있어."

하고 대출증을 지갑에서 꺼내 보여 주었다.

"아 진짜요? 그럼 형 가실 때 맞출 게요. 제가!"

"너 도서관 얼마나 자주 가는데?"

"쉬는 날은 하루 종일 가 있고요. 되도록 자주요. 제가 책 읽는 속도가 좀 빨라요."

점점 가관이었다. 대출가능 권수는 5권이다. 나는 가면 1권 내지 2권만 빌리는데 그것도 기간 내에 다 못 읽고 돌려주는 경우가 많았다. 그런데 5권씩 빌리는데 자주 간단다. 오냐, 그래 니 덕분에 나도 책 좀 읽어 보자.

"그럼 이렇게 하자! 너 불편하지 않으면 그냥 끝나고 나 기다려서 같이 갔다가 우리 집에서 자고 내가 니 시간 맞춰서 출근할게. 나도 요즘 술만 마시고 머리가 멍한 느낌이라 잘 안 돌아가. 아까도 그래서 큰일 날 뻔했어."

"그래도 돼요? 야호! 좋아요. 저는!"

"야호? 요즘 누가 야호라는 말을 쓰냐? 너 좀 로봇 같애. 말하는 거 보면. 천재랑 바보는 한 끗 차이라더니 너 보면 그 말이 맞는 것 같다. 너 띠벙하다는 소리 많이 듣지?"

"네, 맞아요. 할 말이 머릿속에 너무 많이 떠오르면 그중에 적당한 말을 찾아서 하는 느낌? 그래서 바보 같다는 말 많이 들었어요."

난 매트릭스 같은 영화 보면 사람 위에 녹색 글씨가 떠다니는 장면이 떠올랐다. 그중에 알맞은 말을 골라 조합해서 말한다면 저렇게 말하게 되는 것인가 싶었다.

"아니, 그냥 편하게 말하면 되지. 무슨 말을 그렇게 일일이 생각해서 하냐?"

"모르겠어요. 그냥 어릴 때부터 그런 것 같아요. 장단점이 있는데 장점은 이성적으로 말을 할 수 있다는 것? 단점은 바보처럼 보이는 것 같아요."

"지금 말도 그래! 누가 말할 때 장점 단점 이렇게 논리정연하게 말을 하냐고 그냥 두서없이 줄줄 내뱉는 거지!"

"그러게요! 저도 그럴 때도 많죠. 근데 보통 때는 습관인 것 같아요."

하나의 의문점은 해결했다. 그러나 아직 은따에 대한 정보가 부족했다. 은따를 조금이라도 부담스럽게 하고 싶지는 않았다. 은따의 웃음도 부정적인 생각을 떨치기 위해 억지로 웃는 로봇처럼 느껴질 때도 있었다.

"일단 기본적으로는 작은방 너 줄게. 그리고 내가 너를 형이라고 부르기 전까지는 집에 니가 먹을 거 아니면 뭐 사 오지 마. 라면은 항상 박스로 사 놓고 웬만한 식사는 난 회사에서 다 해결하거든?"

"저도예요."

"그래! 불편하거나 그런 거 있으면 속으로만 생각하지 말고 말해. 이건 선배가 아니라 형으로서 하는 말이야."

"그럼 저 궁금한 거 있어요. 형. 갑자기 왜 저한테 잘해 주세요? 엄마 때문에?"

"그런 게 있어. 임마. 별거 아닌데 나도 로봇처럼 생각하고 말하자면 오랜만에 대화가 통하는 사람을 만났다 정도?"

나는 은따 말투를 흉내 내며 말했다. 은따에게 내 로봇 화법이 통한 것 같다. 은따는 환하게 웃었다. 다음 날부터 우리는 매일 도서관에 갔다. 그리고 작은방을 줬는데 은따는 작은방에서 잔 적이 한 번도 없다. 매일같이 큰방에서 이야기하거나 책을 봤다. 방에 의미 없이 틀어놓던 TV는 라면 먹을 때만 켜게 되었는데 그것도 대화에 방해가 돼 볼륨을 줄일 때가 많았다.

나는 내 안 좋은 부분이나 내 문제에 대해서는 은따에게 말하지 않았다. 예전 학창시절 무용담이나 운동을 한 이야기, 버스에서 다리에 쥐가 나서 장애인 취급 받은 이야기나 장군이 이야기 같은 소소한 이야기들을 했다. 그리고 집의 이야기도 은따가 물어봐서 안 좋은 부분은 간략하게 이야기하고 좋았던 부분들에 대해서는 많이 이야기했다.

은따가 어느 날 내 이야기를 듣다가 심각하게 이야기했다.

"형! 사업할 생각 없어요?"

"사업?"

"형 이야기 들어 보면 형 생각이 조금 이상해요. 이상하다는 게 나쁘다는 뜻이 아니고 남들과 달라요."

"무슨 사업?"

"그건 형이 마음에 드는 것으로요. 저 마케팅 했다고 했잖아요? 아마 제가 도와
드릴 수 있는 부분도 있을 것 같아요."

"너 나 경영학과 나온 거 알지? 마케팅을 니가 더 잘 알까? 내가 더 잘 알까?"

"저는 실무를 했는데요?"

"그렇네?"

"그리고 하나만 더요. 형도 책 써 봐요!"

"책? 야 나 지금 그럴 상황 아니야. 머리도 다 굳었고 책은 보는 것만으로도
빡세."

"형 이야기는 듣다 보면 빠져들어요. 이야기를 분명 두서없이 말하는 것 같은
데 이걸 매력이라고 하는 것 같아요. 형에게는 남들에게 없는 무언가가 있어요."

나 이 이야기 또 듣는다. 고1 때 진로 선택 과정에서 장군이에게 들었던 말이
다. 남들에게 없는 것이 있다. 이 돌X이 들은 자꾸 내게서 무언가를 발견한다. 그
러나 그때와 지금은 상황이 다르다. 그때는 모든 조건이 갖추어져 있었고 나는
하기만 하면 되는 상황이었다. 지금은 아니다. 지금 나는 해야만 하는 1번이 있
다. 은따에게는 말할 수 없는 내 안의 목소리가 있었다.

"좋네. 그런 거. 그럼 사슴작가겠네?"

"형, 저 농담 아니에요. 형의 스토리만 한 번 적어 보세요. 그리고 인터넷 같은
데 그냥 올려 보세요. 네이트판 같은 거 있잖아요? 그리고 반응을 보시면 알 수

있을 거예요. 제가 하는 말이 맞는지 틀린지."

"그거 돈 되냐? 나 열심히 일하는 거 알지? 지금 말고 나아아아아중에 내 삶이 정상화되고 모든 것이 대기권 이탈을 해서 심심할 때 하지 뭐. 참고는 할게. 니 말이니까."

"아닌데. 형 제가 보는 판타지 소설들 있죠? 그중에 형이 어디 속하냐면 내용은 별 게 없어요. 근데 계속 읽게 되는 것들이 있어요. 이유를 정확히 알 수 없지만 보게 되는 것들이요. 그건 제가 이유를 모르기 때문에 따라 할 수가 없어요. 그것 말고 흥행한 작품의 요소들은 따올 수 있지만요. 그런 뜻이에요."

"내 말이 속 빈 강정인데 맛은 있다는 거 아니야. 알았어. 근데 내 이야기 뭐 쓸 게 있나. 그냥 평범한데."

"안 평범해요. 그리고 평범해도 상관없어요. 그냥 저 믿고 써 봐요."

"에이, 스토리가 있어야지. 주제도 있고."

"그걸 찾아보세요 그럼. 형 관심사로."

"나야 뭐 맨날 일하면서 사람들 만나고, 너랑 이야기하고, 쓰레기 같은 선배 새 X들이랑 병X 같은 짓 하면서 거지 같은 일 생기고 그런 게 다인데?"

"그럼 그걸 관찰하고 써 봐요 한 번. 주제가 상관이 없다니까요?"

"알았어. 나중에. 지금은 말고."

"저 있을 때 쓰면 안 돼요?"

"응. 너도 나에게 다 말하진 않듯 나도 너에게 말 못 할 사정들이 있어. 근데 너 정확히 얼마 모았냐 지금까지?"

"곧 1,000만 원 돌파해요."

"시간이 얼마 없네. 왜 2,000만 원이야?"

"엄마 약 값에 생활비. 그리고 1년간 살 돈이에요. 그 사이 3편의 소설을 쓸 거예요. 일단 첫 편은 전에 말한 짜깁기 판타지 소설이요. 흥행 요소만 가지고 오는 거지 독창적인 부분도 많아요. 그동안 읽으면서 이런 게 있으면 어떨까 생각한 저만의 것들이요. 그리고 어차피 다 비슷비슷해서….'"

"니가 생각하기에 꼭 하나만 다시 읽을 수 있다면 뭐 다시 읽을래?"

은따는 눈을 굴리며 한참 생각했다. 2,000권 중 탑1이 궁금했다. 그러자 한 작품을 검색해 줬다.

"이거예요."

"나 잠깐 봐도 돼?"

"네, 형."

그렇게 은따의 탑1 판타지를 봤다. 도입부를 빠르게 스캔해 넘기고 1부 끝까지 대강 내용을 훑었다.

"이게 재미있다고?"

그 후로 나는 그 소설에 대해 10분간 들었다. 나에게 있다는 그 매력이 은따에게는 없는 것이 확실했다. 다 듣고 나는 생각했다.

'세상에는 다양한 사람들이 많구나.'

은따는 그 설명을 하는 내내 신나했다. 내 마음과 표정, 반응과는 상관없었다. 자신이 좋아하는 것을 이야기하는 것만으로도 즐거워 보였다. 그렇게 재미 하나도 없는 논설 같은 소개를 들었지만 이상하게 기분이 좋았다. 그러나 나는 그날 이후로 판타지는 보지 않게 되었다. 〈재벌집 막내아들〉이 웹소설 원작이라는 것을 듣고 다음 화가 궁금해 정주행하다 죽을 뻔했다.

밤을 새워서 읽고 일을 나가 고통당했다. 웹소설은 건강에 유익하지 못하다고 생각했다. 한 번 빠져들면 헤어 나올 수가 없었다. 그렇게 10년 가까운 시간이 지나 이 글을 쓰다 알게 되었다. 내가 지금 하는 것이 10년 전 은따가 내게 했던 말이었다. 그 후에 은따와 함께하는 데 문제가 생겼다.

어느 날 어린 선배가 말을 걸었다.

"형, 요즘 왜 은따랑 놀아? 술 마시러도 안 나오고."

"너 은따 사정 몰라? 그래서 친하게 지내는 중이야."

"그래? 그래도 좀 나와. 다른 선배들이 형 요즘 안 나온다고 뭐라고 해!"

"아, 내가 거절을 좀 많이 하긴 했지. 그래, 알았어 고마워. 근데 누가 뭐라고 했어?"

내 웃음이 싫다던 선배란다. 그 외에도 다 마찬가지라고 했다. 어둠 선배 하나라면 손절이 가능했지만 다른 친구들은 아직 관계 정리를 못 했다. 어린 선배가 말했다.

"오늘 안 그래도 모이기로 했어. 형도 온다고 한다!"

그렇게 은따에게 오늘 그 모임을 갈 거라고 하자 그럼 자신은 도서관에 내려달라 했다. 가서 상황을 좀 살피고 어둠과의 관계 대한 생각도 해야 할 시간이 필요했다. 그날 나는 만취해서 자취방으로 갔다. 그러나 확실한 것 하나는 알았다.

'모두 손절!'

같은 시기에 같은 곳에 있는 사람이라는 이유 말고는 나에게 득 될 것이 없었다. 그 자리에서도 이유 없는 욕을 많이 먹었고 상처도 입었다.

"X새끼가 착한 척 X나 하네. 어린애 동정하면서 너는 착한 척하니까 좋냐?"

"그런 거 아니에요 형. 그냥 이야기하고 같이 놀고 있어요."

"X 까는 소리 하지 마 이 새끼야. 자기도 X신이면서 X신끼리 놀고 있네. 이 새끼는. 그러면서도 지가 X나 잘난 줄 알아요."

화가 났다. 뭘 안다고 쳐 씨부리는지 옛날이었으면 넌 진짜 죽었다 내 손에. 이게 웃긴 것은 내가 실수를 하거나 무슨 말을 해서 욕을 먹는 것이 아니다. 그냥 가만 있다가 아무 이유 없이 욕을 먹었다.

'그런데 나 왜 또 욕을 하지? 요 며칠 욕이 줄었는데. 그리고 왜 이렇게 화가 나지? 나 화날 일 없었는데.'

계속 화살이 날아왔다. 그것도 내가 이해하지 못할 방법으로 참기 힘들어하는 것들만 골라 말했다. 그 자리에서 그냥 일어나는 것은 안 된다. 그건 패배다. 나는 예전의 내가 선택한 인간들과 전투 중이었다. 무엇이 되든 질 수 없었다. 그리고 공격할 이유도 없었다. 어두운 사람들의 말에 난도질을 당했지만 무시하기로 했다. 끝까지 남는 게 이기는 거다.

그러나 방법을 확실히 발견한 것 같았다.

23. 은따 마지막

은따는 만취해서 들어온 나를 보고는 걱정을 했다.

"형! 괜찮아요?"

"헤헤, 은따 안 잤어?"

"으 술 냄새. 형 일단 좀 누워요."

"응? 나 괜찮나!"

은따는 아버지가 안 계셔 술에 만취한 사람이 집에 들어온 것을 처음 본 건지 매우 당황했다. 다음 날.

"형. 어제 기억 안 나죠? 저랑 이야기 좀 해요. 오늘 일 끝나고."

"은따! 나 어제 많이 마신 건 맞는데 다 기억 나는데? 나 와서 그냥 뻗었잖아?"

은따는 대답을 하지 않았다. 참다운 인생. 으른의 세계를 보고 놀란 듯했다. 나는 실수한 것이 없지만 내가 농담처럼 이야기했던 으른의 세계와 참세상에 대한 이야기를 하겠구나 생각했다. 속이 좋지 않았다.

일이 끝나고 도서관으로 가는 길.

"형, 오늘 책 10권은 제가 골라요. 그거 읽을 때까지 도서관과 헬스장 외에 외출 금지예요."

"뭐? 외출 금지? 도서관과 헬스장?"

"네. 형! 지금 형에게 가장 필요한 것을 생각해 봤어요. 답은 책과 헬스장 같아요."

"나 아직 술이 안 깼나? 너무 결론만 이야기하니까 못 알아듣겠다. 내가 이해할 수 있게 설명 좀 해 줘 봐. 일단 들을게."

"형. 이건 필요가 아니라 필수예요. 형의 미래를 위해서 어제 있던 자리의 사람들과는 사적 자리를 금지해야 할 것 같아요. 단순히 술 하나만의 문제가 아니에요. 형 어제 와서 욕을 얼마나 했는지 기억 안 나죠?"

"내가 그랬어? 욕을?"

"우리 친하게 된 지 얼마 안 됐지만 형이 도와달라 하셔서 제가 생각한 거예요."

"내가 도와달라고 했다고?"

"네."

"일단 제가 생각한 것부터 말씀드릴 게요. 그냥 듣고 무시하시면 안 돼요. 저는 형을 좋은 사람이라고 생각해요. 그러나 어제 본 형의 모습은 절대 좋은 모습이 아니었어요. 그 원인은 2가지 같아요. 사람, 술.
형은 어제 형 집을 감옥으로 만들었어요. 어제 만났던 사람들을 다 죽이겠다고 얼마나 무서운 말씀을 하시던지. 이상한 말씀도 하시고요."

"이상한 말? 내가 뭐라 했어?"

"아무리 취했어도 사람한테 '**어두운**'이라는 단어를 안 쓰지 않나요? 욕이면 모를까. 심한 욕을 하시면서 그 사람들이 어두운 새X들인데 다 죽여야 한다고 특히 XX 선배는 갈가리 찢어 죽여야 한다고 했어요. 그 가족들까지도요. 어제 형 그 자리 사람들 다 말로 이미 무참히 죽이셨어요. 너무 참혹했어요."

"정말 미안하다. 엄청 놀랐겠다. 정말 기억이 안 나. 내가 그거 말고 실수한 건 없니?"

"그렇게 이상한 말씀과 무서운 욕을 하시다가 갑자기 급변해서 저를 칭찬하셨어요. 저뿐 아니라 제 어머니께도 정말 필요한 것을 해 주지 못해서 미안하다고. 그리고 형 스스로를 욕하면서 도와달라고 하셨어요.
어제 형의 모습은 형의 본모습이 아니라고 생각해요."

"내가 너한테 도와달라고 했어? 그리고 또 뭐래? 미안한데 난 그냥 집에 와서 너랑 인사하고 그대로 쓰러져 잤다는 것만 기억나."

"네. 지금 말씀드린 것까지가 어제 제가 봤던 형이에요."

"근데 내가 진짜 도와달라고 했다고?"

"네."

"은따야. 미안하다. 다시는 이런 일 없을 거야."

"저도 같은 생각이에요. 그러려고 하면 지금 필요한 것이 있어요. 들어주세요.
도서관에 가서 3종류의 책을 합쳐 10권을 빌릴 거예요. '금주, 뇌, 헬스'. 그리고 그걸 최대한 빠른 시간 안에 다 읽어 주세요. 집에서는 독서를 하시고 저녁에는 헬스장을 가셔야 합니다."

"헬스장?"

"네. 7시에는 헬스장에 있으셔야 해요. 최소 1시간 이상요. 왜냐면 보통 사람들과 어울리는 시간이 7~8시입니다. 그때 형은 없어야 해요. 단순히 그냥 없어지는 것이 아니라 없어지는 장소가 중요합니다. 그 장소는 형이 좋아하는 장소여야 하고 술과 관련된 정반대의 장소여야 해요. 그래서 형 이야기를 듣고 헬스장을 생각했어요. 형은 이제부터 형이 좋아하는 운동을 하시면 됩니다."

"호오. 그래서?"

"연락이 오겠죠? 받지 마세요. 나중에 헬스를 하게 되었다. 해명만 하세요. 그들이 하는 욕은 형이 감당해야 합니다. 잘 하실 수 있어요. 그렇게 형이 좋아하는 것을 하세요. 집에 오시면 저랑 같이 책을 보시는 거고요."

"그래서 금주, 헬스 책이 필요하다는 거지? 뇌는?"

"이 모든 것은 뇌의 문제라고 생각합니다. 그럼 기본적인 이해가 필요하다는 생각이 들어요. 단순한 생각이 아니라 현재까지 나온 뇌과학에 대한 이해를 하시면 좋을 것 같아요. 분명 도움이 되실 겁니다."

"와. 이거 진짜 장군이보다 한 수 위네?"

"네? 뭐가요?"

"잠시만 나 생각 좀 하자!"

방금 이 20살이 내가 당장 해야 할 일을 제시했다. 이것도 2번째 하는 경험이다. 핵심을 정확히 짚는 통찰력은 장군이 보다 한 수 위다. 역시 보통 돌X이는 아니었다.

"오케이! 접수 완료! 책은 5권이면 된다. 헬스는 필요 없어. 뇌과학, 금주 관련 책 5권! 넌 니 거 빌려."

"그 사이 운동도 발전하지 않았을까요?"

"루틴이라는 게 있어. 그냥 가면 자동으로 하던 대로 하면 돼. 운동은 내가 알아서 할게. 하던 게 있어!"

"오! 그렇군요."

"고맙다. 명확해졌어! 그리고 내가 너냐? 책 10권 읽으려면 한 달 동안 읽어야 할걸?"

"그렇죠. 이건 사람마다 차이가 있으니까."

"와! 이거 과학고 나온 거 맞네! 어떻게 그런 생각을 하냐? 너무 탁탁 짚은 거 아니야?"

"하실 수 있죠?"

"할 수 있고 없고의 문제가 아니야. 해야만 하는 문제인데 잘할 수 있어! 고맙다 정말!"

"네, 그럼 같이 도서관 갔다가 형은 헬스장 등록하러 가세요. 이따 집에서 봬요."

이렇게 20살 아이에게 내 인생을 설계당했다. 나는 정면 승부를 선택하면서 내가 좋아하던 운동을 까맣게 잊고 지냈다. 단순히 일이 운동이라고 생각했고 '좋아하는 것'은 지금은 포기해야 한다고 막연히 생각했다. 내가 생각지도 못한 부분을 하루도 안 되는 시간 만에 그동안의 내 말과 현재 상황을 파악해서 제시한 해결방법은 손색이 없었다.

'천재와 바보는 한 끗 차이가 맞구나.'

그렇게 다시 운동은 시작되었다. 변수가 있긴 했지만…. 내가 운동을 한다는 이야기를 듣자 예상과 다르게 어두움 무리들이 나를 손절 쳤다. 꼴값을 떤다고 비아냥은 거렸겠지만 내 추측일 뿐 오히려 내가 버림받았다. 연락이 간혹 왔지만 받을 수 없었다. 그 시간에 나는 땀을 흘리고 있었다. 내가 흘린 땀이 곧 나다.

하나 더 예측하지 못한 변수는 내가 운동을 한다는 말을 들은 어둠 무리의 3명이 나와 같이 헬스장에 다니게 되었다. 무턱대고 구경을 온 선배들이 내가 운동하는 모습을 보고 자신들도 하고 싶다고 하며 등록을 했다. 끝나고 술을 마시자는 이야기도 했지만 난 집에 가서도 할 일이 있었다. 은따는 책을 읽으라 했지만 내가 하고 싶은 것은 달랐다. 나는 은따와 대화를 하고 싶었다. 그렇게 또 운동 끝나면 도망치듯 집으로 와야 하는 변수가 생겼다.

은따의 책 읽는 속도는 비상식적으로 빠르다. 내가 대충 훑어보는 정도의 속도다. 그런데 처음에는 분명 소설로 시작했는데 어느 순간 장르가 다양해졌다. 그래서 물어봤다.

"은따야, 너 소설 좋아한다며? 요즘은 소설 말고 다른 것도 읽네?"

"이건 형 덕분이에요."

"뭐? 내 덕분?"

"형이랑 대화하면서 알았어요. 형은 운동을 좋아하시는데 그걸 제가 다시 말씀 드렸잖아요? 이렇게 제가 좋아하는 다른 것들이 무엇이 있을까 생각해 봤죠. 그런데 딱히 모르겠더라고요. 그래서 다양한 것들을 접해 보는 중이에요."

보통 돌X이가 아니다. 상 돌X이다. 게다가 이 아이는 20살이다. 내가 엄마였어도 은따 과학고 테크 타게 했을 것 같다. 건물을 청소하고 식당에서 설거지를 하시면서도 은따는 공부를 하는 게 맞고 저런 아이가 학자를 하는 건가 생각하셨을 거다.

'탐닉'이라는 단어의 정확한 뜻을 은따를 보고 알았다. 즐거워하면서 거기에 빠진다. 은따가 모든 것을 다 아는 것은 절대 아니다. 내 안의 목소리를 말한다고 해결책을 제시할 수도 없을 것이다. 그런데 은따를 보자 나도 내 인생을 '탐닉'하고 싶어졌다.

그간은 약육강식, 다른 모토 2가지 정도의 생각을 가지고 살아왔다. 내게 세상은 강자와 약자 둘로 나뉘는 세상과 사랑을 모토로 하는 세상. 그 2가지였다. 탐닉의 세상은 처음이었다.

'은따가 하고 싶은 것을 하면서 살았으면 좋겠다.'

'아들. 사람은 자기가 하고 싶은 것을 하고 살아야 돼!'

'공부 잘하니까 의사 되게? 아니 아픈 사람들 고치려고.'

'난 어떻게' 사는지에 대해서는 생각해 본 적이 없었다. 아직까지 약육강식이었다. 기왕 할 거 남들보다 낫게, 한 발 더, 지지 않기 위해, 승리하기 위해서였다. 거기에 타인을 나와 같이 사랑하고, 남에게 해를 끼치지 않으며, 내 것을 남에게 내어주길 아까워하지 않으며 등이 섞여 있었지만 내가 좋아하는 것을 한다는 모토 자체가 없었다. 있었더라도 제대로 인식하지 못했다.

정말 짧은 시간 만에 은따의 모토를 알아냈다. 그래서 은따에게 질문했다.

"너는 탐닉이 인생의 모토구나?"

"네? 그게 무슨 말씀이세요?"

"네 어머니가 말씀하셨듯이 좋아하는 것을 찾아 그걸 하며 사는 것! 탐닉에 집중하는 게 네 모토 아니야?"

"응? 아닌데요?"

"아니야?"

"저는 별생각 없이 살아요. 그냥 하나하나 그때그때 생각하는 거죠. 굳이 모토가 탐닉이라고 할 정도로 그런 것을 찾아다니지는 않으니까 탐닉은 제 인생의 모토라고 할 수는 없는 것 같아요."

'와… 난 얼마나 더 공부를 해야 이렇게 생각을 할 수가 있을까? 공부가 아닌가? 생각회로가 나는 시골길인데 이건 아우토반인데? 아니다. 그냥 비행기가 다니는 하늘인데? 저 뇌는 공부로 되는 게 아닌가?'

"야, 너 과학고 다닐 때 니가 천재라고 했던 특허 낸다는 친구 2명 있잖아? 걔네는 얼마나 똑똑한데? 왜 천재야?"

"아. 그 친구들이요? 그 친구들은 무언가 신기한 것을 보잖아요? 그러면 변형해서 발전을 시켜요. 근데 그 속도가 무지 빨라요. 차를 예로 들면 차를 어떻게 개조하면 낫겠다고 생각하는데 거의 딱 보고 바로 아는 거죠. 그 생각을 설명하고 구체화하는 데 시간이 오래 걸리는 거예요.
2년 동안 특허만 50개를 받았어요. 시작부터 받은 것도 아니에요. 그럼 아이디어는 몇 개를 들고 있을까요? 그 당시 제가 아는 것만 100개는 넘어요."

"이야. 그럼 걔네들은 엄청 부자 되겠다."

"저 말고 다른 친구들은 원래 다 잘사는 집이에요. 저만 형편이 어려웠죠."

"음. 될 놈은 되는구만?"

"그 친구들이라고 알고 했겠어요? 하다 보니 된 거죠."

하다 보니 되었다. 하다 보니 되었다고? 그럼 해 봐야 한다는 거네? 즐거운 걸 찾는 생각. 나에게 운동 같은 것. 그리고 해 보면. 되는지 안 되는지는 모르는 것이고. 이걸 반복해 보면? 답을 알게 되는 것인가? 모토의 개념은 아닌가 보구나. **어떻게 살아야 하는지 아는 것도 쉬운 일은 아니다.**

"너는 어떻게 사냐?"

"지금처럼요. 사실 별생각 없어요. 보시다시피 최선을 다하는 것도 아니고요. 그냥 매일매일 주어진 것 하며 살고 있어요."

"오케이. 여기까지."

더 들으면 나 이 돌X이랑 비슷해진다. 근데 난 천재가 아니다. 바보가 될 확률이 높다. **'내게 보이는 것까지만 보고 살란다.'** 하고 마음먹었다.

행복이 무엇일지, 삶을 '어떻게' 말고 '왜' 살아야 하는지 묻다가는 난 바보가 된다. 저 녀석의 뇌회로를 이해하려면 시간이 많이 필요하다. 은따는 핵심만 찌른다. 너무 깊숙이 훅 들어와서 날카로운 정도를 넘어서 위협을 느꼈다.

그렇게 시간이 하루하루 흘렀다. 은따와는 즐거운 일들이 많았다. 라면 먹다 이야기한 지금까지 세상에서 본 최강 돌X이가 누구였는지로 1시간을 떠들기도 하고, 소설가는 어떻게 되는지, 은따는 왜 군대를 안 가도 되는지, 이런 사소한 이야기들을 하며 우리는 웃었다. 때로는 은따의 상남자식 생각에 위협을 느끼기도 했지만. 은따는 본질을 말한다. 내가 알아듣지 못하는 말을 하기도 한다. 설명에 설명을 해 줘도.

"그래서?"

라고 하니 은따가 포기하는 경우도 있었다. 은따 앞에서 간혹 나는 돌X가리가 되었다. 그 이유는 문제가 있는데 결론만 말한다. 중간 과정이 생략되어 있다. 그러니 나는 이게 왜 그런 결론이 나오는지 과정이 궁금한데 자기 기준에서 설명한다.

어렸을 때 보던 밥 아저씨가

"이렇게 툭툭 찍어서 그리면 됩니다. 참 쉽죠?"

"아니, 그러니까 어떤 붓을 어떻게 잡고 어떻게 찍으셨는데요?"

"붓은 상관없어요. 나무를 그릴 거면 이렇게 물감을 찍어 붓으로 나무를 그리면 됩니다."

"그 나무를 어떻게 그리냐고요. 더 자세히요!"

이런 대화의 느낌? 본인에게는 당연한 것이 내게는 당연한 것이 아닌 경우가 많았다. 자꾸 나무를 그리는 스킬을 생략한다. 근데 답답하지 않고 신기했다. 처음에는 설명을 잘 못한다고 생각했다. 그러나 점점 깨달았다. 저 친구에게는 **그게 너무나 당연한 거라 상대도 그럴 줄 알고 생략한다는 것**을….

결코 무시하는 게 아니다. 남들도 다 자기 같은 줄 아는 거다. 이래서 천재와 바보는 한 끗 차이라는 건가 계속 생각이 들었다. 그렇게 나에게 충격과 새로운 변화를 선물해 주고 은따는 2,000만 원을 모아 조용히 퇴사했다.

그 후 연락을 자주 했는데 은따의 어머니는 아들의 모습을 보고 싶다고 퇴원하시고 은따는 어머니방에 컴퓨터를 두고 소설을 쓰기 시작했다. 한 달이 채 안 되어 60편을 쓰고 그것을 10편까지 문X아에 올렸더니 중국업체에서 연락이 왔다고 한다. 그쪽에서 올린 글 판권을 사 가는 대신 올렸던 글은 내리고 60편을 전부 넘기는 조건으로 2,500만 원을 받게 되었다고 했다. 당분간 돈 걱정은 없게 되었는데 자신보다 어머니가 더 좋아하시는 것 같다고 했다.

'나도 이거 때려치우고 글이나 쓸까?'

생각이 들었지만 나는 안다. 저건 은따니까 된 거다. 60편 이후 반응을 보고 다시 연재 연락이 올 수 있어 그 뒤 60편을 더 만들어 놓고 다른 글을 쓸 거라고 했다.

얼마 후 은따가 울면서 전화가 왔다. 어머니가 돌아가셨다고 했다. 늦은 밤이고 새벽 출근이라 갈 수가 없었다. 다음 날 가려고 연락을 해도 연락을 받지도 않고 갈 준비 다 하고 기다리는데 연락이 오지 않았다. 은따가 다시 연락이 온 것은 한참 후였다.

"형. 저 다시 입사하게 말 좀 해 주세요."

충격적인 전화였다. 쓰던 글은 어떡하고 니가 여길 다시 오냐고 묻자. 글을 못 쓰겠다고 했다. 멘탈이 나간 것 같았다. 회사 대장님께 말씀드리자 불가하다고 했다. 나갈 때 갑작스럽게 나가 버려 그런 일이 다시 일어날지도 모른다는 이유였다. 온갖 말로 설득도 하고 식사 자리도 갖고 할 수 있는 것을 다 해 보았지만 결과는 변함이 없었다.

이 사실을 은따에게 알렸다. 그리고 그냥 형이랑 잠시 같이 있으면서 생각해 보는 것은 어떻겠냐고 물었다. 답이 없었다. 나는 이 일로 회사에서 마음이 떠 버렸다. 은따에게 연락해서 어떻게 지내는지 물어도 그냥 잘 지낸다는 거짓말만 들었다. 뇌회로가 정지된 것이 아닌지 의심스러웠지만 한 번 만나자고 가겠다고 어디로 갈지 물어도 나중에 보자는 대답만 하고 갈 곳을 알려 주지 않았다.

그 뒤 동네 해장국집에서 일을 한 지 한 달이 좀 안 됐다는 연락이 왔다. 웬 해장국집이냐고 묻자 길가다 구인공고 보고 들어갔다 했다. 일을 하는데 생각이 줄어들어 너무 좋은 것 같다고 했다. 목소리는 전혀 좋아 보이지 않았다. 얼마 뒤 사장님이 자기 딸이 은따와 동갑인데 자꾸 만나 보라 해서 퇴사했다는 말 같지도 않은 소리를 하고 외국을 가 보고 싶다며 그렇게 아무런 목적 없이 외국으로 떠났다.

그 후로 1년에 3~4번씩 안부 전화는 오는데 무엇을 하는지 물어도 어딘지 물어도 알려 주지 않았다. 내가 연락을 하면 받지 않거나 한두 달 후에 연락이 왔다. 한 번 보자고 부탁을 해도 보는 것은 힘들 것 같다는 말만 했다. 그래도 내가 무슨 일을 하면 언제든 돕겠다는 공수표만 날렸다. 종종 생각나면 톡을 했는데 어느 순간부터 1이 지워지지 않았다. 전화를 걸어도 받지 않았다.

내 안의 목소리에 물었다. 잘 지내고 있다고 한다.
내 연락을 피하는 이유를 묻자. **날 생각하면 어머니가 떠올라서**라고 했다. 연락이 오기만을 기다렸다. 그러나 그 후 몇 년이 지난 지금까지 연락이 없다.

은따는 나에게 많은 것을 선물했다. 은따를 만난 후 나는 일을 즐겁게 하게 되었고 사람들을 관찰하는 것이 목적이 있어서가 아니라 재미로도 할 수 있게 되었다. 그리고 꾸준히 책을 읽기도 하고 사기도 해서 이제는 은따가 오면 은따의 거짓말 같은 기억력을 테스트해 볼 책이 집에 100권 가까이 있다.

즐거운 일을 찾아보는 것은 생각만큼 쉽지 않았다. 일상이 반복되고 나쁘지 않자 마음이 달라졌다. 굳이 지금도 괴롭지 않고 즐겁기 때문인 것 같았다. 어느 날 도서관에 앉아 책을 보다 글 쓰는 방법에 대한 책을 읽었다.

'재미있겠는데?'

그리고 뜬금없이 쉬는데 웹소설 하나가 눈에 들어왔다. 정확히 24시간 만에 현재 나온 부분까지 다 읽었다. 그리고 나도 써 볼까 하고 내 이야기를 적어 나갔다.

은따 이야기를 할 때 알았다. 은따가 내게 해 보라고 했던 것 2번째가 이것이었다. 이 글을 은따에게 바친다.

고마웠다. 은따야. 잘 지내고 있을 거라 믿는다.

덕분에 아직까지 아무 문제 없이 잘 지내고 있다. 기회가 된다면 형이 이번에는 밥 한 번 사 줄게. 밥만….

네가 잘 지낸다면 나도 상관없다. 네 마음 편할 때 연락 주면 언제든 형은 모든 일 제쳐 놓고 밥 사 주러 갈게. 이 글은 형이 너에게 하지 못했던 정말 사소한 내 삶의 이야기이다. 은따 니가 해 보라고 했던 것을 10년 만에 했다. 늦어서 미안하다. 그때는 차마 할 수가 없었다.

이 글이 너에게까지 닿을지 모르겠구나. 시간이 많이 흘렀지만 보고 싶은 것은 어쩔 수 없는 것 같다. 내 이야기는 내가 패배하는 순간까지 현재 진행형이다. 내 성격 알지? 나 안 지니까 너도 네 즐거운 일 하며 잘 살아가고 있어라.

24. 택시기사

아버지가 출소하신 후 내 자취방에 들르셨다.

여분의 옷이나 속옷 양말을 안 챙겨 오셨으니 들르신 게 맞다. 목적은 멀쩡한 회사원이었던 아들이 골프장 캐디가 된 것이 못마땅하셨던 어머니의 명을 받고 설득을 하러 오신 것. 더불어 집으로 돌아오게끔…. 아버지는 회색빛으로 어두워 보였다. 좋을 수가 없었을 거라 생각해 계시는 동안 마음 편히 쉬다 가시라 했다.

그때 마침 나는 이미 여러 시즌이 나온 드라마를 보고 있었는데 같이 보다가 아버지가 이거 어떻게 처음부터 보는 거냐 하셔서 알려 드렸다. 시즌1 첫 편부터 정주행을 시작했다. 첫날은 잠도 안 주무시고 보셨다. 그렇게 시작된 정주행은 4일이 지나서 끝이 났다. 끝나면 가실 줄 알았는데 안 가고 계속 내 방에 머물러 계셨다. 근데 왜 안 가냐고 물어볼 수가 없었다. 어머니한테 전화가 오면

"안 옵니꺼?"

"아들이랑 놀고 있어!"

"운제 올라꼬예?"
"모르겠는데?!"

"예, 알겠심더. 밥 잘 챙기묵고 잘 놀다 꼭 같이 오이소."

하고 끊고는 계속 나는 일하고 아버지는 내 자취방에 머물러 계셨다. 속옷, 양말 사러 가자니까 귀찮다며 그냥 내 속옷, 양말 같이 썼다.

그런데 식사하러 나가자 해도 귀찮다고 너나 갔다 오라 하시고 식사도 밥이랑

반찬가게에서 사 온 밑반찬 다 있는데 손도 안 대셨다. 라면 끓이는 것도 귀찮은지 생라면을 부셔서 드시면서 나가재도 안 나가고 계속 TV만 하루 종일 보시는 거다.

'가만히 있는 게 습관이 되셨나 보다.'

같이 있는 시간은 좋았다. 그러나 어두운 빛으로 보이는 아버지께 무언가 도움을 드리고 싶었다. 그리고 이렇게 안 움직이시다가는 안 될 것 같았다. 나는 내가 일하는 골프장에 딸린 아웃도어 연습장을 직원 특가로 아버지께 끊어 드렸다. 3만 원인가 했다. 게다가 그때는 우리 쪽 사람들이 관리해서 시간도 무제한이었다.

그렇게 아버지와 함께 출근해서 난 일하고 끝나면 같이 퇴근했다. 밥도 원래 직원 외에는 들어오면 안 되는 곳인데 식당의 이모님들께 말씀드리니 자기가 여기 책임자인데 누가 뭐라 할 거냐며 얼마든 모시고 와서 같이 식사하라 하셔서 조용히 같이 회사에서 밥도 자주 먹고 들어왔다.

팀 수가 적은 날 동료 선배들과 함께 내가 일하는 골프장에서 라운딩도 몇 번 했다. 원래 캐디만 되는데 '아버지 안 끼워주면 나도 안 친다' 했더니 모시고 오라 해서 같이 쳤다. 그 선배들이 아버지 비용을 자신들이 대신 내주겠다며 저렴한 가격으로 급하게 나온 인근 다른 곳도 같이 갔다. 그동안 마음고생, 몸 고생 심하셨을 텐데 이 기간 동안만큼은 조금이나마 움직이고 활동할 수 있도록 나름 고민한 결과였다.

아버지는 어느새 처음 오신 목적은 까맣게 잊고 내가 만든 그 세상에 빠져들어 갔다. 그런데 한 달, 두 달, 세 달이 지나도 집에 안 가셨다. 가더라도 당일에 돌아오셨다. 시간이 지나니 문제가 있었다. 난 길어 봐야 한두 달 생각했었다. 난 예전의 아버지가 아니라 버는 돈이 그런 생활을 유지할 만큼이 되지 않았다. 아버지 공장 부도 여파로 내 은행권 빚도 있었다.

그래서… 꾀를 부렸다.

'아버지가 하실 만한 일을 찾아 드리자!'

연세가 있으시니 심플하지만 시간과 약간의 노력을 바치면 돈으로 바꿔 주는 것이 무엇이 있을까 내 안의 목소리와 대화하며 연구했다. 그러자 3가지 정도가 나왔다. 그걸 그 당시 계산한 좋은 교환 순서에 따라 설명하자면…

1. 파파라치 - 그 당시 160만 원을 내고 2달 교육을 받고 정의 구현을 하는 것이다! 지금 X배헌터처럼 잘못된 것을 잘못되었다 말하며 이 나라의 법질서를 유지시키고 그로 인해 본인은 수익을 올리는 나쁘지 않은 일이라 생각되었다.

2. 실버 캐디 - 전적으로 플레이를 돕는 것이 아닌 운전과 간단한 안내 수준의 카트 운전.

3. 택시기사 - 운전은 도가 텄고 한 지역에서 오래 살아 동네는 빠삭하지만 투자 시간 대비 페이가 안 좋다는 이유로 3위.

이렇게 3가지 제안서를 가지고 아버지께 갔다. 자신이 일구었던 자식 같은 회사의 몰락과 오랜 어두운 곳의 생활로 처음에는 많이 어두웠는데 약간의 회색빛 정도로 많이 밝아졌을 때였다. 파파라치를 설명하며 시간 대비 수익이 가장 나은 것 같다고 말씀드렸다. 1번 제안을 말씀드리자마자 보시고는 말씀하셨다.

"난 싫어."

"왜? 카메라랑 컴퓨터 못해서? 거기 60대들도 있대. 다 잘 알려 준다는데?"

"남의 안 좋은 부분으로 먹고사는 게 싫어 난."

'!!!!!!!!!!!!!!!!!!!!!!!'

더 이상 말을 이어 갈 수 없었다. '그게 그렇게 생각할 수도 있구나…' 아버지는 하면 하는 거고 말면 마는 성격이다. 한 번 안 한다 하면 아예 안 한다. 그런데 갑자기…

"2번은 어떻게 하는 거냐?"

하셨다.

"호오! 2번! 그래, 실버 캐디!"

그래그래! 움직이는 게 낫지! 몸을 움직여야 건강해지고 몸이 건강해야 정신도 건강해지니까!!! 사실 2번과 3번은 비슷한 일인데 일하는 장소만 조금 다르다는 설명을 했다. 2번은 여주 이천의 골프장이 될 것이고 3번은 수원이다. 그랬더니

"2번 진행시켜!!!"

하셨다. 같이 가서 증명사진 찍고 실버 캐디 모집하는 골프장에 원서를 냈다. 아버지는 수원 집으로 가 면접에 통과해 일을 시작했다. 그런데 몇 개월 지나다 보니 실버 캐디는 페이가 너무 안 좋고 생각보다 일이 없다는 장벽에 부딪혔다. 점점 일이 줄어 나중에는 일주일에 1회 출근하는 지경이 되었다.

난 많은 빚을 지고 있어 부수입을 올리기 위해 캐디 관련 물건을 인터넷으로 팔고 있었다. 일은 주문 들어오면 주소 확인해서 택배 상자에 넣어 보내면 끝인 정말 쉬운 잡무였다. 내 자취방에 오셨을 때 그 작업을 아버지가 도와주셨는데 실버 캐디 수입이 너무 낮아서 그걸 가져가 수원에서 하시고 들어오는 돈은 아버지 쓰시라 했다. 그러던 어느 날 택배 보내러 가다가 집 바로 앞에 있었는지도 몰랐던 큰 택시회사를 스스로 발견하셨다!

'어라? 동○교통? 이런 게 있네…?'

"아들 이런 회사가 집 앞에 있더라 이거 니가 말한 3번 아니냐? 어떨 것 같냐?"

난 잠깐만 기다려 달라고 하고 내 안의 목소리에 물어봤다.

[들어가서 사무실 안에 있는 사람과 이야기하고 밖에 커피 마시는 곳에 사람들과 대화를 해 보라 하라.]

그렇게 들리는 말을 그대로 전달했다.
그리고 다음 날 전화가 왔다.

"아들! 나 취직됐다!"
"오! 벌써?"

현재 아버지는 9년째 택시기사로 일하시는 중이다. 시간을 돈으로 바꾸는 교환 비율이 더 나은 것을 생각해 보고 싶었지만 일단 내 앞길이 구만 리였다. 내 안의 목소리가 한 말에 따르면 저건 큰 욕심 없으면 죽을 때까지 하실 수 있을 거고 하다 보면 또 요령이 생겨 점점 편해지시리라 했는데 적중했다.

그리고 정말로 요즘은 요령이 생겨 늦잠 자고 스을 가서 필요한 만큼의 고기만 잡아오신다 한다. 나는 아버지 닮은 게 있는데 나는 아침에 처음 흥얼거리는 노래를 출퇴근에 1곡 반복으로 틀어놓았다. 이건 와이프와 같이 살기 전까지 계속되던 루틴인데, 박상과 살 때는 박상이 정신병 걸릴 것 같다고 제발 10곡으로 늘려 달라고 빌어서 넉넉하게 13곡까지 늘려놓았다.

마찬가지로 와이프도 고통을 호소해서 이제 운전할 때는 노래를 안 듣고 집에서 노래를 듣고 싶으면 혼자 이어폰으로 듣는다. 1곡 반복 재생으로. 이건 병명으로도 이미 있는 질환이라 했다. 뇌의 어느 부분의 손상을 받은 사람은 그 행동을 24시간 계속 반복한다고….

근데 그게 유전 말고 환경에 의한 문제도 있는 것 같다. 내가 아는 뇌에 손상을 받은 사람들은 발음이 꼬이거나 어눌해진다. 박상 어머니가 그렇다.

25. 멀쩡한 박상 엄마 1

나는 어릴 때 박상네 놀러 가면 박상 어머니는 원래 발음이 그러신 줄 알았다. 항상 혀가 꼬인 것같이 말씀을 하셨다. 원래 사람이 소주를 많이 마시면 마신 사람뿐 아니라 온 집 안에 술 냄새가 막 나는 게 정상 아닌가? 근데 박상 어머니는 아무리 많이 드셔도 다른 사람들에 비하면 냄새가 거의 안 났다. 신기할 정도였다.

박상 어머니네 친정집은 몹시 가난했었다. 알코올 중독이라는 게 무서운 게 박상 외할아버지가 술을 하루 종일 드셨다 한다. 박상은 어릴 때 외가댁 모임에 가는 것을 엄청 싫어했다.

"가면 술만 마셔."

"야, 그건 누구네나 다 그러는 거 아니야? 우리도 엄청 많이 마셔!"

"아니야. 넌 몰라! 잘 때 빼고 계속 마신다니까?"

"우리도 그래!!!"

"아, 그 정도가 아니라고!!!"

"얼마나 마시는데?"

"그냥 올 때 다 궤짝으로 사 오는데, 금방 없어져 또 사러 가."

난 그 당시 어린이라 궤짝이 얼마만큼 많은 양인지 개념이 없었다. 그냥 박상은 지기 싫어하니까 '그래 니네가 짱이다!' 뭐 이렇게 생각했는데 커서 보니 이게 큰일이 난 거였다. 어느 날 밤이었다. 박상에게 전화가 걸려 왔다!

"야, 나 지금 간다!"

"뭐야! 너 어딘데 지금이 몇 신데. 나 내일 일 가야 돼! 오지 마! 야 지금 오면 몇 신데? 뚝!"

'와 미X놈!'

'오든 말든 난 자면 되지 뭐.'

처음엔 별 생각이 없었는데 느낌이 이상했다. 그래서 내 안의 목소리에게 무슨 일이지 물어봤다. 희한하게 나와 연관된 일이 아닌데도 목소리가 들리지 않았다. 무응답. 조마조마한 마음으로 박상이 오기만을 기다렸다. 벽걸이 시계 초침이 유난히 천천히 움직이는 것처럼 느껴졌다.

'떵또웅!'

'하아 드럽게 늦게 오네!'

나는 이미 기다리는 시간 동안 어떻게 해야 할지 생각을 어느 정도 해 놨다.

"하하하, 왔나? 웬일이래?"

아무렇지 않은 척 어색한 연기를 했다. 난 연기, 거짓말 이런 거에 재능이 없다. 티가 심하게 난다고 한다. 눈이 뭐 어쩐다나. 박상은 들어와서 침대에 털썩 눕더니 대답도 안 하고 계속 한숨만 쉬었다.

"하아… 후우… 하아…."

"오면서 혼자 생각 많이 했을 거 아니야? 뭔데 왜? 말해 봐."

"하아~"

답답했지만 기다려 줬다. 박상은 큰 사고를 치지 않는다. 딱 2번! 동생이 놀리고 방으로 들어가서 방문 안 연다고 주먹으로 나무 문을 다 때려 부숴서 구멍 낸 거랑.

고등학교 2학년 때. 내가 박상이네 학교 어떤 애랑 시비가 붙었다. 그 당시 여자친구랑 데이트 하는데 사람이 많은 곳에서 길이 좁아 박상이네 학교 학생 무리 중 하나랑 어깨빵을 했다. 아마 내가 모르고 그냥 갔을 거다. 아름다운 여인에게 정신이 팔려 있으니까. 바빴을 거다. 그런데 그 친구가 다가오더니 먼저 막 쌍욕을 했다.

원래라면 싸웠어야 하는 상황이었지만 '여자친구 눈에 내가 원시인이나 폭력배로 보이면 어떡하지?' 하는 생각이 들었다. 이건 누가 책임지지도 못하고 100% 내 손해였다. 그래서 화는 나는데 폭력적인 모습을 보여 줄 수는 없었다. 비아냥과 조롱과 욕설에도 어른스러운 척 다 듣고 사과를 하고 집에 왔는데 부글부글거려서 도저히 잠을 잘 수가 없었다. 아무래도 사과 한마디 정도는 받아야 할 것 같았다.

그래서 박상한테 전화를 걸었다. 오늘 있었던 일을 설명하며 XXX 아냐고 이야기하니까 자기네 반이라고 했다. 자기가 잘 이야기해서 니가 말한 자초지종이 맞는지 확인해 보고 맞으면 나한테 욕한 것에 대한 사과 전화하라 하겠다 했다.

박상은 타인의 말은 곧이곧대로 믿어도 가까운 사람들은 안 믿는다. 내가 이야기를 했는데도 상대방에게 사실여부가 확인이 되면 전화를 하게 해 주겠단다. 박상은 자신이 포청천인 줄 아는 것 같았다. 난 박상 성격을 잘 안다. 싸우는 것을 3번 직관했다. 1번은 아쉽지만 직관을 놓쳤다. 박상은 싸울 때 상대를 때려눕혀 승리하겠다는 목적이 아니라 상대를 죽이겠다고 싸운다. 얘랑도 싸우면 안 된다.

박상이 인내심의 한계를 넘어 싸움을 시작하고 어느 정도 지나면 상대가 아무리 나쁜 짓을 했든 간에

"야! 박상! 그렇게 때리면 애 죽어! 그만해!"

하고 가서 말릴 수밖에 없었다. 그래서 나는 박상에게 당부를 했다.

"야 니가 때리지 마! 때려도 심하게 때리면 안 돼!"

그러자 박상은

"내가 너냐? 난 너처럼 누구랑 안 싸워."

라고 했다. 박상은 내 아버지나 성용이처럼 자신의 입 밖으로 뱉은 말을 못 지키는 것을 본인이 용납을 못하는 성격이다. 사람은 콜라 1.5리터를 한 번에 다 마실 수 있다 없다를 이야기하는데 옆에서 듣던 박상이

"될 것 같은데?"

하더니 콜라 1.5리터 원샷하고 30초 넘게 트림한 적도 있다.

"꺼어억. 헉헉 거 봐. 꺼어억 되잖아! 꺼어억 허억 허헉."

이런 놈이었다. 그래서 믿고 기다렸다. 다음 날 학교가 끝나 집에 올 때까지 전화가 안 걸려 오고 아무 연락이 없었다. 박상한테 어떻게 되었는가를 묻자

"어? 그거? 어, 뭐. 그냥…."

하고 얼버무리는 것이었다. 순간 뭐가 잘못되었다 감지되어 그 학교 다니는 다

른 친한 친구한테 물어보니 박상이 XXX를 심하게 때렸다 했다. 나는 XXX가 걱정되었다. 맞을 짓을 했어도 박상한테 맞으면 안 된다. 박상 인내심의 선을 넘긴 거였으면 큰 사고가 났을 것 같았다.

그 밤에 바로 박상이네 집으로 찾아갔다. 말로 하려고 했는데 나한테 했던 것처럼 욕을 하고 비아냥거렸다고 했다. 그래서 내 대신 몇 대 때렸다는 말도 안 되는 소리를 했다.

'지가 열받아서 때려 놓고 날 위해서라고?'

다음 날 어제 싸웠다는 소식을 알려 준 친구를 통해 그 XXX가 입원했다는 소식을 들었다.

'잉?'

어떻게 때렸길래 입원한 건지는 아직도 모른다. 보지는 못했지만 이것 역시 싸운 게 아니라 죽이려 한 게 맞을 것 같았다. 난 수혁이랑도 싸울 생각이 없지만 박상이랑도 싸울 생각이 없다. 그런 성격의 박상이 내일 나는 출근해야 되는데 어두운 녹색 벽지로 된 내 자취방에 밤늦게 갑자기 찾아온 거다. 말을 안 하고 한숨만 쉬던 박상이 드디어 입을 열었다.

"나 아까 너한테 전화했을 때 죽으려고 한강 갔었어."

"뭐?"

놀라서 되물었지만 내 눈에는 보이는 게 있었다.

'응? 너 뿌옇게 안 보이는데? 거짓말이거나 오다 죽을 생각은 사라졌구만?'

다시 박상을 잘 보니 뿌옇지는 않은데 심히 어둡게 보였다. 보통 일이 아니라고 생각하고 침착하게 말했다.

"야, 니가 죽을 일이 뭐가 있어?"

박상이 천천히 자신의 이야기를 시작했다.

어머니가 술을 안 드시겠다고 약속하셨는데 매일 만취해서 배 째라는 게 너무 화가 나 이성을 잃고 때렸다는 것이다. 정신을 차리고 보니 놀라서 119에 신고를 하고 동생에게 전화해 사과한 후 자신은 죽으려 한강을 갔다는 것이다. 그런데 마지막으로 내 생각이 났다고 했다.

심장이 쿵쾅쿵쾅거렸다. 마음속으로 누구에게 하는 욕이 아닌, 대상이 없는 욕이 계속 되뇌어졌다. 얼마의 시간이 흘렀는지 모르겠다.

'내가 침착해야 하는데 일단 상황부터 확실히 파악하자!'

바깥으로 전화기를 들고나왔다. 박상 동생에게 전화했더니 울면서 전화를 받았다. 다행히 타박상은 있지만 엄청 심각하신 것은 아니라는 이야기를 들었다. 박상은 나한테 왔으니 걱정하지 말고 무슨 일 있으면 바로 나에게 연락 달라. 어머니 잘 돌봐 드리고 있으라 하고 끊었다.

뇌회로가 고장나는 바람에 다음 해야 할 것을 생각하느라 밖에서 혼자 30분은 넘게 있었던 것 같다. 다음으로 회사에 전화를 걸었다.

"저 어머니가 입원하셔서 내일 출근 못 할 것 같습니다."

내 어머니가 박상 어머니고 박상 어머니도 내 어머니 같은 존재니까 '친구' 2글자 정도는 생략하고 말했다. 고맙게도 일 잘 보고 연락 달라 했다. 나는 내 따귀를 꽉꽉 때리고 집으로 들어갔다. 지금 어머니가 계신 응급실을 가 봐야 박상은 자괴감이 들 거라 생각했다. 그렇다고 여기 죽치고 있어봐도 답은 안 나올 것 같았다. 박상은 예전의 나처럼 '이천' 같은 장소가 필요할 거라 생각했다.

'근데 난 이천은 왜 갔지?'

그때 네비도 없이 정말 아무 생각 없이 그냥 창문 열고 바람 쐬면서 발 닿는 곳이 거기였다.

'정말 아무 이유가 없었구나.'

그러나 혼자 골방에 갇혀 있다고 나아지는 것은 없었다. 나가야 한다. 환기를 시켜야 할 것 같았다. 나는 박상에게 말했다.

"야 나와!"

"왜. 나 밥 안 먹어."

"지X하지 말고 나와."

그리고는 내 차로 가 고속도로를 탔다. 둘은 아무 말도 없었다. 난 배가 고팠다. 뭘 먹어야 했다.

"야, 나 배고프다. 뭐 좀 먹어야겠다."

휴게소로 들어가며 말했다. 박상은 안 먹겠다 해서 나는 라면 하나를 혼자 시켜 먹었다. 그동안 박상은 밖에 있었던 것 같다. 창문을 열고 바람을 쐬며 말문도 트이니 조금씩 이것저것 이야기를 하게 되었다.

박상에게 밥 몇 시에 먹었는지를 묻는 별거 없는 이야기로 시작했지만 어느새 열린 창문 때문에 대화가 안 들려 창문을 닫았다. 그렇게 우리는 고속도로의 끝인 부산에 도착할 때까지 쉬지 않고 이야기를 나누었다.

그때부터 3일. 부산에서 박상을 이리저리 데리고 다니며 내가 먹고 싶었던 맛집들을 갔다. 밀면을 먹고 해운대에 갔다가 그 앞에 뭐 파나 구경도 하고 태종대 갔다가 돼지국밥도 먹었다. 박상은 뇌가 멈추었는지 아무런 말 없이 그냥 내가 하는 것을 따라 돌아다니고 먹고 구경했다. 그렇게 3일째 드디어 박상이 의견을 말했다.

"신일아! 여기 맛집이래 가 보자!"

"해산물이잖아? 랍스터? 둘이서 무슨!"

생각해 보니 박상이 여기 와서 처음으로 자기가 먼저 먹자고 말하는 거였다. 그래서 꾸역꾸역 갔다. 우리 부모님보다 연세가 많은 분들만 계셨고 우리만 유독 어렸다. 난 해산물을 싫어한다. 비싸고 맛 하나도 없는 랍스터와 전복죽. 바다 생물들이 나왔다. 순서대로 나오는 것을 숟가락만 댔다가 저녁에 뭐 먹을지 생각했다. 그리고 맛있게 먹고 있는 박상을 봤다.

'이제 돌아가도 되겠다.'

그렇게 자취방으로 올라왔다. 그런데 박상이 집에 가지 않았다.

"야! 이제 궁상 그만 떨고 올라가!"

박상은 올라갈 자신이 없다 했다. 올라가서 자기랑 피자집 일하고 같이 좀 있어 달라고 했다. 별거 아닌 것처럼 말했지만 분명 많은 생각을 하고 한 말이었을 것이다. '근데. 나는… 너랑 나랑은 입장이 많이 다른데' 하는 생각이 들었다. 다시 천천히 차근차근 생각해 봤다. 저 경험을 안 해 본 사람은 몰라도 나는 알았다.

'만약 그때 박상이 잘못된 선택이라도 했다면? 예전에 나같이 몇 개월간 골방에 갇혀 점점 배터리가 빠져 나간다면? 난 지금 어떠한 선택을 해야 할까?'

이때 난 조금 더 신중하게 선택을 해야 했다.

26. 멀쩡한 박상 엄마 2

같이 올라가자는 박상의 말.

'그래! 내가 있다면 박상은 더 빨리 회복되겠지. 그리고 예전의 나처럼 혼자 있는 것보다 둘이 있으면 좋을 거야. 돈이야 뭐 박상이 알아서 챙겨 주겠지. 가자! 그래, 가는 거야!'

갑자기 갈 마음을 먹으니 출근하기가 싫어졌다.

'날 믿고 기다려준 곳인데 그래도 잘 마무리해야지.'

잘 정리해야 했고 짐도 챙겨 와야 했다. 난 또 박상 어머니를 팔았다.

"아무래도 (박상) 어머니 상태가 심상치 않아 일을 할 수가 없습니다."

2글자를 생략하는 사기를 치고 짐을 정리해서 집으로 돌아왔다. 같이 일하던 동료들이 내가 퇴사한다는 소식을 듣고 아쉽다 해서 그날 밤은 송별회를 하고 왔다. 그런데 박상은 집으로 갈 생각이 없는 것 같았다.

"야! 올라가자! 여기 있어 봐야 시간만 날리는 거야!"

"알겠어. 근데 내일 가자."

"그래? 그럼 내일 짐 싹 정리해서 가는 거다?"

그러나 다음 날도 예상대로 안 갔다. 아니 올라가기가 두려운 건지 귀찮은 건지 아무리 가자고 해도 대답도 안 했다. 이달까지 방 빼주기로 했으니까.

"에라 모르겠다. 니 마음대로 해라. 같이 놀자! 놀지 뭐!"

하고 일주일쯤 놀았다. 그러다 박상이랑 밖에서 저녁을 먹다가 회사에 내가 퇴사한다고 말씀을 드렸던 대장님을 만났다.

"야, 너 왜 여기 있어?"

"짐 정리하고 방 빼러 친구랑 (한참 전부터) 왔다 밥 먹으러 왔습니다."

"아. 그런 거구나? 어머니는?"

이렇게 두 번째 사기를 쳤다. 아마 내 눈동자는 내가 거짓말을 하고 있다는 걸 알렸을 거고 상대도 짐작으로 알고는 있었을 거라 생각한다. 거짓말을 하면 안 된다는 것을 알지만 그렇다고 사실대로 말하는 것도 곤란한 상황이었다.

무언가를 의도적으로 숨기는 것도 거짓말이 될 수 있다는 것을 알았다. 그리고 거짓말은 계속 꼬리에 꼬리를 물게 되는 것 같다.

"야! 이제 여기서 못 있겠다. 진짜 가자!"

이렇게 힘들게 짐을 빼서 올라갔다. 상황은 생각보다 나쁘지는 않았다. 박상 어머니의 빛이 밝지도 어둡지도 않은 것이다.

'어라? 엄청 어두우실 줄 알았는데?'

예상이 어긋났다. 어머니는 나에게 미안해하셨다. 그리고 박상한테도 미안하다며 먼저 사과를 하셨다. 박상은 무뚝뚝하게

"아니야 내가 잘못했어. 내가 잘못한 건데 엄마는 술만 안 마시면 돼!"

하고 퉁명스럽게 말했다.

"그래그래. 아들. 엄마가 미안해."

이렇게 해결이 되는 듯했다.

'그럼 난 왜 온 거지?'

갑자기 좀. 멍쪘다. 잘 되어 좋긴 한데 무언가 잘못되었다.

'세상은 넓고 일자리는 많으니까! 퇴사가 의리였고 올라오는 게 의리지! 뭐 박상이 잘되는 게 목표였는데. 빠르게 정상화되면 좋은 거잖아?'

그렇게 생각하고 말기로 했다. 어머니는 퇴원해서 집에 계셨다. 쓰리룸 빌라인데 박상이랑 나는 작은방에 낑겨서 자고 어머니는 큰방에서 주무셨다. 제일 작은 방 하나는 옷방이었다. 어머니는 우리 밥을 차려 주셨다.

박상은 어머니 술 못 드시게 감시한다고 집에서 하루 종일 컴퓨터 게임을 하고 있었고 나 혼자 박상네 피자집에서 배달을 하게 되는 이상한 상황으로 일이 돌아가게 되었다. '이게 맞나?' 생각이 들었지만 '의리!'로 나도 '쉬엄쉬엄' 일했다. 그러던 어느 날, 어머니는 박상이 자는 걸 확인하고 몰래 나가 엄청난 양의 술을 사 와서 드셔 버렸다. 그날 저녁 퇴근하고 왔더니 혀가 꼬인 어머니가

"왔니?"

하시는데 깜짝 놀랐다. 밝지도 어둡지도 않았던 어머니가

검. 게. 변. 했. 다.

그리고 박상도 검은색으로 보였다. 더 이상 자신은 안 되겠다며 박상이 동생에게 도움을 요청했다. 다음 날부터 결국 어머니는 동생네서 지내시기로 했다. 자! 이렇게 일은 끝났다. 나는 박상에게 말했다.

"자, 이제 진짜 나 없어도 되잖아? 그지? 난 이제 가면 되겠다. 동생이야 조금 힘들겠지만 괜찮을 거야! 환경이 바뀌었으니까!"

나는 있던 곳으로 돌아갈 준비를 했다. 그런데 매일매일 여동생에게 전화 왔다.

엄마 술 드셨다고. 엄마 또 술 드셨다고….
엄마 또 술 드셨다고… 엄마 또 술 드셨다고….

술을 마신다고 색이 확 검게 변하는 게 궁금해서 내 안의 목소리님께 물어봤다.

'아니 이건 좀 말이 안 되는거 아니에요? 왜 박상이 어머니만 검게 변해요?'

[양이 문제다.]

'양이요?'

[네가 저렇게 마셔 볼래? 그럼 알 수 있을 거야.]

'그럼 어떡해요?'

[병원을 가. 강제로 격리 6개월]

'헉. 격리요?'

[그렇다.]

난 이 말을 듣고 속으로 생각했다.

'이거 어떡하지? 나 이 말을 박상한테 어떻게 하지?' 이런 생각을 하고 있는데 다음 날 바로 말을 할 기회가 찾아왔다.

"아이 씨X 진짜! 아 나보고 어쩌라고!!!"

실시간으로 박상이 점점 어두워지며 검게 변해 가고 있었다. 박상이 회색에서 순식간에 검어졌다. 그리고 더 놀란 건.

점점 박상이 뿌옇게 보였다.

'아. 저렇게 되는 거구나….'

난 그냥 두고 볼 게 아니었다. 뿌옇게 되는 것은 안 된다. 선이 넘어갔다고 생각했다. 전화로 욕을 하고 있는 박상의 전화기를 뺏었다. 나와 통화를 하자 잠시 후 여동생의 목소리는 금방 다시 돌아왔다. 나는 오늘 해결책이 있을 거고 이제 내일부터는 너 힘들지 않게 해 줄 수 있을 것 같으니 오늘 하루만 고생하라고 하고 끊었다.

박상은 아직도 뿌옇게 보이면서 씩씩거리고 있었다. 속으로 내 안의 목소리에게 물어봤다.

'저 지금 박상이 뿌옇게 보이는 게 살의를 느껴서죠?'

[그렇다.]

나는 한숨을 쉬며 속으로 말했다.

'네. 그럼 저 전달할게요. 하신 말씀'

[잠깐! 뿌옇게 보이는 게 돌아오면.]

'네? 보이는 게 돌아와요?'

[…]

더 이상의 답은 없었다.

'하긴 변할 때 급하게 변했으니 돌아오는 것도 금방 돌아올래나?'

생각하며 잠깐 핸드폰으로 딴짓을 하다 보니 어느새 박상은 또렷하게 보였다.

"야, 잠깐 이야기 좀 해!"

하고 나는 내 안의 목소리가 해 준 말을 박상에게 전해 주었다. 다음 날 박상, 동생, 여행 간다고 생각하시는 어머니를 내 차에 태웠다. 그렇게

난 내 친구의 어머니를

병원에 강제로 입원시켰다.

27. 박상 할아버지가 부자인 이유

박상은 부자다.

정확히 이야기하자면 박상 할아버지가 부자였다. 박상 할아버지 집은 지금 유네스코 세계문화유산으로 지정된 수원 화성. 그 바로 앞에 있었다.

박상 할아버지는 어떤 제안을 받았다. 아주대 앞에 새로 지은 7층짜리 쌍둥이 빌딩 주인분이 그 빌딩 2개랑 할아버지 집을 바꾸자는 제안을 했다. 난 이야기를 들었을 때

'이게 말이 되나? 집 위치가 좋으면 얼마나 좋을 거고 또 크면 얼마나 크다고?'

난 박상 할아버지 댁을 많이 가 봤다. 그냥 옛날 마당 있는 집이다. 반대로 누가

"집 1채랑 빌딩 2채 바꾸자!"

라고 한다면 웃기지도 않을 거 같았다. 그런데 실제 그 건물주님이랑 아는 사이였고 진지하게 제안한 것이다. 내 추측으로 200억이랑 최대한 쳐줘도 끽해야 10억을 맞바꾸자는 것. 그런데 그런 거래를 하자고 한 이유는 그 집이 '풍수지리상 아주 최고의 명당이라는 것'이다. 빌딩 주인분이 생각하는 박상 할아버지 댁의 가치를 굳이 돈으로 환산하면 190억은 되는 것 같았다.

'한 채로는 어림도 없으니 2채 이야기했을 거 아닐까? 그리고 그 빌딩의 가치를 박상 할아버지가 몰랐을까?'라고 생각했다. 그래야 이 이야기가 말이 되지 않을까 싶다. 귀한 가치를 가진 좋은 터에 집이 있고 그게 박상 할아버지의 집. 그걸 바꾸자는 제안. 나 같으면 일생일대의 기회가 온 거라 생각했을 것 같다. 그래서 그걸 바꿔서 박상 할아버지가 부자였냐? 아니었다….

"난 죽을 때까지 여기서 살 건데?"

하셨단다. 억만금을 줘도 안 바꾼다는 것이다. 박상 할아버지는 원래도 부자였다는 것. 이런저런 사업이 대성공을 하셔서 일찍 재산이 대기권을 이탈하신 거였다.

수원 화성 바로 앞집이었는데 얼마나 앞이냐면 세계문화유산 지정되고 재정비할 때 집이 그 구역에 포함되어 사라졌다. 10 몇억 보상받고 나왔다. 만약 그때 그 거래를 했다면 빌딩주인분 자손들이 지금 박상네를 욕했을 것 같다. 엄청난 가치의 좋다는 터는 현재 다른 집이 들어선 게 아니고 '광장'이다. 싹 밀고 편평하게 만들어 버렸다. 허망한 결론이 아닐까 싶다.

박상이랑 그 빌딩 앞을 같이 지나갈 때면

"그때 할아버지가 이것만 바꿨었어도!"

할 때가 몇 번 있다. 그러면 난

'부자의 욕심은 끝이 없나?' 이런 생각도 들고 '해 질 때까지 금 긋는 땅 너 줄게' 하는 동화도 생각나서

"너 그러다 죽는 거 아냐?"

했다. 그럼 박상은

"아니 아깝잔아…."

라고 했다. 표정에서 정말 아까워한다는 게 보였다. '저거 내 건데.' 하는 표정. 난 풍수지리가 미신이든 토속적인 거든 뭐든 박상 할아버지의 마음이 느껴졌

다. 본인이 잘되기 위해서가 아니라 박상 잘되라고 안 바꾸신 것일 수도 있지 않을까?

이렇게 풍수지리론자일 것 같은 박상 할아버지는 천주교였다. 나는 그 집에 갈 때마다 인사는 드렸지만 어렸을 때라 내 안의 목소리를 경험하기 전이었다. 한참 후 경험하고 나서 박상한테 찾아간 날 알았다. 박상은 살짝 밝은 빛으로 보였다. 그날 내 안의 목소리를 테스트하다가 알았다.

[할아버지가 박상을 위해 기도를 쌓았다.]

라는 내 안의 목소리가 들렸다. 성당 가서서 하느님한테 계속 주기적 클레임 및 가스라이팅을 하셨나 보다. 내 생각에 박상은 빛도 어두움도 아니어야 할 것 같은데 할아버지 때문에 아주 살짝 빛이었다. '될놈될'이고 할아버지는 일찍 죽은 자신의 아들이 낳은 아들을 진심으로 사랑해 기도하셨던 것 같다.

박상이 할아버지 제사 간다거나 할 때마다 그런 할아버지의 마음이 생각난다. 할아버지 덕분인지 박상은 안 좋은 일들이 피해 가는 일이 많다. 나랑은 별로 안 친한 박상 주변 친구들도 시간이 지나면 저절로 이상한 아이들은 걸러지고 꼭 박상 같은 것만 남았다. 유유상종이 맞는 것 같았다.

박상은 남 말에 귀가 얇다. 누가 집을 사두랬는데 갑자기 똘끼가 발휘되어 안 산다고 자기는 걍 '노터치 할 거다.' 했는데 얼마 후에 갑자기 집값 폭락사태가 일어났다. 박상은 큰 2번의 사고가 있었다. 더 크게 다치거나 할 수도 있는데 사고 내용 대비 별 타격 없이 털고 일어나 잘 살고 있다. 내 생각에는 정말 말도 안 된다. 박상은 오토바이 타는 걸 좋아하는 게 아니라 정확히는 질주하는 것을 좋아한다. 풀 악셀.

그런데 딴 생각하다 교차로에서 회전하던 스타렉스 앞부분에 그대로 박아 날아가서 기절했다. 여동생이 소식을 듣고 바로 나에게 전화했다. 나는 울며 전화한 박상의 동생의 목소리를 듣고 마음의 준비를 하고 눈물이 날 것 같은 것을 참으며 병원으로 갔다. 그런데…. 링거 꽂고 누워서 까까를 먹고 있었다.

"뭐야? 타박상이냐? 안 쐈냐?"

"쐈을걸? 와그작와그작 기억이 안 나. 짭짭."

"누구 잘못인데?"

"몰라. 참참 기억 안 나. 와각와각 근데 그 차 개뿌셔졌다는데?"

"미X… 앞으로 오토바이는 다 탔네? 안 아프냐?"

"몰라. 참참."

"까까는 어디서 났냐?"

"동생이 꽈득 꽈득 너 오면 간다는데 빠스락빠스락 가기 전에 나가서 사 오랬어! 참참."

정말 어이가 없었다. 내가 생각에는 뇌만 좀 다친 것 아닌가 싶었다. 가을이라 추워서 옷으로 커버가 되어서 아스팔트에 긁힌 상처도 별로 없었다. 오토바이 타고 승합차로 돌진해 차가 부서질 정도로 사고가 났는데 누워서 까까 먹으면서 TV컨트롤 하고 있었다. '큰 빛이 아니어도 세상 사는 데는 아무 지장없고 될 놈은 되는 거고 케바케' 같았다.

그리고 전 세계에 성당이 있고 교황님이 계신 것도 다 이유가 있구나 생각했다. 나중에 알았다. 할아버지 할머니가 돌아가신 후 박상이 대학교를 그만두고 몇 달 동안 수원에 올라가지 않고 내 자취방에서 같이 살았던 이유.

그 뒤에 나와서 살고 싶다고 같이 방을 구하러 다녔던 이유가 어릴 때 말한 '그
래. 니가 짱이다.' 했던 어머니의 술 때문이었다는 것을. 난 박상 어머니를 병원에
격리 시킨 후 원래도 가난했지만 마음까지 가난해졌다. 원죄마냥 졸업 후 내게
생긴 빚을 매달 일정 수준 갚아 나갔는데 최저시급의 배달 알바만으로는 감당이
안 됐다.

박상은 이미 우리 집이 망한 후 힘들 때마다 충분히 많이 도와주었다. 나는 캐
디 일을 시작하고 난 후 매달 나가야 할 돈이 다 나가고 남으면 박상이네 가서 그
돈을 현금으로 뿌렸다.

"미X놈아 이게 뭐야!"

"뭐긴 뭐야! 내 피땀 눈물이고 시간이지!"

"지X하네. 흐흐… 너 써!!"

"꺼져! 형이 너 부자 만들어 줄게!"

"미X놈… 낄낄"

이렇게 남은 돈을 뿌리는 재미가 있었다. 돈은 뿌릴 때 제 맛! 대신 내가 뿌리
고 내가 주워야 한다. 한 달을 열심히 일한 기분만 내는 거다! 뿌린 돈들을 다시
줍기가 귀찮아서 한번은 5만 원권으로 바꿔 가 봤다. '좌라락 좌라락' 뿌리는 맛이
별로 안 났다. 일을 얼마 안 한 느낌이 났다.

주울 때 좀 수고스럽더라도 이건 만 원권이 많아야 한 달간의 수고로움을 보상
받는 느낌과 쾌감이 커졌다. 내가 뿌리고 내가 주우면서….

"어? 웬 땅바닥에 돈이 이렇게 떨어져 있어? 아싸 돈이다! 박상! 우린 이제 부

자야!!!"

"미X… 크큭"

　이런 짓을 했다. 그렇게 내게 남는 돈은 그 당시에도 하나도 없었다. 그런데 배달을 아무리 열심히 해도 원죄가 너무 무거워 월급이 기본적으로 나가야 할 돈에도 터무니 없이 못 미쳤다. 내야 할 돈이 계속 모자라 박상이 보태줬다. 그렇게 7개월이 흘렀다. 더 이상 안 되겠다는 생각이 들었다. 이렇게 살아갈 수는 없었다!

　결과적으로 나가야 할 돈을 다 막긴 막는데 박상이 보태서 막아 주는 거랑 내가 막고 남는 돈 뿌리는 거랑 느낌이 달랐다. 일하는 시간은 이게 더 많은데 수입은 반 토막이 났다. 게다가 박상은 집에서 게임만 했다. 어머니가 가시고 난 뒤 같이 배달하는 게 아니었다!

　주문이 밀려 진짜 바빠 죽겠을 때 도와달라고 전화하면 한참 후에 잠깐 나왔다가 다시 돌아갔다. 그건 동업자인 관리자형도 마찬가지였다. 어느 순간 이런 생각이 들었다. '이거 왜 내가 전담하게 됐지?' 이게 그거 맞는 것 같았다!

　'피자배달 노예!'

　진퇴양난이다. 오토바이는 자기나 좋아하는 거지. 나는 여름에는 뜨거운 시트에 앉을 때 괴로웠고 겨울에는 얼어 죽을 것 같았다. 봄 가을은 짧았다. 나는 차가 더 좋았다. 그래서 어느 날 박상에게

　"야! 나 이거 계속 이렇게 되면 주 7일 풀타임 일해도 영원히 나가야 하는 돈도 못 막아! 시급을 올리자!"

　했더니

"관리하는 형한테 얘기해. 그거 그 형이 관리하는 거라 내 마음대로 못 해."

라고 말했다. 그래서 관리자형에게 시급을 좀 올려 달라 말했다. 그렇게 월급을 받고 계산을 해 보니 시급이 500원을 올라 있었다. 바보같이 말 꺼내기가 어려워서 올려 달라고만 하고 금액 이야기를 안 했다. 그래서 다시 가서 시급을 얼마까지 올려 달라 정확히 전달했다.

그랬더니 지금 몇 년 된 친구가 얼마를 받아서 안 된다는 것이다. 다 정해진 룰이 있다고 사장 친구고 나발이고 그렇게 하면 다른 애들 다 나간다고. 배민이 있던 때가 아니었다. 배달기사 구하는 것이 정말 어려웠다. 뭐 사정을 들으니 어쩔 수 없는 것이라 알겠다고 했다.

그런데 박상 빛을 보니 이제 괜찮은 것 같았다. 어머니도 안 계시는데 놀다 보니 노는 데 적응이 되어 애꿎은 나만 피자노예가 된 것이라는 판단이 섰다. 이건 서로를 위해서 나는 다시 돌아가는 게 맞았다. 그리고 그냥 가야지 내 역할을 박상이 하고 좀 움직일 것 같았다. 사람 구해져서 바통터치를 하면 박상은 최고령 프로게이머가 될 수도 있다.

그래서 조용히 예전 동료들에게 수소문해 그중 고르고 고른 곳이 내 와이프가 있는 골프장이었다. 때마침 사람 부족하니 빨리 오래서 다음 날 가기로 했다. 그날 박상과 관리자형한테 이 사실을 '통보'했다.

"박상아, 너 내일부터 내 역할 해. 이대로 있다가는 너 프로게이머 된다."

그리고 관리자형에게 말했다.

"형. 저 원래 하던 일하러 다시 가게 됐어요!"

관리자형은 깜짝 놀라 당장 시급을 원하는 대로 올려 주겠다 했다. 하지만 이미 늦었다. 나 내일 면접이다.

"박상이 내일부터 제 대신 일할 거니까 안 나오고 게으름 부리면 전화해요!"

이렇게 순식간에 반란을 일으켰다. 관리자형이 그렇게 가면 자기가 너무 서운하다며 차비하라고 10만 원을 줬다. 다음 날 면접 보러 간 그 동네에서 로또 한 장을 샀는데 240만 원 맞았다.

형이 준 퇴직금이라 생각하고 전화 걸어 고맙다고 인사를 했다. 스타트가 좋았다. 이 당시 생긴 신기한 빛과 어두움에 관한 사건들이 있다. 난 귀신을 본 적이 한 번도 없다. 그런데 귀신을 보게 된 것이다.

28. 대교에서 귀신 보다

나 혼자 피자배달을 하며 박상과 둘이 지내던 때의 일이다.

집에서 가게까지 오토바이로 7분 걸린다. 매일 점심, 저녁밥으로 피자와 콜라만 먹다 보니 점점 살이 찌고 몸이 안 좋아지는게 느껴졌다. 이대로 가다간 안 될 것 같아 박상 자전거를 타고 출퇴근을 했다. 가다 보면 한강을 건너 가는데 다리를 참 잘 만들어 놓아서 오토바이 타고 출퇴근할 때 보는 느낌이랑은 달랐다. 그러던 어느 날 퇴근길이었다.

반짝반짝하는 대교를 건너려는데 앞에 뿌옇고 검은 사람 형체가 보였다. 난 태어나서 귀신을 본 적은 꿈에서 딱 한 번 있는데 실제로 처음 보니 무서워서 스톱을 했다. 그리고 얼른 박상에게 전화를 걸었다.

"야, 나 큰일났다! 지금 XX대교인데 귀신 봤어!"

"뭐? 귀신? 뭔 헛소리야."

"한 30m 앞에 검은 귀신이 있어. 엄청 커. 대교를 지나갈 수가 없다."

"X랄. 그냥 옆으로 쌩까고 와!"

"야. 나 이제 귀신도 보이나 봐. 돌아갈 수도 없고. 나 어떡하나?"

"그럼 돌아가서 오토바이나 택시 타고 오든가."

"아! 역시 이과라 다르구만!!! 오케이!"

나에게 일어난 일들을 모르는 사람들이라면 웃을 일이지만 박상은 나니까 일어날 수도 있는 일이라 생각한 것 같았고 나도 마찬가지였다. 그래서 돌아가려는데 내 안의 목소리가 생각났다. 물어나 볼까?

'저 앞에 시꺼먼 거 뭐예요?'

[사람이다.]

'잉? 형체가 없는데요?'

[저 사람은 지금 죽으려 하고 있다. 내 눈에만 그렇게 보이는 것이다.]

'헉 저 뿌연게 사람이라고요? 그럼 저 어떻게 해요?'

[⋯⋯⋯⋯⋯⋯.]

'경찰에 신고해요?'

[⋯⋯⋯⋯⋯⋯.]

답이 없었다. 박상에게 전화를 해 이 목소리 이야기를 말하니 경찰에 신고하고 넌 오라 했다. 난 112를 눌러 여기 어디 대교 어느 방향인데 이상한 사람이 있다고 신고를 했다. '저 뿌옇게 보이는 게 귀신이 아니라 어두운 사람이었구나.' 밤 11시 30분에 어두운 형체가 또렷이 보이니 난 정말 귀신을 본 줄 알았다.

자전거에 다시 타려 하는데 그 형체가 스멀스멀 난간으로 가는 게 보였다. 난 사람이라는 것을 알고 지나가기 위해 용기를 내 근처로 다가갔다. 그 형체는 나만큼 큰 남자였다. 손에 소주병을 들고 있었다. 다 뿌연데 소주병만 뿌옇지 않아 유독 또렷하게 보였다. 그런데 그 뿌연 사람이 소주병을 땅에 놓고 난간을 양손으로 잡는 게 보였다. 그래서 나도 모르게 크게 소리를 질렀다.

"아저씨!!!"

그 사람은 멈칫하며 뒤를 돌아 나를 스윽 보았다. 나도 모르게 너무 큰 소리를 외쳤다. 그리고 나를 쳐다보니까 무서웠다. 안전거리 10m를 두고 그렇게 대치했다. 그 사람은 우는 목소리로 소리를 질렀다.

"대췌… 흑흑… 대췌… 놔한테 왜 구래!!!"

아무 말도 할 수 없었다. 그 사람은 울고 있었다. 그렇게 잠시 대치를 하다가 다시 난간으로 올라가려 했다.

"아저씨!!! 뭐 하시는거예요?"

또 소리를 질렀다. 난간에 손을 떼더니 엉엉 울며 짜증 섞인 소리를 지르며 나에게 비틀비틀 다가오는 것 아닌가… 그 사람의 주변에 있는 소주병만이 또렷이 보였다. 나는 놀라 자전거를 놓고 안전거리 유지를 하며 슬슬 뒷걸음질 쳤다. 움직이는 것을 보니 이미 만취인 것 같았다.

"왜!!! 주굴라눈데 죽찌도 못하게 구래!!!"

혀가 꼬인 목소리로… 소리를 질렀다. 술 취한 목소리를 들으니 내가 해를 입을 일은 없을 것 같았다.

"뭐… 뭐 하세요!!!"

쫄았지만 소리쳤다. 아저씨는 알아듣지 못하는 말을 중얼중얼거렸다.

"이… 이상한 짓 하지 마시고 집에 가세요!"

그러면서 대치하는데 멀리서 사이렌이 소리가 들렸다.

"니가… 니가… 뭔데… 에이쒸…!!!"

아저씨는 뒤로 가 바닥에 있던 소주병을 난간에 깼다. 소주가 남아 있어 깨진 소주병에서 소주가 흘러내렸다. 난 아무 말도 못하고 그 사람과 자전거 나 사이의 안전거리만 유지했다. 사이렌으로 주변이 번쩍번쩍하며 경찰차에서 경찰이 내려 그 상황을 봤다.

"선생님!! 선생님 진정하시고, 손에 있는 거 내려놓으세요."

나와 대치하던 게 이제 경찰 아저씨와의 대치로 바뀌었다. 그때 외마디 외침과 함께 그 아저씨는 자기 팔을 소주병으로 그었다. 피가 주르륵 뚝뚝 떨어지는 게 보였다. 너무 충격적인 장면이라 나는 그 상태 그대로 멈춰 버렸다. 경찰들이 다가가 그 사람을 제압하고 무전하는 소리가 들리고 정신이 혼미했다. 그리고 나는 그 자리에서 도망치고 싶다는 생각을 했다.

정신이 없는 상태로 자전거를 일으켜 세우고 페달을 밟았다. 그냥 아무 생각 없이 그렇게 한참을 가다 보니 신호등 앞이었다.

'와 방금 무슨 일이 있었던 거야….'

심장이 벌컹벌컹 소리를 내면서 뛰고 있었다. 잠깐 앉을 수 있는 곳을 찾아 앉아서 심호흡을 했다. 그리고 박상에게 전화를 걸어 방금 상황에 대해 이야기했다. 얼른 집으로 오란다. 그래서 진정을 좀 한 후에 집으로 갔다. 가서 게임을 하고 있던 박상에게 이 섬뜩한 경험을 이야기하며 놀란 가슴을 쓸어내렸다. 다 듣고 나서 박상이 말했다.

"그래서 귀신이 보인다고?"

'너는 씨부려라 나는 게임이나 할란다.'라는 것 같았다. 그래서 속으로 박상 욕을 하며 갔다. 다음 날 출근할 때 일부러 그 길로 가 보았다. 어제 우리가 있던 곳에 핏자국이 보였다. 박상에게 사진을 찍어 보냈다. 박상은 앞으로 오토바이로 출퇴근하라 했다.

이 일 말고도 귀신 같은 것을 본 경험이 하나 더 있다. 예지몽을 꿨을 때 무기한 휴무를 얻어 7월 한 달 쉴 방을 수원에 구했다. 한 달 계약할 수 있는 곳이 딱 있었다. '보증금 20에 월세 19.' 반지하 방인데 말이 되나 싶어 전화했다. 0하나 빠진 가격도 말이 안 됐고 터무니없이 저렴해 물어봤더니 주인아저씨가 그 가격이 맞다 했다. 물새거나 그런 건 아니라는 것을 확인하고 며칠 후 수혁이와 같이 가서 짐을 풀었다.

수혁이의 코 고는 소리를 들으며 잤는데 꿈에서 웬 20세 전후로 보이는 여자와 어린 남자아이가 그 이사 온 방에서 자는 나를 구경하고 있었다. 꿈인데 시간이 현실과 같이 흐르는 느낌이었고 슬슬 새벽이 되고 해가 뜰 때 잠에서 깨 욕을 하며 일어났다. 수혁이는 일어나 집으로 가 봐야겠다며 갔다. 그리고 나는 수혁이를 다시 만나기 전까지 그 꿈을 연속으로 꾸었다.

며칠 후 만난 수혁이에게 내가 계속 꾼 꿈 이야기를 하자 수혁이가 부들부들 떨며 말했다. 자기도 정확히 같은 꿈을 꾸어서 일어나자마자 집으로 도망가듯 갔다는 것.

'…………'

세상에 믿을 놈 하나 없었다. 그 자리에 있던 선진이는 둘 다 정신 차리라 했고 그렇게 그냥 같이 놀고 그 후 여행을 했다. 한 달이 지나 짐을 뺄 때 집주인 아저씨가 먼저 나에게 물어봤다.

"벼… 별일 없었죠?"

왜 묻는지 알고 있어서 자연스럽게

"여기 전에 여자애랑 남동생이 같이 살았어요?"

하니 아저씨가 깜짝 놀란 눈으로 나를 쳐다봤다.

"어… 어떻게…?"

그래서 아무렇지 않은 척 말했다. 꿈인지 뭔지 모르겠는데 20살쯤 되어 보이는 여자애랑 10살쯤 되어 보이는 남자애가 계속 나를 쳐다보는 꿈을 계속 꿨다고. 첫날 같이 잔 친구도 같은 꿈을 꾸었다고. 그 아저씨는 뒤를 돌아 표정관리 하는 게 보였다.

"하하, 그러셨구나…."

"혹시 이 전에 살던 사람들도 같은 말 했어요?"

하고 떠봤다. 아저씨는 멈췄다.

"에이, 세상에 그런 게 어디 있어요… 하… 하하…."

난 그래서 무시하고 짐을 날랐다. 잠시 후 아저씨가 이야기 좀 하자 했다. 혹시 뭐가 보이냐며 사실은 자기도 저 방 때문에 어떻게 해야 할지 모르겠다고. 그래서 무슨 일이 있었는지 물었더니.

그 여자아이와 남동생이 작년에 번개탄을 피워 놓고 죽었다 했다. 그래서 싹 치우고 1년 계약으로 다시 내놨는데 자꾸 나와 같은 이야기를 하며 사람들이 계약을 해지하고 나간다는 것. 한 달 방으로 가격을 엄청 낮춰 내놔도 마찬가지고 처음으로 내가 계약기간까지 살아서 묻는 거라 했다.

그 말을 듣자마자 좋은 생각이 떠올랐다. 매주 쉬는 날 수원에 오는데 모텔 비용도 만만치 않았다. 조금만 더 후려치면 그 값보다 저렴하겠다 싶었다. 그래서 아저씨께 말했다. 저 방 책임지고 제가 해결해 드릴 테니까 올해까지만 그냥 쓰게 해 주시라고. 만약 내가 나가고 다른 사람이 같은 소리 하면서 계약을 해지하면 그간 제가 살았던 월세는 다 물어 드리겠다고 해 버렸다.

고민하던 주인아저씨는 그냥은 안 되고 월 10만 원만이라도 달라 했다. 그럼 그냥 짐을 빼겠다 하자 아저씨도 빈방으로 놀리는 것보단 돌리는 게 나아서 하는 말이니 월 5만 원만 달라 부탁해서 그러기로 하고 그해까지 아지트로 삼았다. 왜 그럴 수 있었냐면 이미 일렀었다. 내 안의 목소리님께… 며칠 연속 같은 꿈을 꾸자,

'아 자꾸 꿈에 여자애랑 남자애가 쳐다봐서 잠을 못 자겠어요!'

[…………]

'사람이 잠을 자는데 계속 쳐다보는 꿈을 꾸니까 잔 거 같지도 않아요. 쉬려는 방인데!!!'

[그 아이들은 불쌍한 아이들이다.]

'여기서 살다 죽었어요?'

[그렇다.]

'근데 왜 자꾸 모습이 나와요?'

[⋯⋯⋯.]

'안 보이게 해 주실 수 없어요? 저 돈도 없고 갈 데도 없어요!'

[⋯⋯⋯.]

대답을 듣지 못했지만 그날 이후 나는 거기서 그 둘의 모습을 보지 못했다. 수혁이랑 선진이에게도 이 말을 했는데 선진이는 믿지 않았다. 그 이후 둘은 거기서 먹고 자며 아무리 경고를 해도 방을 개판을 만들어 놓았다. 쉬는 날 자러 간 방에 청소를 계속하는 게 반복되어 그해까지만 놔두고 아지트는 없애 버렸다.

29. 옮겨 간 골프장의 동기 여자아이

내가 다시 일할 골프장을 찾을 때 제일 먼저 연락을 준 동기 여자아이가 이곳으로 날 불러 주었다. 왔더니 내가 원래 일하던 곳에서 온 친한 사람이 5명이나 있었다. 마치 내가 다니던 곳으로 복귀한 느낌이었다.

날 불러 준 동생은 얼마 후 결혼을 했다. 아기가 결혼식보다 먼저 나와 아기를 데리고 우리 집을 간간이 놀러 오는데 고마운 동생이라 식사도 자주 하고 아주 친하게 지냈다. 그러던 어느 날. 두 부부와 아기랑 같이 놀러 왔는데…. 남편에게 악취가 났다. 뱀 썩은 냄새 같은 것이 나는 것이다.

'잉? 분명 악취는 확실한데… 그럴 리가 없는데…'

남편도 같이 일하는 동료인데 주 2일만 출근하는 주말 근무자였다. 나랑 거의 마주치질 않았다. 그리고 며칠 후 지나가는 낯선 여자애에게서도 같은 뱀 썩은 냄새를 맡았다. 어이가 없었다. 아기가 태어난 지 1년도 안 됐고 결혼식을 올린 지 몇 달 되지도 않았다. 이건 아예 말이 안 되는 일이었고 내가 잘못 맡은 냄새이기를 바랐다. 그래서 내 안의 목소리에게 질문했다.

'하아… 제가 맡은 냄새가 저만 맡는 냄새가 맞아요?
그게 저 둘이 그래서 그래요?'

[그렇다.]

'하아… 아니 도대체 어떻게 그럴 수 있죠?'

[부부는 헤어지게 될 것이다.]

'아… 아기는요?'

[여자가 키울 것이다. 저들이 알아서 할 일이니 너는 관여하면 안 된다.]

'어떻게 만나는 사람을 적당히 정리하고 조용히 없던 일이 될 방법은 없어요?'

[관여하지 말라. 네 표정을 관리해라.]

'빨리 알리는 건요?'

[일절 관여하지 말아라.]

이렇게 확인사살만 했다. 방법은 없었다. 그때부터 나만 아는 말할 수 없는 고통을 당했다. 난 저 뱀 썩는 냄새가 나면 주변 사람들에게 갑자기 살갑게 대한다는 것을 알았다. 원래 남편과는 개인적으로 잘 연락하지 않았는데 냄새가 난 후 갑자기 형님 형님 하면서 같이 'PC방 가자. 같이 밥 먹으러 가자.' 했다. 아무한테도 말도 못 하고 겉으로는 웃고 속으로는 욕하면서 거절했다.

너무 화가 났다. 표정관리를 하는 것이 이렇게 힘든 일인 줄 몰랐다. 남편의 히죽히죽하는 모습을 보니 자꾸 나쁜 생각과 나쁜 마음 그리고 속으로 욕이 나와 얼굴 근육 컨트롤이 안 됐다. 그 부부는 하하 호호 하며 더 활기차고 즐거워했다. 그리고 계속 '같이 밥 먹으러 가자! 놀러 오겠다.' 하며 연락이 오는데 정말 곤란했다. 아프다거나 선약이 있는 것처럼 아쉬워하는 연기를 하며 최대한 거절했다.

아기가 생기고 혼자 주 6일 일하게 된 남편은 회사에서도 하하 호호하고 행복해 좋아 죽는데… 나는 그 모습을 보는 게 고통스러워 남편을 피해 다니게 되었다. 나를 제외한 모든 사람은 오히려 이전보다 더 즐거워했다. 아주 행복한 세상이었고 나도 그런 척 연기해야 했다.

여자와 아기는 불쌍했지만 나는 아무것도 하지 말라 했다. 표정관리나 하라 했다. 그렇게 회사에서 남편을 마주치면 역한 냄새를 참고 웃으며 간단히 인사만 하는데 남편은 형님 형님하며 나를 더 살갑게 대하고 커피 한잔하자는 등 고문이 지속되었다. 정말 웃는 게 웃는 게 아니었다.

하필 그때 타 지역에 아파트를 대출을 끼고 샀다며 여자와 아기만 그 아파트로 먼저 이사한다 했다. 남편은 당장 돈이 급하니 일단 여기 혼자 남아 일하고 나중에 그 지역으로 옮겨 가겠다는 것이다.

'지X 염X을 떠는구나…'

어떻게 저럴 수 있나. 속으로 욕이 터져 나오는데 그래도 참을 수밖에 없었다. 나를 제외한 모두는 행복했고 그들을 축하해 주었다. 여자는 아파트를 사서 미래를 꿈을 꾸며 하하 호호 하고 있었고 남편도 세상 누구보다 행복하게 보였다. 그 둘을 보내고 본격적으로 정신 나간 짓을 시작할 것 같았다.

내일 떠난다며 인사하고 간다고 우리 집으로 셋이 같이 찾아왔다. 간단히 식사를 하는데 나는 뱀 썩은 내를 풍기며 웃고 있는 남편을 딱 한 대만 때려 코뼈 정도만 부러뜨려 놓고 싶었다. 내 속에 온갖 나쁜 마음이 뒤섞여 속이 썩어 가는 것 같았다. 그렇게 모두에게 조만간 퇴사하겠다던 남편은 여기서 아주아주 행복한 모습으로 생활을 했다. 당연히 한 달, 두 달, 세 달 지나자 다들 이상하게 생각하기 시작했다.

나는 그를 마주치는 시간이 점점 길어져만 갔다. 그렇게 몇 달 후 여자에게 전화가 걸려 왔다. 안타까운 마음으로 전화를 받았다. 남편이 다른 여자랑 바람을 폈고 그게 꽤 오래된 것 같다는 이야기를 들었다며 울었다. 나는 내가 옆에 있었는데 잘 챙겼어야 했는데 그러지 못한 것 같다고 미안하다고 말했다. 오빠가 왜 그렇게 생각하냐며 자기 이제 어떻게 해야 하냐고 펑펑 울었다. 나는 해 줄 수 있는 말이 없었다. 서로 말 없이 한숨만 쉬며 통화를 마쳤다.

남편에게도 전화가 걸려 왔다. 오늘 꼭 할 이야기가 있다며 따로 보자 했다. 무슨 이야기일지는 몇 달 전부터 알고 있었다. 갔더니 뱀 냄새가 사라졌다.

'응. 드디어 걸려서 헤어졌구나.'

용건은 자신이 누구와 몇 번 만난 건 맞는데 그걸 와이프가 '오해'한다며 형님이 와이프와 친하니 와이프에게 잘 좀 말해 도와달라였다.

'하아…. 몇 번? 오해?'

난 내가 할 일을 했다. 마인드컨트롤과 표정관리를 하며 덤덤하게 '별일 아니고 오해'면 문제 될 게 뭐 있냐고 잘 해결하라 했다.

어차피 한 짓은 한 짓이고 여자와 아이는 또 잘 살아가야 하니까. 내가 관여하면 안 되는 부분이라고 해서 몇 달간 혼자만 고문당하던 게 드디어 끝났다. 이젠 다 초상집이 됐는데 나만 해방된 기분이었다.

'달라지고 나니 이런 경우도 생기네…'

이번엔 내가 죽을 뻔했다. 정신적으로 꽤나 긴 고문을 당했다. 이혼 소송 후 전 남편은 차단해 버리고 동기 여자아이와는 몇 년이 지난 아직까지도 종종 연락하고 놀러 온다 하면 얼굴 한 번씩 보고 가고 그렇게 지내고 있다.

그리고 몇 년 전 새로운 남자를 만나 재혼해 아기 잘 키우고 아주 잘 지내고 있다. 힘들었지만 이게 최선이었을 거다. 나에게도 내가 조금 더 넓은 밭으로 성장할 수 있도록 내 모자란 다양한 부분을 키워 준 거라 생각한다.

이게 훈련의 끝이었으면 했는데 그렇게 이곳에서의 훈련이 이제부터 시작되었다. 주변에서 나를 힘들게 훈련하도록 도와주는 일들과 사람들이 점점 생겼다.

날 불러 준 것은 여자 동기였는데 내 와이프도 그렇게 이곳에 올 때 도와준 부부가 있었다. 같이 살게 된 후 그 첫 만남 자리에서 이상한 색의 어둠 부부를 만나게 되었다.

30. 어둠 부부를 만나다

와이프와 처음 만나던 당시. 나도 엄청 힘들게 이곳까지 왔지만, 와이프 또한 우여곡절이 많았다. 원래 내 주변 내가 아는 신용불량자는 부모님 2명밖에 없었는데 와이프를 만난 후 3명이 되었다. 와이프의 스토리를 간략히 설명하자면, 20살 즈음 부모님 두 분이 돌아가셨다. 어머니가 이유 없이 갑작스레 돌아가시고 아버지도 갑작스런 암이 발견되어 얼마 후 돌아가셨다.

와이프 밑으로는 동생이 3명 있었다. 와이프의 어머니는 뛰어난 음식솜씨를 지니셨다고 했다. 나와 만나 같이 밥을 먹기 시작한 어느 날. 숯불 고추장 양념 꼼장어를 먹는데 한 입 먹더니 와이프가 엉엉 울었다. 거의 통곡을 했다. 배는 고팠지만 사람이 너무 갑자기 엉엉 울어서 달래 주었고 분위기는 싸해졌다. 울음을 그치고 하는 말은 한 입 먹었는데 엄마의 맛이 난다는 것이다.

와이프의 부모님은 포장마차를 하셨다. 요즘처럼 캡사이신 매운맛이 아닌 칼칼한 고추장 양념을 잘하셨다 한다. 숯불고추장불고기라든지 숯불양념아나고구이, 양념더덕구이 이런 것들의 양념에 칼칼한 엄마만의 맛이 있는데 여기에서 그 엄마맛이 난다는 것이다. 부모님은 영등포시장 뒷골목 포장마차에서 음식을 파시며 뛰어난 솜씨로 4자매를 먹여살리셨는데 와이프가 고등학교를 졸업할 때 돌아가셨다.

어릴 때 장사 재료 준비를 도왔는데 어린 마음에 정말 너무 하기 싫었다며 그런 자신이 후회된다고 숯불양념꼼장어를 먹는 내내 엄마 이야기를 했다. 숙연한 분위기고 어머니를 추모하는 마음으로 착잡하게 어머니가 해 주신 음식을 먹는 기분이었다. 아직도 그 맛이 기억난다.

주인아주머니가 몸이 아파 이번 달까지만 하신다고 해서 딱 2번 가 본 집이다. 특유의 포장마차 맛을 말로 설명하기가 참 힘들다. 그 포장마차 뒷켠 숯불을 두고 칼칼하게 양념구이를 한 그 숯불구이 맛. 와이프는 대학을 다닐 수가 없었다. 졸지에 가장이 되어 버렸다. 멘탈을 부여잡고 급하게 취직했다. 아버지도 얼마 후 보내 드리고 죽어라 일만 했다.

힘들게 일해 동생들을 다 졸업시키고 나니 그동안 참았던 본인의 멘탈이 무너졌다. 그동안은 자신이 쓰러지면 안 되는 상황이었는데 이제 할 일을 다 했다 생각하니 악착같던 마음이 사라지며 힘든 시기가 찾아온 것이다. 그래서 그 당시 자신을 챙겨 주고 사랑해 준 한 분과 빠르게 결혼을 하고 가정을 꾸렸다.

남편은 착하지만 돈을 버는 능력이 없었다. 그래서 또 안 해 본 일 없이 억척스럽게 살았는데 카드를 돌려 막다 막다 결국 신용불량자가 되었다. 나중에 그 신용불량의 원인이 된 원금을 확인해 보니 많지도 않다. 고작 몇백만 원. 그러나 와이프는 이미 마음이 무너져 결국 가정은 깨지고 돌고 돌기 시작해 한참 후 나를 만난 것이었다.

그렇게 날 만나기 전 와이프가 의지하는 사람은 세상에 딱 2명이었다. 그 부부를 만나러 가자 했다. 자신을 이곳까지 오게 해 줬고 고마운 사람들이라 인사차 저녁 약속을 하고 그 집에서 하루 자고 오기로 했다.

거기서 난 입을 다물지 못했다.

둘 다 너무 어두웠고 여자는 색도 괴이했다. 게다가 이상한 썩은 내도 났다. 뱀은 아닌 것 같았다. 그래도 어쨌든 고마운 분들이라는 타이틀이 있어서 자리를 뜰 수는 없었다. 대신 술을 한 잔도 마시지 않기로 마음 먹었다. 그렇게 냄새를 참으며 식사자리를 이어 갔는데 곧 둘이 이상하게 보인 이유를 자신들의 입으로 설명하기 시작했다.

여자는 지금 영양제를 챙겨 먹는데 엄청 할인된 가격인 한 달 100만 원 정도라고 말했다. 옆에서 남자가 계속 한숨을 쉬었다. 이상한 점이 또 있었다. 남자가 아무 이유 없이 언성을 높였다. 자신이 나중에 내 와이프에게 퀼트 가게를 차려 줄 거라고 말을 하며 화를 냈다. 무언가 문제가 있었다. 나는 계속 표정관리를 했다. 식사자리가 끝나기 전 와이프에게 오늘 내 컨디션이 안 좋으니 그냥 인사하고 가자고 하고 헤어져 돌아왔다.

와이프와 같이 사는 초반이라 내게 나타난 이상 증상을 말해야 하나 말아야 하나 생각하던 시기였다. 그런데 이런 일이 생긴 것이다. 와이프에게 내 증상을 말하고 그들과의 자리에서 느낀 것을 설명했다.

그런데 얼마 후 그 둘은 번갈아 전화가 와서 와이프에게 내가 이상해 보이니 멀리하라고 했다. 그 자리는 아주 순조로웠고 그냥 두 분의 냄새는 이상하지만 어쨌든 고마운 분들이라니까 내 이야기를 하던 중이었는데 뜬금없이 나와 헤어지는 게 좋겠다는 전화가 지속적으로 오는 것이다.

나는 그들이 '원래 저런 사람이냐' 하니 아니라 했다. 난 와이프도 그간 힘들게 지냈고 신용불량이라 돈이 없을 거라 생각했는데 몇 년간 벌었던 돈을 그 부부가 다 맡아 준다는 말을 했다. 금액은 얼마인지 정확히 모른다고 했다. 냄새가 났다. 내 안의 목소리에게 물어보았다. 우리 일이라 그런지 대답이 없었다. 그들을 물어보았다.

'제가 맡은 냄새가 무슨 냄새예요?'

[생선 썩는 냄새다.]

'그 생선 썩는 냄새는 왜 나는데요?'

[그 남자는 어부인데 일이 어려운 상황이다.]

'듣자 하니 부자라던데요?'

[그렇지 않다. 돈이 모자란지가 오래되었다.]

'그렇군요. 그럼 여자는 어떻게 사치를 부리며 살아요?'

[남자도 여자에게 말을 하지 않아 어려운 사정은 남자밖에 모른다.]

'아. 그럼 여자는 원래 성격이 그냥 사치스러운 거예요?'

[저 여자가 남자를 만난 목적이 돈이다. 남자도 그렇게 약속을 했다. 저 여자
는 저 남자의 아기를 낳을 생각도 없고 그 남자의 아이를 잘 돌볼 생각도 없다.]

'네? 저 남자 한 번 결혼했다가 애가 있는 거예요?'

[그렇다. 그 맡긴 돈은 남자에게 말하라.]

'네, 감사합니다.'

그 목소리를 와이프에게 말해 주니 처음에는 남자네 집은 부자라 그럴 리 없다
고 했다. 하지만 여자의 목적이나 그런 것은 맞는 것도 같다고 했다. 그전부터 계
속 '일하는 것 좀 그만했으면'을 입에 달고 살았는데 애 있는 이혼남을 만난 것이
라 했다. 난 그들이 고마운 분이라는 것만 알았었다.

그래서 돈을 돌려받는 것은 남자에게 연락해 보면 될 거고 안심하라 했다. 그
런데 와이프는 현금으로 준 거라 자신이 얼마를 줬었는지를 모른다고 여자에게
전화를 걸어 물어봤다. 여자는 그걸 왜 묻냐고 화를 냈다. 그 통화 후 그들은 2개
월간 연락을 받지 않고 잠적했다. 와이프는 믿는 사람들이고 부자라 생각해 기록
을 안 했다며 대략 2년간 3,000만 원이 조금 안 됐을 거라 했다.

결국 2달 후 남자가 전화를 받았다. 사실은 그간 입원했었다며 연락을 못 했다

고 했다. 그리고 그깟 돈 때문에 그러냐며 화를 냈다. 더러워서 주겠다며 오라 해서 둘이 갔다. 그 자리에는 여자밖에 없었다. 여자는 와이프와만 이야기를 하고 싶으니 나는 밖에 있으라 했다. 멀리 보이는 데서 나가 있는데 와이프의 얼굴에 돈을 집어던지며 둘이 언성을 높여 싸우는 게 보였고 여자는 나가고 와이프는 땅에 떨어진 돈들을 주우며 울었다.

와이프는 돈은 필요 없고 그간 자신을 챙겨 준 값이라고 생각할 테니 자신과 같이 가서 통장 거래내역만 보고 싶다고 했더니 여자는 은혜를 원수로 갚는다며 화를 내고 통장과 돈을 던지고 갔다고 했다. 그 통장 거래내역 마지막 잔고는 5만 원이었다. 왜 같이 가서 잔액을 그때그때 확인하지 않았느냐 묻자 믿는 사이인데 뭘 확인하느냐고 그냥 은행만 같이 간 것이라 했다. 받아온 돈은 1,700만 원. 이것 또한 목소리에게 물어보고 기가 찼다.

[남자가 여자에게 준 돈은 2,000만 원이다.]

그 와중에 여자가 300만 원을 삥땅 친 것이었다. 와이프는 마음이 상해하며 펑펑 울었지만 그러지 말라 다독였다. 그리고 저들도 힘들 것이라고 덜 받은 돈은 당신 말대로 그간 챙겨 준 것에 대한 보답으로 생각하라 했다. 그리고 이 일은 이 정도로 잊고 정리하기로 했다.

2달여간 입원했다고 하며 잠적한 이유는 아마도 돈을 마련하려고 한 것일 텐데 더 마련할 방법이 없어서 '배 째라 이거 먹고 떨어져라.' 하고 연락한 것 같았다. 나는 그래도 남자가 아주 나쁜 사람들은 아닌 것 같다고 속상해하며 우는 와이프를 달래 주었다.

그렇게 와이프 돈을 받은 지 며칠 후 핸드폰을 보다가 기사 하나를 봤는데 뭔가 이상했다. 아무 이유 없이 안 좋은 기사가 연일 나오며 한 회사의 주가가 곤두박질치는데 장난 같아 보이는 것이다. 목소리에 물어보니 답이 없었다.

그 기사를 보여 주며 와이프에게 이야기를 했다. 와이프는 그럴듯하다며 그 돈으로 주식을 다 샀다. 그리고 다음 주에 3연상을 맞았다. 2,000만 원이 더해져 돌아왔다. 욕심내지 말고 그만 빼자 했고 결국 못 받았던 돈 이상으로 돌아오게 되었다.

사람 일은 정말 어떻게 될지 모르는 것 같다.

31. 이상한 색의 빛을 보다

그동안 봤던 사람들의 데이터를 정리하자면 대다수의 사람은 빛이나 어두움이 잘 안 보였다. 있어도 아주 미세해서 조도를 감지하는 특수 렌즈가 필요했다. 그러다 엄청 밝은 빛인 사람을 보고 어두운 사람, 뿌연 사람도 봤는데 뿌연 사람은 다 어두웠다. 밝은데 뿌연 사람은 보지 못했다. 그런데 '뭐야 저거!' 하고 내 눈을 의심하게 되는 사람을 보게 된 것이다.

'아니… 저건 색이 완전 맛이 갔는데?'

불행하게도 이 사람은 내 와이프가 아껴 주고 챙기던 동료였다. 이 아이는 우리 집에 맨날 놀러 왔다. 말을 안 하면 멀쩡했다. 근데 대화를 하는 순간 이상했다. 아예 다른 세상이 있는 그런 사람. '대체 사고 회로가 어떻게 돌아가길래 이런 말이 나오는 거야?' 하는 사람이 우리 집에 매일 오고 와이프는 그 동생이 가엽다는 이유로 언니처럼 잘 챙겨 줬다.

그 친구를 처음 봤을 때 딱 느꼈다. '어? 뭐야 재? 왜 색이 저래? 밝긴 한데' 하고 눈을 비비며 따라다니며 관찰했다. 처음 본 색이었다. 분명 빛이다. 주황색 비스무레하게 보였다. 근데 광기 어린 아주 강한 이상한 주황색의 빛. 태양 빛 같은 자연광이 아니라 무언가 오염된 주황색인데 문제는 그 빛이 엄청나게 따가워 사막을 만들어 버릴 것같이 이상했다. 저 빛에 가까이 가면 안 된다는 확신이 섰다.

그런데 지가 계속 찾아왔다. 같이 밥 먹고 하하 호호 할 때는 괜찮았다. 문제는 대화할 때 주황이는 뒤통수가 얼얼한 말을 했다. 내가 주황이에게 가장 많이 한 말은 "뭔 소리야?"였다.

나는 내 빛은 안 보인다. 와이프를 쉽게 알아볼 수 있었던 것도 빛이 안 보였기 때문이다. 행동 보면 분명 빛인데 아무것도 안 보였다. 내 안의 목소리에 물어봐도 대답이 없었다. 답을 안 해 줬다.

'오호라 이거 봐라? 이거 뭐 있는데?'

나에게 이런 증상이 시작된 후 책들을 찾아보다가 이런 말을 발견했다.

'자신을 위해 생긴 것이 아니기 때문에 자신 스스로의 것은 전혀 알 수 없다.'

내가 나 스스로를 못 보는 것에 대한 적절한 설명이라 생각했다. 그럼 누가 봐도 빛인데 무색 무취의 무응답의 저 여자는? '자신'이라는 거 아닐까?

'답 나왔네. 저 여자네!'

그래서 결혼한 사람들이 처음 만난 순간 알았다. 운명 같은 거다. 이런 다양한 각자의 표현으로 말하는 것을 나도 알 수 있었다. 아무것도 안 느껴지니 오히려 관찰하는 재미가 있었다. '내가 그동안 관찰한 빛인 사람들 주변에서 일어나는 일들이 일어난다. 그런데 아무리 봐도 아무것도 보이지 않는다. 아 저 사람만 필터링 되는 거구나?'

그렇게 만나 결혼식은 못 하고 같이 살게 됐다. 아끼는 주황이가 매일 오자 나는 와이프에게 주의를 주었다.

'나쁜 말 하면 안 돼. 광기를 일으킬 거야. 반역의 상이야!'

'빛이 이상해. 저건 시한폭탄 같을 거야. 세상에 확실한 건 없지만 조심해서 나쁠 건 없으니까…. 저 칼끝이 우리를 향하게 해서는 안 될 것 같아.'

이렇게 계속 음모를 했다.

왜 그런지 묻는 와이프에게 주황이의 빛에 대해 차근차근 설명했다. 이야기를 듣던 와이프는 주황이가 천안에 점을 보러 자주 다닌다는 말을 했다. 자신도 너무 이상해서 같이 한 번 갔다 왔다고 하는데 나는 혹시 그것 때문에 빛이 저런가? 하고 목소리에게 물어봤다.

[아니다. 그것과는 무관하다.]

나는 그렇게 주황이를 조심하면서 살았는데 이상한 일들이 일어나기 시작했다. 주황이가 천안에 가서 우리가 앞으로 어떻게 될지에 대해 물었다 한다. 그 당시 10월이었는데 내가 11월에 와이프를 떠난다고 했다면서 갑자기 나를 인간 쓰레기 취급을 하기 시작했다.

"좋은 사람인 줄 알았는데 나한테 말 걸지 마!"

"뭐래!! 드디어 광기가 폭발했냐?"

"오빠, 나쁜 사람이래!"

"맞는 말일 수도 있는데 정말 실제로 나쁜 놈인지 그리고 진짜 나쁜 짓을 하는지 지켜보면 되잖아?"

이렇게 정신 나간 소리를 튕겨 냈다. 그러던 어느 날 술이 약한 주황이가 맥주를 몇 모금 마시더니 나보고 나갈 거면 얼른 나가라고 했다. 언니에게 상처 주지 말고. 전혀 취할 정도가 아닌 상태에서 갑자기 앞뒤 없이 화를 냈다.

그래서 '점 보고 와서 웬 행패냐!' 했더니 이제 자기도 그런 데 많이 다녀서 안다고 자기도 좀 볼 줄 안다며 뭐 내 생일과 태어난 시간 등등을 묻더니 눈을 감고 움냐움냐 뭐라 뭐라 했다. 그리고

"나쁜 놈 맞네!!!"

하는 것이었다.

"아니. 하핫 야!! 그럼 그날 그 시간에 태어난 사람은 다 나쁜 사람이고만? 이거 태어날 때부터 나쁜 사람이라고 정해진 거였어?"

난 끝까지 하하 호호 하며 헛소리를 튕겨 냈다. 그렇게 12월이 되니 그 친구는 나쁜 오빠를 이제 나쁜 오빠라고는 부르지 않게 되었다. 그러나 함께 있으면 사건이 생기는 것은 여전했다. 셋이 배달 온 음식을 세팅하며 맥주 한 캔을 마시던 중 갑자기

"언니는 이게 문제야! 이것도 문제고… 그러니 이러지!!!"

하고 갑자기 말로 공격을 했다. 와이프는 갑자기 왜 이러나 하면서 어리둥절해했지만 계속되자 감정적으로 대응하기 시작했다. 그러던 주황이가

"나 다이어트해야 되는데! 나가서 귀리를 사 와야 해. 귀리! 귀리가 다이어트에 그렇게 좋대!"

하고 귀리 대첩이 시작되었다. 아 그놈의 귀리…. 이제 좀 익숙해져서 그냥 '또 주황이가 뚱딴지같은 소리를 하는구나' 하고 나는 조용히 내 밥 먹고 있었다.

"지금 당장 사러 가야 돼."

"어차피 오늘은 저녁 먹으니까 내일 사도 되지 않아? 주황이 너 중국음식 먹고 싶다 해서 시켰는데 먹다 말고 어디 가려고."

점점 말싸움으로 번지자 결국 화가 난 주황이는 문을 박차고 나가 버렸다. 그

리고 귀리를 샀으면 기숙사로 갔으면 됐는데 30분 후 다시 돌아왔다. 와이프는 술이 약하다. 주황이 때문에 화가 나 주량 최대치인 맥주 4캔을 다 마셔 버린 상태였다. 나는 화를 풀라며 불난 집에 부채질을 하고 있었다.

"주황이는 내버려 둬야 해. 그냥 눈만 꿈뻑꿈뻑하면 안 돼?"

그런데 간 줄 알았던 주황이가 돌아왔다.

"내 밥은?"

와이프 이성의 끈이 끊어지는 소리가 들렸다. 서로 싸움이 났다.

'와, 결국 일어날 일은 일어나는구나'

난 놀라 구경하고 있었다. 둘은 오래 전부터 친한 상태라 굳이 내가 끼어들지 않고 이 전쟁이 소강상태가 되길 원했다. 그런데 전쟁은 쉽게 끝나지 않았고 언성이 점점 높아졌다. 이대로 두면 승자는 없을 것 같다는 판단이 든 타이밍에 개입해서 주황이를 보냈다.

주황이가 왜 주황이냐면, 다음 날 일 끝나고 다시 우리 집에 왔다. 입 댓 발 나와서 '나는 무죄다 사과해라.' 했다. 그런데 그게 또 불씨가 되어 전쟁이 이어졌다. 결국 주황이는 엉엉 울며 기숙사로 갔다. 잠시 후 주황이 기숙사 룸메인 대문자에게 전화가 왔다. 대문자는 주황이보다 2살이 어리고 S라인의 몸매를 소유하고 있는데 그게 소문자가 아니고 대문자 S였다. 여튼 대문자는

"당장 와서 이 쓰레기를 치워 달라."

면서 클레임을 걸었다. 엉엉 울고 난리가 났다는 것이다. 근데 이쪽 상황도 만만치 않았다.

'내가 그동안 지한테 어떻게 했는데'

하는 와이프의 이야기를 들어주느라 어떻게 해 줄 수 있는 상황이 아니었다. 계속 전화가 와서 꺼 두었다. 대문자는 우리 집으로 찾아와

"잠을 잘 수가 없다. 너네 똥이니 너네가 치워라. 빨리 가서 사과해라."

그래서 또 전쟁이 벌어질 것 같아

"나중에 이야기하자."

하며 부드럽게 내쫓아 버렸다. 이게 귀리 대첩의 전말이었다.

다음 날 나는 일찍 일어나 순댓국을 3인분 포장해 기숙사로 갔다. 언니가 미안 해하는데 언니라 말을 못 하고 이 맛있는 순댓국으로 대신한다는 거짓 정보를 퍼 뜨리며 같이 먹었다. 그리고 순댓국의 맛이 곧 언니의 마음일 거라 오해한 둘은 그 진심 어린 맛에 약간 풀리는 것 같았다.

'너도 마찬가지지만 언니도 그럴 의도는 아니었다. 너희가 언니를 사랑하듯 언 니도 너희를 사랑하는데 사람이 아주 사소한 이런 것에도 실수할 때가 있는 것 같다. 언니는 나이가 너무너무 많아 사과를 할 수 없는 꼰대이기 때문에 너희 말 랑말랑한 친구들이 이해하고 넘어가 줬으면…' 하고 가스라이팅을 했다. 될까 말 까… 먹힐까? 안 먹힐까? …조마조마 했던 게 무색하게!!!

"으하하 신일 공! 신일 공의 생각이 그렇게 뛰어난 줄 몰랐소! 본인을 정확히 이해해 주시는구려!!!"

하며 언제 그랬냐는 듯 호탕하게 웃는 장비와 여포의 모습을 봤다. 난 속으로 '주황이가 너무 무섭다.' 생각했다. 그리고 이 모든 간계는 혼자 꾸민 것. 와이프

는 갑자기 이들이 왜 다시 미안하다고 와서 사과를 하고 살갑게 굴며 하하 호호 하는지 모른 채 이 일은 끝났다.

그 뒤로 주황이와 대문자는 나를 자신의 고견을 어느 정도 이해할 만한 대상으로 인정해 주었다. 그리고… 계속 둘이 '같이' 우리 집에 매일 오게 되었다. 내 독단적 판단이 참혹한 결과를 불러일으켰다. 물론 하하 호호 킥킥 하는 날도 많았다. 서로 제일 많이 하는 말은

"하하하하! 완전 미쳤네!"

였고 우리에게 이 말은 극찬이었다.

서로 누가 더 미쳤는지를 과시하기 위한 자웅을 겨루었다. 그러던 겨울, 주황이가 뜬금없이 알바한다고 해서 구경을 갔다.

가자마자 얼마 지나지 않아 성추행 사건이 벌어졌다. 우리는 반대쪽 테이블에 있어서 그 장면을 직접 목격하지는 못했다. 손님이 술에 취해 라이터 없냐며 가슴 살짝 위에 주머니에 손을 넣었다고 와서 울먹울먹하며 말했다. 당황했지만 조용히 나와 내 안의 목소리에 물었다.

'어떻게 해야 돼요? 주황이?'

[신고해 줘. 네가.]

나는 바로 경찰에 신고해 버렸다. 주황이는 '그 사람이랑 통화하기도 싫고 연락하기 싫다!' 하는데 잘 달래서 합의금과 사과를 받게 해 주었다. 서류도 다 써 주고 사인만 하게 만들었다. 그때도 내 안의 목소리에게 물었다

'합의금은 얼마 이야기해요?'

[400만 원.]

그렇게 합의하고 주황이는 하루 만에 알바를 때려치우게 됐다. 주황이와 대문자는 우리 집에서 살았다. 주황이는 자신의 겨울 옷과 짐을 아예 싸들고 왔다. 그 후로도 너무 자잘해서 일일이 적기가 그럴 정도로 사소한 일들이 계속 생겼고 그럴 때마다 나는 수습을 했다.

주황이의 잦은 기행과 기이한 언행에 지친 대문자가 어느 날 진지하게 주황이에게

"우리 이제 서로 아는 척하지 말자."

라고 했다. 안 그래도 기이한 주황이의 빛을 한층 더 이상하게 만들게 되었다. 주황이는 그 칼끝을 가까운 사람들에게 들이대기 시작했다. 이상한 칼은 예리한 칼보다 더 무서웠다.

32. 이상한 색의 퇴사

주황이의 몸에서 보이는 이상한 빛이 그때쯤부터 기괴하게 변하기 시작했다. 점점 눈으로 봐도 큰일이 났다는 게 보였다. 붉은 빛이 더해지기 시작했다. 날이 갈수록 붉은 빛이 늘어가는데 괴이하고 무서운 빛이 되어 가고 있었다.

'헉! 이상했던 주황빛이 조금 옅어지면서 부드러워지고 있었는데 갑자기 이렇게 된다고?'

대문자는 그 뒤로 주황이와 함께는 우리 집에 찾아오지 않고 주황이 보란 듯이 다른 친구와 함께 우리 집에 찾아오기 시작했다. 주황이는 대문자가 먼저 온지 모르고 와서 그들이 우리 집에 있는 것을 보면 그냥 돌아가고 반대로 주황이가 먼저 와 있으면 대문자가 아무 말 안 하고 돌아갔다.

지금 생각하면 그때의 우리 집은 퇴근 후 당연히 들러 식사와 담소를 하는 사랑방이었다. 원래 그들 말고도 여러 사람들이 있지만 지금은 주황이 이야기니까 그들 이야기만 하는 것이다. 나는 주황이를 그렇게 놔둘 수는 없었다. 어떻게 해야 할지 모르겠지만 주황이가 빨강이가 되려는 걸 막아야만 했다.

주황이가 먼저 혼자 우리 집에 왔을 때 조용히 나랑 이야기 좀 하자 하고 물어봤다.

"왜 그래? 솔직히 말해 봐. 무슨 일 있지?"

그랬더니 갑자기 주황이는 울먹울먹했다.

'아, 큰일이다. 확실히 뭔 일이 있다.'

그랬더니 대문자가 자신에게 앞으로 서로 아는 척을 하지 말자고 했다고 했다. 기숙사에 같이 살고 회사에서도 계속 마주치면서. 그렇게 말한 세세한 이유는 얼마 후 대문자에게 들을 수 있었다. 대문자는 '그동안 너무 많이 참았다' 했다.

일단 주황이가 사고를 치는 것 말고도 실수를 하면 사과 한마디조차 없다는 것이 첫 번째 문제라 했다. 그리고 계속 반복이 되니까 이제는 고의가 아닐까라는 생각이 든다고 했다. 그저 돌발행동도 이제 다 나쁘게 보인다는 것이었다.

자신뿐 아니라 다른 사람들에게도 피해를 입히는데 뭐라 말하면 "나 원래 이런거 알면서 왜? 뭐 어때?" 하는 말에 이제 지쳤다고 말했다. 몇몇 일이 있었는데 주량이 엄청 약한 주황이가 맥주를 마시고 밖에 나가 소리를 질러 경찰이 2번 출동했다. 다음 날 술이 깬 후 사과는커녕 술 좀 적당히 마시라 한마디 했는데 듣지도 않고 그 후로도 계속 맥주를 사 왔다. 양도 점점 많아졌다. 1캔에서 2캔… 피쳐….

그 외에 사소한 문제가 지속되는데 그러지 말아 달라 주황이에게 부탁했지만 변화가 없었고 더 이상 참지 못하고 절교를 선언한 것이었다. 주황이는 갑자기 변한 대문자와 계속 마주칠 수밖에 없으니까 점점 감정만 상해 가는 상태가 됐다. 어느 날 주황이가 천안에 가서 점을 보고 왔다. 자신에게는 아무런 문제가 없고 대문자가 나쁜 거라고. 걔 큰일 났다며 어떻게 해야 하나고 집에 찾아와 이상한 소리를 했다.

난 그 당시 계속 이 문제를 내 안의 목소리와 대화했다. 그러나 그 내용을 주황이에게 전달하지 말라는 말에 입을 다물고 있었다. 천안에 점집에 다녀왔다며 하는 이야기가 내가 들은 내 안의 목소리와 전혀 다른 말을 하길래 침착하게 내 안의 목소리에게 물었다.

'도와주세요. 얘 불쌍한데 알려만 줄게요. 어떻게 하든 관여는 하지 않을게요. 네?' 했더니

[그렇게 해.]

라는 목소리가 들렸다. 그래서 주황이에게 내가 들었던 내 안의 목소리를 전달했다.

"주황아, 지금 주변에 있는 사람들에게 말 한마디를 잘해야 해. 가까운 사람들은 원래는 다 네 편인 거야. 설령 행동으로 반복적으로 실수를 할 수도 있지만 **미안하다는 말 한마디**를 하고 안 하고는 천지차이일 거야. 그리고 한 번쯤은 상대 입장에서 생각해 보고 그 가까운 사람들이 결국 네 사람들이잖아? 네 사람들과 그동안처럼 즐겁게 지내는 건 네 입에서 나오는 '**말 한마디**'에 달려 있대.

참고로 이건 내 이야기가 아니라 나는 내게 들리는 목소리를 전달만 하는 거야. 그들을 적으로 두면 넌 **1년 안에 이 일을** 그만두게 된대. 지금 주변 사람들 나쁜 사람 없는 거 알잖아? 주황이도 좋은 사람이라 생각하는데 결국은 '말 한마디' 그 '사소한 표현' 때문에 많은 것을 잃고 괴로운 상황에 빠질 수는 없어. 그것만 생각하면 아무 문제없이 더 즐거워질 거야."

내가 개입한 이유와 내가 들었던 내 안의 목소리를 전달해 주었다. 그리고 정말 신기하게 하루하루 지남에 따라 점점 붉은 빛이 줄어들기 시작했다. 사람에게 빛이 보이는 것과 내 안의 목소리를 전달해 도움을 줄 수 있어 잘했다고 생각했다.

주황이는 대문자뿐 아니라 다른 사람에게도 미안하다며 사과하는 말을 하게 되었다. 그리고 주황이의 변화에 사람들은 이전처럼 다시 잘 대해 줬다. 빛이 급격하게 돌아왔다. 그러나 빛이 계속 따가운 것은 여전했다. 주변을 말라 죽게 할 것 같은….

주황이는 행동은 그대로인데 사과만 계속했다. 주변 사람들은 행동이 하나도 변하지 않는 주황이를 두고 결국 하나둘 조용히 떠나가기 시작했다. 그것은 아무리 이야기를 해 줘도 바뀌지 않았다. 결국 1년 하고 딱 하루 지난 다음 해 어느 날 주황이는 조용히 퇴사하고 사라졌다. 내 생각에 그 기간은 전혀 의미 없었다.

[본인이 타인을 괴롭히는데 그로 인해 본인이 괴로워질 것이다. 그래서 스스로를 괴롭게 만드는 꼴]이라 '퇴사'에 중점이 있는데 '1년'을 중요하게 생각했던 것 같다. 주황이의 이상한 빛이 주변을 말라 죽일 것같이 느껴졌는데 그걸 딱 상황으로 표현하면 이런 것 같다. 그리고 주변을 죽이니 본인도 혼자가 되는 것이 아닐까 생각이 들었다.

빛인지 어두움인지도 중요하지만 변질된 빛은 주변뿐 아니라 본인에게도 위험하다는 것을 느꼈다.

[전주한옥마을 붉은 구슬]

그리고 이건 다른 이야기인데 주황이가 나를 처음에 나쁜 오빠라 말했던 겨울 즈음 나와 여자친구 둘은 전국을 여행하다가 전주한옥마을에 들렀다.

사람 이외에 빛이 나는 것을 본 일은 없었다. 그런데 지나가다 본 물건에서 빛이 났다. 놀라서 내 안의 목소리에게 물어보았다.

'저거 왜 빛나요?'

[·················.]

'저거 뭐 아는 사람이 만든 거죠?'

[그렇다.]

'오 대박!!!'

뭘 아는 사람일까? 하고 다가가 보니, 웬걸 신년 사주를 2,000원 넣으면 빨간 뽑기로 알려 주는 것이었다. 그게 띠별로 있었다. 비웃음이 절로 나왔다. 그렇다면 그 띠의 사람에게는 다 비슷한 일이 일어날 것인가? 절대 아니지 않나? 근데 왜 빛나는 거야 이거? 뽑기 따위가. 그 뽑기 앞에 서자. 와이프는 신이 났다.

"어? 자기 이런 거 안 하잖아? 이거 뭐 있어? 왜? 뭐래? 무슨 일이야?"

대답할 시간을 주지 않고 질문을 했다.

"여기 물건에서. 빛이 보이는데?"

"진짜? 그럼 이거 우리가 다 사서 갖다 팔자!!!"

"………………."

'또 다른 나'의 뇌 회로가 갑자기 궁금해졌다.

"저거 팔아서 뭐 하게? 푸하하"

지폐 2장을 꺼내서 내 띠에 맞는 것을 돌려 보았다.

'또르르.'

빨간 플라스틱 구슬이 빛나고 있었다. 열었더니

'뱃사공은 하나인데 입이 여덟이다. 열심히 노를 저어 입들에게 나눠 주는 형국임. 그러나 본인이 좋다면 그 또한 누가 말리리.'

뭐 대략 이런 내용이었다. '어? 이게 뭔소리야?' 했는데 그해가 지나고 보니 알게 되었다. 집에 매일매일 손님이 찾아왔다. 그때는 몰랐는데 저대로 됐다. '무언가 존재하는 데는 존재하는 이유가 있나 보다.'라고 그 뒤로는 무언가를 함부로 무시하지 않아야겠다 생각했다.

이렇게 색이 이상한 사람에 대한 데이터도 하나 늘게 되었다.

33. 나쁜 돈과 썩은 냄새

어디서 그런 말을 주워들어 본 적 있었다. 사람 시체 썩는 냄새는 아주 독하다. 혹은 오래 묵혀 둔 여러 사람 손 때 탄 돈이 썩는 냄새는 엄청 독하다. 골프장 캐디로 일하는 어느 날이었다. 뿌옇고 짙은 녹색의 사람들이 보였다.

'어쭈? 나한테만 오지 마라 제발!!!'

그들은 정확히 나에게 걸어왔다. 인사를 나눌 가까운 거리가 되자 정신을 차릴 수 없었다.

'앗! 어디서 썩은 냄새가…'

원래대로라면 인사를 해야 하는데 갑작스러운 악취에 코를 막는 데 집중했다! 썩은 냄새가 진동을 했다.

'이상하다?'

나는 코를 꽈악 막고 있는데 계속 악취가 났다.

'이거 나만 느끼는 거구나?'

코에서 손을 뗐다. 이건 가까이 있는 '거리'가 문제였다. 다른 정상적인 동료들이라면 이 팀을 나갈 수 있지만 나는 나갈 수 없을 것 같았다.

"잠시만요!"

나는 바로 사무실 안으로 뛰어갔다.

"안 가고 왜 들어와?"

"고객한테 썩은 내가 납니다!"

할 수가 없었다. 시간이 없는데 순간 다른 대체할 말이 생각이 안 났다.

"왜? 뭐 문제 있어? 신일이!! 어디 아파? 시간 다 돼 가는 거 아니야?!"

하필 그 순간 뇌가 먹통이 되는 바람에 대체할 말을 못 찾았다. 결국 아무 말도 못 하고 다시 나와 악취가 나는 곳으로 갔다. 셋은 뿌옇게 보이고 여자 한 명만 또렷하게 보였다. 여자는 진한 녹색이 섞인 어두움이었다. 냄새 때문에 정신을 못 차리겠어서 내 따귀를 양손으로 큰 소리 나게 짝짝 때렸다.

정신이 살짝 돌아왔다. 옆에서 그러고 있는 내게 한마디 할 법도 한데 나에게 눈길 한 번 안 주었다. 급하게 가야 하는 상황은 아니라 다행이라 생각했다. 머릿속에 '차근차근'이라는 2글자밖에 안 떠올랐다. 이게 들이마신다고 더 심하고 덜 심하고 하지 않았다. 그러나 이 썩는 냄새는 사람이 맡을 수 있는 후각의 MAX를 뚫었다!!! 숨을 쉬기가 힘들었다.

'아, 나 이거 진짜 못하겠는데?'

나도 모르게 헛구역질을 우웩!! 했다.

"야, 어디 아파? 아프면 집에나 있지 뭐 하러 쳐 나왔어… ㅅㅂ"

내 귀에 처음 들린 누군가의 말이었다.

'아하, 잽이 이 정도란 말이지?'

말하는 싸가지는 둘째 치고 악취 공격에 정신을 차릴 수 없었다. 내가 악취에 약하다는 것을 깨달았다. 악취가 나는 사람을 처음 만나는 건 아니지만 여태껏 본 것 중 가장 심한 악취였다. 그런데 그때.

'아, 나 아닌 동료가 나왔으면 저 말에 기분 나빴을 수도 있겠구나'

하는 생각이 들었다. 여튼 난 악취 때문인지 전혀 기분이 안 나쁘니까. 조금 떨어져서 상황을 살폈다. 실제 현실 세계에서 일어난 일은 골프장이라는 곳에 4명이 걸어왔을 뿐이고 3~4분 정도의 시간이 흐른 게 전부였다. 근데 나 혼자 지금 심각한 상황. '그래. 이 비는 내가 맞자! 누군가는 치워야 하는 똥이다!' 생각했다. 재빠르게 내 안의 목소리에게 물어보았다.

'혹시 이 냄새를 낮추거나 안 나게 할 방법은 없어요?'

그러자 신기하게 악취가 MAX를 뚫었었는데 99가 된 듯한 느낌이 들었다.

'아, 조금만 더요. 저 숨이 안 쉬어져요!'

그런데 다시 악취가 다시 원래대로 심해졌다.

'아, 1차이가 이렇게 큰지 몰랐어요. 99라도 감사합니다!' 했더니 다시 99가 되었다! 99도 죽겠지만 아까보다는 나았다.

"재미있게 놀다 오십쇼, 형님!"

하고 인사하는 소리가 들렸다. 그 소리를 듣고 나는 말했다.

"그럼 출발할까요?"

멀찍이 떨어져 말했는데 귀에 욕설이 들렸다.

"씨X 장난 하나. 그럼 여기 있을래? 씨X?"

'땡큐! 이럼 대답할 필요가 없잖아!?'

한마디 고통을 덜었다. 오늘은 고객과의 안전거리가 가장 중요하다.

"앞에서 공 봐드릴게요!"

난 20~50m 앞으로 먼저 걸어갔다. 악취도 안 나고 일에도 지장이 없었다. 이 건 돈 10배 받는다고 해도 다시 나가지 않을 게 저것들은 말을 하지 않았다. 주둥 이로 칼을 휘둘렀다.

"씨X. 뭐 해 이 X끼야!!" (클럽 좀 바꿔 주세요 캐디님!)

"씨X. 내 공 어디 갔어? 이 씨X" (제 공 보셨어요 캐디님?)

"너 뒤지고 싶냐? 이걸 반으로 쪼개서 싹 다 뭘 꺼내고 어쩌고…." (공 좀 닦아 주실래요?)

뭐 이런 욕설에 내 창자를 씹고 자르고 뱉고 눈을 뽑고 뭘 자꾸 자르고 쑤시고 이런 공작놀이 이야기를 꼭 시작과 끝맺음을 욕설을 포함해서 했다. 끝나고 끝났 다는 안도감이 들 줄 알았는데 이런 생각이 들었다.

'내가 오늘 사람 하나 살렸다!'

내가 다른 캐디로 바꿔 달라 요청했다면 그들은 나보다 더 힘들었을 것 같았 다. 오히려 내가 나가서 다행이고 잘했다는 생각이 들었다. 나도 오늘은 그들의 생각이 반복적으로 떠오르지만 하루만 자고 나면 내일은 그들을 생각 안 하고 잊을 수 있을 것 같았다.

자기 전까지 그 생각이 자꾸 떠오르면 억지로 얼굴에 미소를 지었다. 그럼 저절로 재생하던 나쁜 기억의 동영상이 멈췄다. 그때 일부러 다른 생각을 했다. 그래도 또 잠깐 시간이 지나면 다시 아까의 기억이 재생되고 있다.

오늘은 바보처럼 웃는 작업을 계속 반복해야 한다. 자꾸 그런 영상이 반복 재생되는 것을 놔두면 힘들어진다. 오늘 이야기는 와이프에게 할 수가 없었다. 그냥 넘어가는 게 최선이라 생각했다. 그리고 자기 전 조용히 내 안의 목소리와 그 이야기를 했다.

너무 많은 질문을 하고 새로 알아진 놀라운 것들이 많은데 간단히 정리하자면, 그들은 '불법 장기밀매업자'라 했다. 사람들을 납치해 장기를 외국으로 팔아 넘기거나 몰래 야매로 수술을 하거나 그래서 그들 입에서 나오는 말이 자기소개였던 거다.

"저는 사람을 유인해 납치해서 눈을 뽑고 장기들을 자르고 떼어 파는 일을 합니다!"

자꾸 공작을 하더라니….

그리고 이 악취는 나쁜 방법으로 번 '돈 썩는 냄새'와 그들이 하는 '악한 행위들'이 악취로 섞인 것이라고 했다. 정말 기가 막혔다. 보통 사람들에게 악취가 없는 이유는 저런 사람은 정말 극소수라서 그렇고 짙은 녹색빛은 '광기'라 했다. 내가 저 이상한 색을 두려워하는 또 하나의 데이터가 늘었다. 이런 경험들로 나는 점점 내 안의 목소리에 감사함을 느껴 가고 있었다.

내 안의 목소리는 간혹 이렇게 나에게도 도움을 주는 경우가 있었다. 그렇게 내 안의 목소리와 이런저런 대화를 하고 생각들을 하다 보니 잠이 들었고 또 아무렇지 않게 출근할 수 있었다. 그리고 비슷한 것들끼리는 저렇게 뭉치는 것 같았다. 자기들끼리는 조심하는 게 아니라 너도나도 비슷해서 서로는 아무렇지 않은 것 같았다.

이 일로 돈에도 나쁜 돈이 있다는 것을 알게 되었다. 그리고 사람이 하면 안 되는 짓을 하면 그냥 어두움도 아니고 이상한 악취가 나는 어두움이 된다는 것도 깨달았다. 난 그간 '돈'이라는 것에 대한 확고한 생각이 있었다. '필요한 것보다 조금만 더 있으면 된다!'는 것이었다. 그런데 '꼭 그런 것만은 아니구나.'를 알게 해 준 일이 생겼다.

얼마만큼 부자인지 가늠이 안 되는 '밝은 빛'의 호호 할아버지가 오셨다!

34. 호호 할아버지의 빛과 좋은 돈

호호 할아버지는 70대 중후반 정도로 보이는 분이었다. KFC할아버지 한국 버전 이미지로 생각하면 적당하다. 돈이 저절로 계속 굴러들어 와 대체 재산이 어느 정도인지 가늠을 할 수 없을 정도의 부자! 근데 그 부자 할아버지에게 빛이 보였다.

어느 날, 골프장에서 손님을 기다리는 중에 한쪽에서 빛이 어둠에 둘러싸인 신기한 광경을 보았다. 그분을 중심으로 주위에 어두운 사람들이 둘러싸 빛의 대비가 되니 확연히 드러났다.

'저게 그 군계일학이고만!'

닭 사이 혼자 학이 있었다. 그 무리들은 단체로 온 팀이었고 무슨 경제인 연합회 같은 명칭의 사업가 분들인 것 같았다. 그런데 저 호호 할아버지를 중심으로 모여 호호호호호호 소리만 났다. 거리가 멀었지만 나도 괜히 저기 가서 왜 웃는지 들어 보고 싶었다.

"다들 재미있게 치세요!"

왁자지껄하면서 서로 악수를 나누고 다들 자기 자리를 찾아갔다. 그런데 호호 할아버지는 내 고객님이셨다! 뭔가 착착 맞아 떨어졌다! 빛을 탐구할 기회가 또 찾아왔다!

카트는 운전석 옆자리가 상석이다! 호호 할아버지는 다른 할아버지들이 마치 에스코트하듯 모셔와서 당연히 앞에 앉으셔야 한다고 안내를 받으며 왔다!

"호호호호. 아… 아니… 나는~ 호호호호호호"

하는데

"아유 회장님이 당연히 앞에 타셔야죠!! 으하하하"

이렇게 다른 분들과 웃으면서 내 바로 옆에 앉으셨다. 잠시 후 호호 할아버지의 성함을 알 수 있었다. 중간에 쉬는 타이밍! 네이버에 호호 할아버지 이름을 검색해 봤다.

'두둥!'

익숙하지 않은 이름의 ○○그룹 전 회장. 지역 무슨 연합회 회장 이런 약력이 주루룩 나왔다. '아 은퇴하신 거구나' 하고 알았다. B TO B거래나 투자를 주로 하는 기업인 듯했다.

공기 반 소리 반. 그러나 호호 할아버지는 '호호 90 말씀 10'이었다!

누가 뭐라고 하면

"호호호호. 그래요?"

골프채를 드려도

"호호호호호호"

이게 대답이었다. 그냥 계속

"호호호호호호"

만 한다고 생각하면 된다! 나는 빛을 보면 부럽다기보다 취재? 탐구?를 한다.

지금 알아볼 것이 매우 많았다!!! 그리고 이런 빛인 사람은 흔치 않다! 전혀 나에게 해가 되지 않는다는 걸 알아서 그런지 짓궂은 질문을 해 보고 싶어졌다!

"할아버지 부자예요? 얼마 있어요?"

"할아버지 사업은 정확히 무슨 사업이에요?"

"그거 어떻게 시작했는데요?"

"할아버지 차는 뭔데요?"

"할아버지 아들딸들은 얼마나 부자예요?"

"왜 계속 웃기만 하세요?"

그런 생각을 하며 질문할 타이밍을 기다렸다. 뒤에 세 분은 약간 어두웠는데 누가 봐도 얼굴에 '사업가'라고 쓰인 할머니는 불편한 기색이 보였다. 그분도 70대인 것 같은데 목청이 장난이 아니다. 채를 갖다주는 **잠시를 못 기다린다.** 숨 한번 크게 쉴 시간이면 가는데 뭐가 그리 급하신지 재촉을 하고 걸음도 엄청 빨랐다.

보통 남자 3명 여자 1명이면 여자를 배려해서 여자가 앞자리에 앉는다. 그런데 뒷자리에 남여남 이렇게 끼워 두었다. 비행기도 마찬가지지만 저 가운데 자리가 제일 불편하다. 그래서 표정이

'너 내가 누군 줄 알아?'

'너네 따위가 날 여기 끼워 뒀단 말이지?' 하고 화난 사람처럼 보였다. 그 양옆의 남자 분들은 호호 할아버지하고는 대화하며 같이 웃지만 그 할머니한테는 '넌 뭔데? 훗!' 하며 약간 무시하는 게 보였다.

그래서 난 속으로 호호 할아버지가 성품뿐만 아니라 저들의 '필요'도 가지고 있다고 생각했다. '만약 호호할아버지가 가진 게 별로 없다면? 다른 사람들이 지금과 같은 모습으로 저렇게 할까?' 하는 의심이 들었다. 그래서 난 저 3명도 뭐 하는 분들인지 검색해 봤다. 그 뒷자리 할머니는 검색이 안 됐다. 나머지 남자분들은 어디 '명예'회장, '전'회장이었다.

'아니 현업이 아니라고? 다 은퇴하고 노는 거야? 말만 그렇게 쓰여 있고 실제로는 일하는 거 아닌가?'가 궁금했다. 웃음이나 이런 게 꼭 비즈니스 하는 것으로 보였기 때문인 듯했다. 그래서 '후반에 가면 기회 되면 물어봐야지!' 하고 결국 물었다. 지금 은퇴하신지 오래되셨다 했다. 원래 현직이었을 때도 하는 일은 주된 업무가 사람 만나는 거였고 지금이랑 비슷했다고 한다. 그리고는 뒤에 남자 두 분은 으스대는 말투로

"일에 아예 손을 뗀 지가 언젠데… 내가 그렇게 젊게 보여?"

하셨다. 왠지 그 말이 내가 더 묻기를 원하는 것처럼 보였다. 그러나 두 분께는 관심이 없었다. 근데 입이 간질간질해서 곁눈으로 나를 의식하고 자꾸 내 근처로 와 맴돌았다.

'에휴, 그래 한 번 물어봐 드리자!'

옜다 하고 질문했다.

"이따 끝나고 골프 백은 어떡해요?" (=기사 있으신가요?)

"(기다렸다는 듯이)하하 나는 기사가 대기하고 있어. 원래는 아들이 여기 온다고 하니까 기사까지 붙여서…."

뭐라 계속 얘기하는데 대충 맞장구치고 한 귀로 흘려들었다.

"아하! 네!"

"(기다렸다는 듯이) 오늘 아침에 갑자기 아들이 보내 준 건데 나는 직접 운전 안 하지! 예끼! 내가 나이가 몇인데 어디 갈 데 있으면 알아서 다 보내 줘서 나는 뭐 그런 거 잘 몰라!"

'아… 어디 회장쯤 되면 음주운전해서 구속되면 안 되니까 옛날부터 운전기사 는 있었겠구나.'

지금은 '전용' 운전기사는 없고 회사 직원인지 운전기사인지를 그때그때 필요 에 따라 부르는 것 같았다. 그래도 관심 없었다. 그런 대화를 하면서 호호 할아버 지는 뭐라 할지가 궁금해졌다. 그래서 스윽 가서 같은 질문을 했다.

"호호 할아버지도 기사분 있으세요?"

"호호호호"

"예끼! 여기 있는 할아버지들이 옛날에 다 뭐 하던 사람들인지 알면 자네는 깜 짝 놀랄걸?"

이러면서 호호 할아버지는 웃고만 계시는데 아까 그 사람이 대신 대답했다. 그 러고 보니 이분들의 대화도 그랬었다.

"회장님, 제가요. 뭐라 뭐라. 그래서 뭐라 뭐라."

"호호호호호"

"그래서 어떻게 됐는지 아세요? 이렇게 된 거 있죠? 이게 뭡니까? 하하하하"

"호호호호호호"

호호 할아버지는 별말씀을 안 하셨다. 주변 사람들이 자기가 말하고 자기가 대답하는데 할아버지는 웃기만 했다. 그래서 호호 할아버지께

"왜 웃기만 하세요?"

하니 드디어 말씀을 하셨다.

"재밌는데 왜? 호호호호호"

'아. 이 자리에서 가장 즐거운 건 호호 할아버지구나'

호호 할아버지 입장에서는 세상 대단한 회장님들이 자기에게 와서 여러 이야기들을 알아서 재미있게 해 주는 게 즐거운 것 같았다. 무슨 말을 할 필요가 없는 거였다. 그래서

"호호호호호호…"

인 거였구나.

"누구 그거 안 되겠네! 회장님! 회장님은 어때요?"

"호호호… 난 뭐….."

"에이 그건 아니죠! 이러이러해서 저러저러한데 그 사람 차암….."

자기들끼리 누구 욕을 하면 호호 할아버지는 웃지 않고 안 들으셨다. 재미가 없는 것 같았다. 그러니 재미있는 걸 찾아 조용히 자기 볼 치러 걸어가셨다. 계속

이런 식이었다. 그분들은 자기에게 질문해 주고 자신의 이야기를 들어줄 사람이 필요한 것 같았다.

자신의 이야기를 누가 '똑바로' 들어줘야 하는데 아무도 '제대로' 들어주질 않는 느낌? 그러니까 지금 여기는 '말하고 싶은 사람'은 셋인데 '들어주는 사람'은 하나였다. 공급과 수요의 법칙에 의해 공급이 많으니 말하는 사람은 가치가 떨어지고 들어주는 호호 할아버지는 가치가 높아지는 것 아닐까 생각이 들었다. 근데 재미없으면 공 치러 가셨다.

이게 호호 할아버지였다. 사람들이 재미있는 이야기를 하려고 할아버지를 제 발로 찾아오고 돈도 운도 빛도 무엇이든 알아서 찾아오게 만들 것 같은 느낌? 호호 할아버지는 다른 특별한 것이 없었다.

그냥 웃고 즐거운 것을 찾고 그러다 보니 사람들도 알아서 찾아오고 그 사람들이 사업 제안을 하며 돈도 저절로 들어오는 시스템? 이런 게 선순환인가? 이렇게 부자인 사람도 있구나 생각하며 호호 할아버지와 헤어졌다.

집에 와 기업정보를 찾아보고 깜짝 놀랐다. 내 안의 목소리에게 물어봤다. 호호 할아버지는 어떻게 저렇게 되었는지. 그랬더니 갑자기 동영상을 보다 중간에 스톱한 것 같은 정지장면이 보였다. 맨 처음 여러 사람에 둘러싸여 이야기를 들으며 호호호호 웃고 있는 호호 할아버지가 보였다.

주변의 사람들, 웃음, 경청, 즐거움 등 눈으로 '선순환'을 목격한 기분이었다. 나는 빛이 부럽지는 않다. 나도 그랬으면 생각하지만 나는 내 빛은 보이지 않는다. 그리고 사실 빛인 사람은 거의 없다시피 하다 퍼센트로 따지면 100명 중 70명은 빛이 없고 27명은 어둡다. 3명 정도 빛이 아닐까 한다. 이건 내 경험상이다.

그러나 내 주변에 이런 낮은 확률의 빛인 누나가 있다. 신기했다.

35. 빛이 가득한 동료가 있다

우리 집에는 친한 동료들이 찾아온다.

고맙고 감사한 일이다. 게다가 점점 시간이 지나며 친해지고 비밀번호도 알려달래서 알려 주다 보니 팬티바람일 때도 많다. 처음에는 손님이니까 재빠르게 튀어가서 반바지를 입고 예의를 갖추었는데 비밀번호를 누르고 들어오는 손님은 슬슬 어느 시점이 지나가면 손님이 아닌 것 같다.

언젠가부터 우리 집 비밀번호를 누르고 들어오는 사람들은 크게 신경을 쓰지 않는다. 간혹 내 옷을 사 오거나 하면 그냥 그 자리에서 갈아입어 본다. '옷'을 빨리 입어 보는 건 중요한 일이다. 그런 비밀번호 누르고 들어오는 사람 중 하나인 와이프 친구 선녀 누나 이야기이다. 여기서 생긴 가족 중 1, 2, 3등을 고를 수는 없지만 1, 2, 3등을 고를 수는 없다는 말에 발끈할 정도로 순위권이다.

선녀누나는 우리집에 놀러 온다는 개념이 아니라 지나가다 들른다. 선녀님은 왜 선녀님이냐면 노래방 가면 혼자 선녀춤을 춘다. 흥에 겨우면 갑자기 궁중무용을 시작한다. 가야금 반주에 춰야 어울릴 것 같은데 춤인데 장르를 가리지 않고 춘다. 이 믿지는 않지만 신기한 이야기를 쓴 글들과 선녀 이야기를 쓴 초안을 보여 주니

"우리 엄마도 교회 열심히 다녀!"

라고 뚱딴지 같은 소리를 했다. 엄마랑도 빛과 연관 있나 내 안의 목소리에 물어봤다.

[누군가를 위해 하는 기도는 둘 다에게 좋다.]

기도가 **둘 다에게 좋은지** 처음 알았다. 선녀 누나는 빛이 딱 화창한 날 햇빛 받고 있는 해바라기 느낌이다. 잔뜩 밝다! 그래서 선녀님 주변에도 사람이 끊이질 않는 것 같다. 빛을 보든 못 보든 밝은 성격이고 유쾌한 사람이라는 건 세상 누가 봐도 알 수 있다.

빛인 사람은 무해하다.

근데 누나는 너무 무해해서 악의 하나도 없이 한 말인데 간혹 상대가 당황하기도 했다. 자기 혼자 골프연습장 가기 싫다고 선녀님이 자기 마음대로 내 연습장 이용권을 한 달 결제했다. 나는 어릴 때 아버지 덕분에 어릴 때 골프를 배웠다. 선녀님을 가르쳐 주고 하는 건 아니고 그냥 내 거 치면서 떠들고 놀다 왔다.

"아, 이게 왜 안 되지?"

"아냐아냐. 잘하고 있는 거야! 그거 하루아침에 되면 대회 나가야 돼. 대회 나가면 내가 골프백 매줄 테니까 잘 맞으면 말해. 일단 대회부터 나가 볼 거야? 프로부터 딸 거야?"

100돌이에게 이런 정신 나간 소리를 하면서 같이 놀았다. 진짜 선녀님은 대단하다. 12시간 일해도 간다. 그리고 필라테스도 간다. 사람들도 만나고 50분 거리의 언니랑 동생네도 허구한 날 간다. 안 오면 조카들이 전화 와서 가스라이팅을 엄청 심하게 한다. 안 우는 거 아는데 마음 약해지게 우는 척하면서

"흑흑. 이제 우리 잊고 살아가야 해?"

이런다. 중1 짜리가 말발이 좀 세다. 배워야 할 것 같다. 이 선녀님은 빛뿐 아니라 성격도 엄청 밝다. 어느 날 일이 일찍 끝나서 연습장에 같이 갔는데 갑자기 자기 볼 좀 잘 맞는지 구력 20년이 넘어가는 골퍼에게 유망주가 결투를 신청했다. '자라나는 싹을 미리 좀 밟아 놔야겠다.' 싶어서 도전을 조용히 받아 주었다.

"뭐 그러려면 그러시든지!"

관리하는 부장님한테 갔는데 선녀님이

"여기 스크린 얼마예요?"

"얼마 얼마예요."

"근데 여기 스크린 디게 꼬지죠?"

….

…….

……….

셋 다 3초 있다 빵 터졌다.

'아니 왜 대답을 안 하시지? 악의 없이 그냥 물어본건데?' 악의 없는 표정으로 그렇게 물어보니까 셋 다 잠깐 정적이 흘렀다가 빵 터져서 한참 웃었다. 절대 백치기나 허당기가 있는 게 아니다. 똑똑하고 똑부러지고 자기관리 무지 철저한 야무진 선녀님이다. 돈도 엄청 많다. 자수성가형 부자인데 돈이 바닷물로 만들어졌는지 선녀 누나는 계속 목이 마르단다.

선녀 누나의 목소리는 기본 도레미파솔라'시' 톤이다. 엄청 해맑으니까 저런 마음의 소리를 필터링 없이 뱉어내도 주변에 적이 없는 것 같다. 악의 있는 생각 자체가 없다. 내가 집에서 팬티바람으로 있어도

"다 큰 성인들인데 뭐 어때~"

뭐 이런 게 선녀님이다. 아니 '성인이랑 팬티바람이랑 무슨 상관인 거지?' 선녀님은 에피소드 위주일 수밖에 없다. 에피소드가 너무 많다. 음. 어느 날, 휴무 날짜가 달라 와이프는 일하러 가고 나 혼자 집에 있는 날이었다! '띠띠띠띠 또르리!' 문 열리는 소리가 났다. '뭐야?' 하고 보니 선녀님이었다.

"야 시니일! 나 주식 좀 알려 줘!"

"뭐야. 갑자기 웬 주식!?"

"주식해 볼라고!"

"왜! 부자 되게?"

"아니 TV에 존 리 아저씨가 나와서 이야기하는데 뭔 말인지 하나도 못 알아듣겠어!"

"아니. 아침 댓바람부터 존 리 아저씨가 티비에 나왔는데 외국어로 말씀을 하셨어? 그걸 왜 나한테?"

"몰라. 나는 그런 거 잘 모르니까 니가 알려 줘!"

하아. 선녀님이 돈 필요한 게 아니라 존 리 선생님이 하시는 말씀이 뭔 소린지 못 알아듣겠대서 아침부터 오셨다. 그날 아침에 왔는데 같이 점심 먹고 와이프 퇴근해서 셋이 같이 저녁 먹은 뒤까지 주식의 판타지한 세계에 대해 알려 주고 해외주식까지 알려 줘서 글로벌하게 만들어 드렸다.

다음 날 오더니

"야! 시니일~! 나 코카콜라 샀다?"

"코카콜라? 근데 그걸 왜 얘기해?"

"아니! 코카콜라 주식!!!"

아. 종목 추천해 달라 하길래 종목선정은 자유고 이건 절대 간섭하는 게 아니라고 했었다. 혼자 고민하다가 어젯밤에 코카콜라가 마시고 싶어서 생각해 보니 코카콜라는 우리 전 세계인이 마시고 죽을 때까지 절대 안 망할 회사인 것 같아서 샀다나 뭐라나. 코카콜라 마시고 싶어서 코카콜라 주식 산 여자다.

"내가 살다 살다 이런 사람도 보네. 하하. 나 아침에 라면 먹고 옴! 농심 시~인 라면!"

했더니 나는 농담이었는데 갑자기 심각한 얼굴로 막 핸드폰을 들고 어디로 급하게 갔다. '종목선정이 자유이긴 한데 너무 자유로운 거 아니야?'

"아! 하지 마! 그냥 해 본 말이야!"

하는데 듣지도 않았다. 혼자 신났다. 새로운 세상을 잘못 열어 준 것 같았다. 그리고 잠시 후

"농심 샀어! 니가 사래서…."

"…!? 푸하하! 그래 누나 마음대로 해라!"

그다음 날 핸드폰을 보여 주는데 농심이 쬐끔 올라가 있었다.

"시니일~ 이거 봐!"

근데 보유수량 1주.

"너 대단하다! 나 또 뭐 사?"

"아줌마! 종목선정은 자유라니까요!?"

"그럼 오늘은 뭐 먹었어?"

"안 알려 줘! 나한테 묻지 마!"

이 일이 입에서 입으로 전파가 되며 왜곡되고 부풀려져 나중에 난 회사에 주식 전문가인 것처럼 소문이 났다.

그 뒤로 한 명 한 명 어두운 얼굴로 이 종목 어떻게 될 것 같냐.

난 모른다.

또 며칠 후 다른 누나가 이 종목 어떻게 될 것 같냐.

난 모른다.

왜 나만 안 알려 주냐 누구는 알려 줬다던데.

그런 적 없다.

니가 선녀님한테 농심 사라고 알려 줬다며.

아니다. 난 라면을 먹었을 뿐이다.

아무리 해명해도 소문이라는 건 무서웠다. 한동안 계속 반복되었다. 아침에 라면 하나 잘못 먹어 가지고 주식투자 전문가도 되어 봤다. 아직도 사람들은 내가 주식 전문가인 줄 알고 있을지도 모른다.

선녀님의 밝은 빛을 관찰한 이야기를 하자면 밝은 빛으로 보이는 사람이 어떤 느낌인지 좋은 예가 될 것 같아서 에피소드를 계속 이어가 보겠다.

36. 선녀님은 즐거워

어느 날이었다!

"시니일~!"

선녀 누나가 내 이름을 초고음으로 불러주시며 들어왔다. 내 이름을 외치며 들어온다. 그러고 보니 왜 내 이름을 부르면서 들어오지? 생각이 들어 한 번 물어봤다.

"누나는 왜 와이프 친구면서 집에 들어올 때 내 이름을 부르면서 들어와?"

"니가 집주인 아니야?"

"그런가?"

집주인이라 부르고 온다 했다.

'이거 월센데?'

선녀 누나의 목소리 톤에는 신기한 힘이 있다.

"신일! 요즘 슬럼프가 온 것 같애!"

슬럼프라는건 부정적 단어인 것 같은데 긍정적 단어로 들렸다.

"슬럼프!?"

"아! 요즘 공이 잘 안 맞아! 난 똑같이 하는데 아무래도 이건 뭔가 내 잘못이 아닌 것 같아."

"아니, 100돌이가 슬럼프가 어디 있어!"

"아니야~ 아무래도 뭐가 좀 이상한 것 같단 말야!"

"그래? 채 줘 봐!"

하고 보니 그립이 손가락 모양대로 패여 있었다.

"그립이 이 지경이 되도록 연습한 거야?"

"그립?"

그랬다. 이게 일로 골프장에서 하는 거랑 치는 거랑은 완전 다른 것이다. 선수랑 심판 정도의 차이다.

"이거 그립 갈아야 될 것 같은데? 이것도, 이것도, 이것도, 아니 대체 얼마나 열심히 연습을 하면 1년도 안 된 그립이 이렇게 되는 거야? 이거 새 거 산 거지?"

"웅!"

"알았어! 내가 인터넷으로 시켜서 갈아 줄 테니까 나중에 택배 오면 갈아 줄게!"

"그런 것도 할 줄 알아?"

"쉬워."

"그럼 나도 해 볼래!"

"그래!"

내 클럽도 하도 오래된 데다 자주 안 써서 상태가 안 좋아 이참에 같이 갈았다. 둘이서 몇 시간에 걸쳐 전체를 다 갈았다.

"오! 새 거 됐네?"

"응! 하루 넵둬야 되니까 내일은 쉴까?"

"아니지! 그러려고 오늘 연습장 먼저 가자며!"

그렇게 새로 그립을 갈은 클럽을 가지고 또 신나게 연습했다. 잠시 허리가 아파 며칠 쉬었다. 그 사이 그립 색이 바뀌어 있었다. 분명 같은 걸로 사서 둘 다 그립이 회색이어야 하는데 색이 달랐다.

"그립이 왜 색이 바뀌었어?"

"샀어!"

"뭐?"

"아무래도 슬럼프가 온 것 같아서 그 채 팔고 새로 샀어!"

"그립 간지 며칠이나 됐다고?"

"아냐. 아무래도 클럽이 오래돼서 그런 것 같아."

어떻게 생각하면 내게 기분 나쁠 수도 있는 말이다. 그러나 선녀 누나의 목소리 톤과 표정을 보면 악의가 없다는 것이 느껴져 기분이 전혀 나쁘지 않다.

"새로 산 클럽은 잘 맞아?"

"똑같아."

그래도 선녀 누나는 계속 열심히 했다.

선녀님은 목소리 톤이 많이 높다. 어느 정도냐면 고객들이 나와서 선녀님과 처음 만나는데 선녀님이 뭘 먹고 있었다. 고객이 물었다.

"뭘 그렇게 맛있게 먹고 있어요?"

"아하하~ 밥을 못 먹어서요. 호호. 드실래여?"

글로 쓰니 표현이 어렵다. 듣는 사람들이 오해할 만큼 밝고 높은 목소리 톤으로 말한다. 지나가는 그 목소리를 듣는 사람들이 아는 사이냐고 물어본다. 나도 같이 일하면서 적응이 될 법도 한데 2~3달에 한 번씩은 속는다.

"아는 사람이야?"

"아니? 처음 보는 사람인데?"

"반갑게 인사하길래 아는 사람인가 해서."

"내 목소리가 원래 좀 높자나~"

"그렇지. 근데 단순히 높낮이의 문제는 아닌 것 같아."

선녀 누나는 무언가 다르다. 오랜만에 아는 사람 만나는 목소리와 톤이다. 그리고 밝은 표정이다. 또 신기한 것 하나 더. 선녀 누나는 뭘 잘 얻어먹고 다닌다. 나도 일하는 캐디 중 나이가 많은 편인데 선녀님은 나보다 더 누나다. 근데

"우히힛. 우작우작. 낄낄깔깔. 짭짭… 그러니까아~ 호호호, 그지? 찹찹찹"

이런 선녀 누나 소리가 자주 들린다. 목소리 톤이 높으니까 웃음소리가 멀리서도 들리는데 뭐하나 홀리듯이 가 보면 뭘 얻어먹고 있다. 동생들한테.

"아니 누나! 왜 자꾸 동생들 거 뺏어 먹어!!!"

"호호호, 아니야! 땡땡이가 준 거야~"

"마자여, 오빠! 제가 드린 거예여! 오빠도 드실래여?"

"아냐! 많이 먹어! 왜 애들 거 뺏어 먹고 댕겨~! 배고파?"

"진짜 아니에여 오빠. 하핫"

이러면서 애들이 선녀님께 온갖 음식물들을 갖다 바치는 광경을 자주 목격한다. 신기할 정도로 자주.

얼마전에 선녀님께 말했는데 선녀님이 주위 사람과 하하 호호 하는 걸 보면 '웃는 것' 그리고 '칭찬을 많이 하는 것' 같다고 알려 주었다. 예를 들면

"언니, 저 이거 샀어요!"

"오, 너무 이쁘다앙! 나두 갖구 싶다앙! 히히히"

"언니 가지실래여?"

"하핫, 너한테 너무 잘 어울리는데? 호호호"

"하하, 그래여? 이쁘죠?"

"그래. 너무 이쁘다…. 어쩜 좋아!! 히힛"

이러니 사람들이 자꾸 음식물을 갖다 바치고 저 말을 듣고 싶고 같이 이야기하고 싶어서 자꾸 사람이 모이는 것 같다. 호호 할아버지랑 비슷하다. 그렇지만 이런 선녀 누나도 항상 웃고 행복하고 즐거운 일만 있지는 않다. 사람이 살다 보면 오해도 생기고 트러블도 생기는데.

"신일아! 어둠이는 좀 이상한 것 같아! 나 걔 시러!"

이렇게 말하는 날이 있다. 그런데 아주 신기하게 제일 어두운 친구들을 잘도 콕콕 집어낸다. 싫다고 말하는 애들은 99%도 아니고 100% 어둠이다.

"응. 걔랑은 말 섞지 마."

"걔 원래 그래?"

"난 인사만 해서 잘 모르겠는데?"

"아 그래?"

보이지 않으면서도 제일 어두운 애를 잘도 콕콕 집어낸다. 그 어두운 사람들은 밝은 선녀님이 거슬리는 것 같다. 어두운 방에서 잘 자고 있는데 불 켜면 눈부셔서 짜증 나는 게 아닐까 추측해 봤다. 아니면 자꾸 웃고 다니고 밝게 다니는 모습이 그냥 거슬리는 것일 수도 있다.

그리고 또 빛이 좀 안 밝을 때는 폭락장일 때?

"존 리 선생님 어쩌실 거예요? 왜 하라 했어요?"

나는 알려 달래서 잘 알려 준 것뿐이다. 이 잘못은 존 리 선생님께 있다. 나도 피해자다. 농심은 아직도 날 따라다니며 귀찮게 굴고 있다. 코카콜라랑 농심.

합리적인 추측을 해 보자면 존 리 선생님이 주식 강의할 때 일상생활에서 자기가 잘 알고 자주 쓰는 회사를 사라 하신 게 아닐까 싶다.

37. 추가 에피소드 - 허리통증

대구점집 문의가 많다.

나는 그 이야기를 하려고 글을 쓴 게 아니라 대답하지 않고 있었는데 허락을 받고 남긴다. 대구점집 이름은 '팔공산옥녀'였다. 지금은 다른 지역으로 옮기셨고 사정은 모르겠지만 정말 힘든 분들만 도와주신다고 한다.

난 사실 대구 갔다 온 일은 별로 신기하지 않다. 나에게 신기한 일을 꼽으라고 하면 첫 번째는 목소리가 들린 것이고 두 번째는 이것이다.

나는 20살 때부터 허리에 극심한 통증을 느끼기 시작했다. 그 허리의 통증은 점점 심해졌고 나중에는 허리가 끊어질 것같이 아파 일을 하는 것이 힘들 정도였다. 그러나 결국 완전히 완치되었다. 그 이야기를 하려고 한다.

허리 아픈 사람은 많다. 그러나 나는 그정도가 아니었다. 수술을 제외한 모든 것을 다 했다. 일상생활이 불가능한 정도의 통증일 때는 아플 때마다 병원과 한의원을 다니고 주사나 시술을 받았다. 덜 아픈 시기에는 헬스장에서 가볍게 근육을 자극하는 수준의 운동을 했지만 허리통증은 20년간 심해졌다 줄었다를 반복했다. 아플 때마다 물어보면 내 안의 목소리는

[일상생활을 이어 가라.]

했다. 원인이나 낫는 방법을 묻는 것에는 대답이 없었다. 그렇게 일상생활을 이어 가다가 결국 허리에서 벨트 끊어지는 소리가 났다. 그동안 병원에서 X-Ray와 CT, MRI를 찍고 추간판 탈출증, 좌골신경통, 척추관협착증 등 다양한 병명을 판정받았다. 그 소리가 난 후 일어나지도 못하고 3개월간 누워만 있었다. 배변장애가 생기고 오른쪽 다리가 말라 가자 병원에서는 척추에 철심을 박아 공간을 늘

려 주는 수술을 해야 한다 했다.

통증과 식사가 힘들어 몸무게가 3개월 만에 10kg 빠졌다. 극심한 통증을 견디기 어려워지고 자연회복이 되지 않아 수술을 마음먹었을 때 내 안의 목소리가 들렸다.

[일어나 일상생활을 이어 가자.]

'저 못 움직여요. 허리가 끊어질 것 같고 송곳이 박힌 것처럼 아파요.'

[일어나 움직이라.]

'오른쪽 발이 땅에 닿으면 찔리는 것 같은데요? 걸을 수도 없어요.'

[일하는 곳으로 돌아가라.]

'…당장 걷지도 못하는데요?'

[………….]

할 수 없는 일을 하라는 말. 나는 운전은커녕 걷기도 힘들었고 수술을 앞둔 환자였다. 이건 말이 되지 않았다. 와이프에게 이 이야기를 하자. 안 되면 수술하면 되니 밑져야 본전이라는 마음으로 시키는 대로 해 보자. 해서 복대를 꽉 조이고 병원 약+타이레놀을 2개 먹고 출근을 해 고객을 만났다. 막상 움직이니 못 움직일 정도까지는 아니었다.

미리 양해를 구해야 하나 어떻게 하나 안절부절못하는데 여자 고객의 목소리가 들려왔다.

"나 어제 병원 갔더니 허리디스크 판정 받았잖아!"

'오잉? 다시 나와 만난 첫 고객이 이런 소리를 한다고?' 나는 관찰 모드로 들어갔다. 그 여자의 나이는 대략 50대 중후반으로 보였다.

"저 어제 허리디스크 판정받아서 꼭 좀 태우고 다녀 주세요."

그래서 짐짓 아무것도 모르는 척 "알겠습니다." 하고 그분과 같은 동선으로 계속 이동을 했다. 그날 같은 팀에 83세 할아버지 고객님이 계셨다. 그분은 되도록 카트에 안 타고 걸으시는데 그 모습이 좀 웃겼다.

한껏 배를 내밀고 약간 8자 걸음에 턱은 치켜들고 걷고 계시는데… '옛날 양반들은 저러고 걸었나?' 그 생각이 드는 순간 눈이 번쩍! 번개를 맞은 것 같았다.

'허리가 완전 S자네?'

가서 말을 걸었다.

"허리 아파 보신 적 있으세요?"

"그러게? 난 살면서 허리는 한 번도 아파 본 적이 없네?"

와! 대답을 듣고 눈이 번쩍! 뜨였다.

'이분이 답이죠?'

[….]

하필 어제 디스크 판정받은 분과 허리통증을 느껴 본 적 없다는 83세 할아버지가 같은 팀이었다. 눈에 확연히 보였다. 둘이 같이 서 있는데 인터넷에서 보던 좋은 자세와 안 좋은 자세를 비교해 놓은 것 같았다. 여자분은 자꾸 아프신지 애매한 1자를 유지하고 목이 앞으로 좀 빠져 있었다. 눈앞에 대놓고 비교가 되자 깨달았다.

'나도 모르게 계속 디스크 판정받은 분처럼 있었구나!'

허리 아프신 여자분이 자꾸 아프시다는데 누가 봐도 아프게 앉아 계셔서 허리 좀 펴고 앉아 계시라고 했더니

"내가 병원 가기 전까지 이것저것 다 해 보고 내가 허리는 잘 알아."

하면서 본인 필라테스 몇 년 하고 그간 약력에 대해 소개를 한참해 주셨다.

'아, 근데 누가 봐도 아파 보이는데'

마치 자신은 아무런 잘못 없는데 디스크라는 바이러스에 운 나쁘게 전염된 사람처럼 '디스크 판정을 받은 게 충격이다. 이제 평생 고생할 각오를 해야 한다. 무거운 거 들 때 조심해야 하고 되도록 허리를 앞으로 굽히지 말아야 하고 운동도 너무 과하게 하면 안 된다고 젊을 때부터 관리해야 한다.'고 나에게 좋은 말씀을 해 주셨다. 감사하다고 하고 내가 하고 싶은 말만 했다.

"근데 허리 좀 펴고 아랫배 좀 내밀고 앉으세요."

'그래! 내가 대화해야 할 것은 이분이 아니고 할아버지다!'

그분께 여쭤본 게 엄청 많은데 정작 할아버지는 왜 본인이 안 아픈지 아픈 사람은 어떻게 아픈지 본인의 자세가 어떤지 아무것도 모른다는 게 놀라웠다. 할아버지와 하는 그 대화를 디스크 판정받으신 분도 당연히 다 들었고

"그래서? 그래서? 나 어떻게 해야 하는데? 병원에서는 4~5번이⋯."

막 할아버지께 자기가 어떻게 해야 하는지 알려 달라 했다. 정작 할아버지는

"난 안 아파 봐서 몰라. 그걸 왜 나한테 물어 의사한테 물어야지."

하는 상황이 펼쳐졌다. 좋은 아이디어가 떠올랐다. 그 여자분 핸드폰 좀 달라고 해서 "두 분 옆에 서 보세요!" 하고 뒷모습을 찍어 드렸다.

"아 내가 이러고 서 있어? 진작 좀 말해 주지!!"

자기가 그렇게 서 있을 수밖에 없는 이유에 대해 또 한참 알려 주셨다. 그때 '여기서 내가 디스크로 고생하다 3개월을 기어다녔다는 이야기를 하면 나는 이제 귀에서 피 난다.'라는 생각에 말문을 닫고 할아버지를 관찰하는 데 집중했다. 할아버지의 자세는 '양반' 같았다.

서 있을 때는 배를 한껏 내밀고 가슴을 펴고 턱을 치켜들고 서 계셨고, 걸을 때도 마찬가지로 배를 내밀고 가슴을 펴고 턱을 치켜들고 걸으셨다. 공을 주울 때는 허리가 안 굽는 게 아니었다. 그런데 양반이 땅에 동네 예쁜 처자가 흘린 손수건 줍듯 우아하게 내려가서 천천히 스윽 집으셨다.

드디어 깨달았다. 여태 내 허리가 낫지 않았던 이유는 '차렷 자세' 같은 꼿꼿한 허리로 있었기 때문이었다. 완전 잘못 생각했던 거다.

바른 자세는 군인이나 아나운서같이 꼿꼿한 일자가 아니라 자연스러운 편한 S라는 걸 몰랐다. 열중쉬어가 답이었다. 차렷은 악화, 열중쉬어는 완화라는 사소한 것을 몰라서 20년간 고통당했다. 누가 시킨 것도 아니고 잘 몰라서 스스로 일자 허리를 만들고 있었다.

할아버지 옆에 서서 관찰하며 서 있는 자세를 따라 해 봤다. 엉덩이를 뒤로 살

믿지는 않지만 신기한 이야기 1

짝 빼 꼬리뼈를 올리고, 아랫배에 힘을 빼서 내밀고, 허리띠에 얹어주는 느낌으로 서 봤다.

'허리가 편하다! 이게 바로 서는 자세구나.'

회복이 이루어질 수 있다는 확신이 생겼다. 게다가 고개는 왜 치켜드시는지 모르겠는데 똑같이 고개도 뒤로 빼서 치켜들고 앞을 살짝 내려다봤다. 할아버지께 계속 귀찮게 이것저것 물어봤다. 보통 골프장에 연세 많으신 분이 오셔도 80대는 거의 없다. 근데 올해 83세라 하셨다. 할아버지 말씀이 '사람 몸도 기계랑 비슷해서 안 쓰면 고장 나.'라고 했다.

그리고 뜬금없이 할아버지도 오늘 발등이 아프다고 했다. 3개월 전부터 룸바 댄스를 배우시는데 자기도 초보인데 어제 한 달 된 초보 아줌마를 만나서 발등을 여러 번 밟히셨다는 억울한 이야기를 열심히 하셨다.

'아무리 좋은 자세도 안 움직이면 굳어서 소용없고 고장 나겠구나.'

100세 시대에 83세면 그렇게 많은 것 같진 않게 느끼실지 몰라도 골프는 근력도 필요하고 체력도 필요하고 걷고 앉고 모든 게 다 되어야 할 수 있는 운동이다. 할아버지는 골프공이 날아가는 비거리도 20년 젊은 사람들이랑 비슷하게 나올 것 같았다. 운동능력이 60대 정도로 가능한 게 계속 움직이시며 새로운 걸 배우신다는 게 그 이유 같다는 생각이 들었다.

이 이야기를 퇴근하며 와이프에게 했다. 집에서 허리를 S로 만들기 위해 베개를 이용해 허리가 일자나 앞으로 굽지 않도록 해 보았고 그렇게 자연스럽게 다시 복귀해 일을 했다. 주변에 허리 아프다는 사람들이 허리통증으로 몇 달을 쉬다 다시 나와 일하는 나를 보고 찾아와서 물어보았고 나는 어떻게 나았는지 말해 주었다. 그들은 이 이야기를 믿지 않았다.

내 안의 목소리는 내가 쉽게 허리를 S로 만들어 봐 할 수도 있었는데 수술을 앞둔 상황에 일하는 곳으로 돌아가 일상생활을 하라는 말만 했다. 그리고 내 모습을 타인의 모습으로 직접 보게 했다. 나는 오랜 시간 내 자세는 항상 바르다 생각했는데 그 생각이 잘못되었다는 것을 몰랐다. 내가 당연하게 생각했던 것이 잘못일 수 있다는 것을 경험으로 알았다.

사실 내게 많은 신기한 일이 일어났지만 나는 처음 목소리가 들린 경험 말고 이 일이 2번째로 큰 충격이었다. 그리고 나처럼 믿지 않을 것임을 알지만 가까운 사람들에게 이 과정 전체를 알렸다. 그래도 성용이는 허리가 계속 아프다 했다. 인터넷으로 내가 사용하는 허리 베개를 200개 주문해서 주변 지인들에게 나누어 주고 남은 것은 인터넷에 올렸다.

내가 전문가가 아니라 철저히 나의 경험이고 나에게만 적용되는 것인지는 모르겠다. 나는 오랜 기간 그렇게도 아프던 허리가 수술을 하지 않고 나았고 그 후 지금까지 허리는 다시 아프지 않게 되었다.

이 이야기를 그대로 다 하면 아무도 믿지 않아 블로그에는 소설을 썼다. 그건 진짜 소설이다. 같은 내용이지만 적당히 보는 사람들이 납득 가능하도록 꾸며 내었다.

이 글은 비이성적이고 말이 되지 않는 이야기다. 소설이라면 스토리 이렇게 쓰면 안 된다. 납득이 불가능하기 때문이다.

《믿지는 않지만 신기한 이야기》는 내게 증명이다. 말이 되지 않는 내게 일어난 일을 계속해서 증명하는 이야기다. 실제 이야기이기 때문에 내가 밝혀지면 여기 어둠으로 나온 사람들이 다친다. 사실 난 상관없지만 다친다면 상관이 있어진다. 그래서 나는 조용히 계속 글을 쓸 것이다.

아주 재미난 작업이다.

이 글은 실제 내게 일어난 일들을 '빛'과 '내 안의 목소리' 관점에서 계속 설명해 나가는 방식이다.

다음 이야기는 이런 내 안의 목소리와 빛을 보는 것에 익숙해지며 생긴 에피소드들이다. 새로운 신기한 일들이 생긴다. 그리고 대박이 터진다. 그것도 아주 크게!

믿지는 않지만
신기한 이야기 ①

© 사슴작가, 2024

초판 1쇄 발행 2024년 5월 6일

지은이   사슴작가
펴낸이   이기봉
편집   좋은땅 편집팀
펴낸곳   도서출판 좋은땅
주소   서울특별시 마포구 양화로12길 26 지월드빌딩 (서교동 395-7)
전화   02)374-8616~7
팩스   02)374-8614
이메일   gworldbook@naver.com
홈페이지 www.g-world.co.kr

ISBN   979-11-388-3089-8 (03810)